연 수
研 修

연 수
研 修

장 류 진

소 설 집

창비

차례

연수

출발지에 집 주소, 목적지에는 출근지의 주소를 검색해 넣었다. 그리고 자동차 길 찾기 버튼을 터치했다. 아파트 지하주차장에서 나가 우회전 두번, 바로 좌회전 한번. 자동차전용도로를 타고 직진. 계속 직진. 사거리에서 크게 좌회전. 그리고 직진 또 계속 직진. 그렇게 얼마간 가다보면 목적지에 도착한다. 큰길까지 나가는 작은 길들을 제외하면 둥근 'ㄱ'자 모양의 길이었다. ㄱ자의 가로획을 달리는 데 십분, 세로획을 달리는 데 십분. 합해서 이십분의 거리. 출퇴근이 차로 이십분 걸린다는 이야기를 하면 다들 부러워했다. 이번엔 모의주행을 선택했다. 휴대폰 화면에 출근길 도로가 일인칭시점으로 펼쳐지기 시작했다. 화면을 눈으로 좇으면서 쥐고 있던 차 키를 만지작거렸다. 견고하게 양각된 로고를 엄지손가락 끝으로 천천히 매만졌다. 신형 A5 스포트백. 화려하지만 과하지 않은 페이스, 날렵하게 빠진 뒤태를 떠올리면 기분이 좋아졌다. 이 차를 타고 이제 출근만 하면 되는데.

나는 운전을 못한다. 잘 못하는 게 아니라 그냥, 못한다. 기능시험에 두번 낙방, 도로주행 세번 낙방 후 네번째에 면허를 따긴 했지만 그마저도 구년 전의 일이었다. 심지어 그중 한번은 사고를 냈다. 예의 그 샛노란 차를 타고서.

조수석에는 감독관이, 뒷좌석에는 다음 응시자가 타고 있었고 나는 핸들에 바짝 붙어 앉은 채로 그저 차선만 따라 달리던 중이었다. 그러다 별로 크지도 않은 사거리를 지나던 때에, 길과 길이 교차해 차선이 잠시 끊어졌다 이어지는 그 짧은 찰나, 내가 달리고 있던 차선이 이쪽인지 저쪽인지 헷갈려 어어, 어어, 하다 앞차를 그대로 들이받았다. 추돌의 순간, 조수석에 앉아 있던 감독관은 본능적으로 손을 뻗어 핸들을 오른쪽으로 꺾었다. 뒤에 타고 있던 응시자는 몸이 한쪽으로 급격히 쏠리는 바람에 창문에 머리를 박았다. 쿵, 뒤이어 반사적인 비명.

질끈 감았던 눈을 떠보니 후면 범퍼의 오른쪽 귀퉁이가 옴폭 들어간 SUV에서 운전자를 포함한 4인 가족이 뒷목을 잡고 줄줄이 내리는 광경이 펼쳐지고 있었다.

"이주연 씨 실격! 시동 끄고 내리세요!"

단순히 시험에 떨어졌다는 사실을 전달하려는 게 아니라 네가 저지른 일을 똑바로 마주하라는 듯 책망과 비난이 가득했던 그 목소리. 이후에도 그 힐난조의 목소리는 머릿속을 떠나지 않고 한동안 끈질기게 나를 괴롭혔다. 실격, 시동 끄고, 내리세요. 실격, 시동 끄고, 내리세요.

운전은 내게 거의 유일한 실패의 경험이다. 살면서 마주한 여러 관문들을 대부분 성공적으로 통과해왔다. 명문고 입시에 합격했고, 원하던 대학에 한번에 들어갔고, 장학금을 받았고, CPA도 —물론 공부하는 동안은 힘들고 어렵고 외로웠지만 — 삼년간의 공부 끝에 합격했다. 빅펌 네군데 중 마음에 드는 두군데에 원서를 썼고 모두 최종 합격했으며, 그중 초봉이 더 높은 곳을 골라 입사했다. 스물다섯살 때의 일이었다. 무언가 해내고 싶은 마음, 되고 싶은 모습이 있는데 아무리 노력해도 그 모습에 가닿을 수 없다는 게 얼마나 괴로운 일인지, 잘 몰랐다.

그러니까 운전대를 잡기 전까지는.

*

아무래도 운전을 해야 하지 않을까, 다시 생각하게 된
건 신규 프로젝트 때문이었다. 앞으로 최소 삼개월 이상
출근해야 하는 클라이언트의 오피스가 집에서 멀지 않은
곳에 있었는데 교통편이 애매했다. 버스로는 아홉 정거장
일 뿐이었지만 타러 가고 내려서 걷는 시간만 이십분이
넘었다. 같은 길을 차로 이동하면 도어 투 도어로 25분이
라는 사실을 확인하자 마음이 흔들릴 수밖에 없었다. 때
마침 사내 홍보 게시판에 올라온 수입차 프로모션 행사,
때마침 눈여겨봐오던 신형 모델, 때마침 나온 상반기 인
센티브…… 나는 덜컥 계약서에 사인해버리고 말았다.

출고일을 알리는 딜러의 전화를 받던 날, 포털 사이트
에 '운전연수'를 검색했다. 결과를 최신순으로 정렬해두
고 제목을 살폈다. 대부분 업체에서 운영하는 블로그의
광고성 글이었는데, 우리 동네 맘카페가 출처인 글을 하
나 발견하고 곧장 클릭했다. 연수가 너무 만족스러워서
추천한다는 본문 내용이 눈에 들어왔고 그 아래에는 강사
의 연락처를 문의하는 댓글이 줄줄이 달려 있었다. 각각
의 댓글에는 원글의 작성자인 '준서맘'이 일일이 비밀댓

글을 달아두었다. 가장 최근 작성된 댓글은 바로 어제 달린 것이었는데, '십년 장롱면허 청산했어요. 정말 잘 가르치세요!'였다. 왠지 신뢰가 가서 문의해보려 했지만 그 글은 정회원 전용 정보공유 게시판에 올라온 글이어서 카페 회원이 아닌 사람은 댓글을 달 수도 쪽지를 보낼 수도 없었다. 나는 우선 카페에 가입했고 정회원 승급 조건을 맞추기 위해 신규회원 게시판에 가입 인사를 쓰고 틈틈이 이런저런 글에 댓글을 달았다.

내 닉네임은 '주연맘'이었다. 평범하게 보이기 위해 내 이름 뒤에 '맘'만 갖다 붙인 것으로, 어차피 등급만 조정되면 따로 활동은 하지 않고 필요할 때 원하는 정보만 얻어 갈 생각이었다. '진짜 주연맘'과는 냉전 중이었다. 몇 년 전부터 본가에 들를 때마다 대체 결혼은 언제 할 거냐면서 들볶이는 일에 지쳐 있었고, 문제의 그날 역시 오늘도 한 소리 듣겠구나 하는 마음에 고속버스 안에서부터 스트레스를 받고 있었는데, 도착하자마자 엄마가 잔뜩 차려둔 밥상 위에 함께 올려둔 건 이미 가입이 완료된 수백만원짜리 결혼정보회사의 서류였다. 위태롭게 이어져 있던 무언가가 툭, 하고 끊어지는 소리가 들리는 것 같았다. 고개를 들어 부엌 쪽을 노려봤다. 고개를 숙이고 두부와

청양고추 따위를 자르고 있는 엄마의 좁은 등짝 위로 그려진 익숙한 로고. 고등학교 체육대회 때 반에서 맞춘 단체티였다. 입을 열기도 전에 나는 이미 서류를 한 손으로 구겨 쥐고 있었다.

"대체 왜 이렇게 쓸데없는 데 돈을 쓰는 거야? 이럴 돈 있으면 옷이나 좀 사 입든지!"

내가 결국은 서류를 바닥에 내던졌을 때도, 엄마는 눈하나 깜짝하지 않고 그걸 다시 주워들었다.

"내가 너한테 해준 게 뭐가 있니. 비싼 과외를 시켜줘봤나, 해외연수를 보내줘봤나…… 주연아, 너는 내가 따로 신경 못 써도 뭐든 알아서 척척 잘해왔잖아. 그게 얼마나 고마우면서도 미안했는지 아니?"

엄마가 보글보글 끓는 된장찌개를 내오면서 말했다.

"네가 여태까지 다른 건 알아서 다 잘해왔으니까, 이건 내가 해주고 싶어서 그래. 다른 건 몰라도 너 결혼만큼은, 내가 꼭 시켜주고 싶어."

또 시작된 엄마의 요지경 화법. 내 결함을 자신의 큰 결심으로 채워주겠다는 거룩한 뉘앙스. 문제는 내가 비혼주의자이며, 엄마에게도 그 계획을 이미 여러번 말했다는 사실이었다.

"왜 또 나만 나쁜 사람 만드는 거야? 내가 결혼 생각 없다고, 결혼 안 할 거라고, 몇번이나 말했잖아요."

"괜찮아. 걱정하지 마. 이건, 엄마가 해줄게."

또 못 들은 척. 도무지 말이 통하지 않았다. 엄마의 청력은 평소에는 멀쩡하다가도 결혼 안 하겠다는 말만은 필터라도 걸어놓은 듯 튕겨냈다. 나는 그길로 집을 나와버렸다. 그날 이후로는 걸려 오는 엄마의 전화를 받지 않았다. 벌써 두달째. 냉장고의 밑반찬들이 바닥을 드러내기 시작했고, 결혼정보회사로부터 안내 메시지가 쏟아지고 있었다.

카페에 가입한 지 정확히 일주일 뒤, 정회원으로 승급되었다는 알림을 받았다. 나는 글 작성자에게 쪽지로 강사의 연락처를 물었고 전화번호를 하나 받을 수 있었다. 준서맘 소개로 왔다 그러면 잘해줄 거라기에 고맙다고 답장을 보내고 카페를 괜히 한번 둘러보고 있는데 전체 글 목록에 새 글이 떴다. '사고팔고' 게시판에 올라온 글이었다. 무심결에 클릭해보니 자동차 캐릭터가 그려진 손바닥만 한 삼각팬티 열장을 다섯장씩 두줄로 나란하게 펼쳐놓은 사진이 첨부되어 있었다. 개당 천원이고 열개 다 하시면 팔천원에 드려요. 기저귀를 막 뗀 삼십개월 무렵의 아이가 입으면 딱 좋다는 말과 함께 전부 깨끗이 빨아서 다려놨다는 설명이 덧붙어 있었다.

카페에서 육아용품들이 거래된다는 사실은 알고 있었지만, 입던 팬티까지 사고파는 일이 벌어질 거라고는 생각지도 못했다. 입던 팬티를 천원 주고 사는 삶과 입던 팬티를 팔아서 천원을 버는 삶, 둘 다 생경하게 여겨졌다. 예전에 우연히 보게 된 어떤 커뮤니티의 글에서 남편의 팬티를 빨 때마다 미세하게 똥이 조금씩 묻어 있어 정나미가 떨어진다는 푸념을 본 적이 있다. 충격을 받은 것도 잠시, 공감한다는 댓글들을 보고 한번 더 깜짝 놀랐다. 아마 내가 비혼을 결심하게 된 건 인터넷에서 얼굴도 모르는 사람들이 생생하게 전해주는 기혼의 삶을 들여다봤기 때문일 것이다. 나는 그들에게 끝을 알 수 없는 고마움을 느꼈다. 이런 디테일을 하나도 모른 채로 누군가와 결혼했으면 어쩔 뻔했나, 그 생각만 하면 그지없이 아찔했다. 안쪽에 똥이 묻어 있는 성인 남자의 후줄근한 트렁크 팬티를 상상하자 참혹함에 온몸이 떨려왔다. 나는 재빨리 로그아웃 버튼을 누르고 브라우저를 닫았다. 남아 팬티 한개 천원 열개 팔천원의 세계로부터 황급히 빠져나왔다. 그리고 생각했다. 난 내 팬티만 빨면 돼. 그건 팬티 한장만큼 가벼운 일이었다.

카페에서 받은 휴대폰 번호를 저장하자 메신저의 친구 목록에 자동으로 새 계정이 떴다. 프로필을 눌렀더니 새 하얀 테니스 원피스를 입은 웬 까무잡잡한 여자애 사진이 나왔다. 머리를 하나로 높게 묶고 있었고 초록색 라켓을 양손으로 잡고 있었다. 공을 쳐내기 직전의 순간을 찍은 것 같았다. 상태 메시지는 '한국의 샤라포바'였다. 나는 '운전연수 해주시는 분 맞나요? 준서맘 소개로 연락드립니다'라고 메시지를 보냈고, 곧바로 이렇게 답이 왔다.

(아래 서식 작성 요망)
이름:
주소:
나이:
혈액형:
차종:
면허 취득 시기:
원하는 연수 날짜:

순식간에 답이 온 것으로 보아서는 새로 입력한 게 아

니라 어딘가 저장해둔 걸 복사해서 보낸 것 같았다. 제대로 찾아온 게 맞구나, 하는 안도도 잠시. 혈액형은 대체 왜 필요한가 싶어 의아해졌다. 혹시 연수 중에 교통사고가 날까봐 그런가? 수혈이 필요한 경우를 대비해서? 그게 아니고서야 운전연수에 혈액형을 알아야 할 이유가 없었다. 우선 서식을 채워 보낸 뒤에 비용이 어떻게 되는지를 물었다. 이번에도 바로 답장이 왔다.

　—기본 하루 두시간 반씩 다섯시간 기준 12만원 열시간 22만원입니다.

　잠시 고민하다 답을 보냈다.

　—일단 다섯시간 먼저 해보고 부족하다 싶으면 그때 10만원 추가해서 열시간으로 바꿔도 될까요?

　이번에는 한참 동안 답장이 오지 않았다.

　—원래 안 되는데 준서 엄마 소개로 오셨다니 해드릴게요.

　원래 안 되는 건 또 뭘까. 메시지가 하나 더 도착했다.

　—아까 말한 요금은 강사 차 기준이고 자차 연수는 만원 추가되세요.

　네, 하고 답장해놓고 나서야 무언가 이상하게 느껴졌다. 오히려 자차가 더 저렴해야 하는 것 아닌가? 기름값이 안

드는데 왜 만원 더 비싼 거지? 연수용 강사 차에는 조수석에도 브레이크가 달려 있다고 들은 적이 있었다. 혹시 교통사고 위험부담 차원의 금액인가…… 내 차로 하면 그런 보조 브레이크도 없고…… 사고 날 확률이 더 높으니까…… 아, 교통사고 생각은 제발 그만해야지.

쓸데없는 생각이라는 걸 알았다. 알면서도 자꾸 운전만 떠올리면 생각이 교통사고 쪽으로 질주했다. 자차 연수의 추가요금이 어떻게 책정된 것인지는 더 따지지 않고 그냥 넘어가기로 마음먹었다. 다 이유가 있겠지. 그런 질문으로 상대의 기분을 언짢게 만들기는 싫었다. 어쨌든 이 사람과 최소 다섯시간은 꼼짝없이 붙어 있어야 하니 되도록 분위기 좋게 가는 게 나았다. 만원이 뭐라고. 나에게도 천원 이천원 하던 고시생 시절이 있었다. 만원 이만원 하던 사회초년생 시절도 있었다. 이제는 빅 펌의 구년 차 회계사, 시니어 매니저였고 작은 돈에는 크게 연연하지 않을 수 있게 되었다. 강사의 메시지가 또다시 도착했다.

─바닥 얇은 컨버스, 플랫슈즈류 착용. 개인 물 준비.

대체 어떤 사람일까. 뭔가 어설픈 와중에 또 묘하게 프로다운 구석이 있었다.

*

가느다란 은테 안경을 쓴, 작달막한 단발머리 아주머니가 조수석 쪽의 창문을 손등으로 두드렸다. 나는 눈인사를 하면서 얼른 버튼을 눌러 창문을 열었다. 창문이 미처 다 내려가기도 전에 머리통이 먼저 쑥 하고 들어왔다.

"연수받으실 분 맞죠?"

"예, 안녕하세요."

차 문을 열고 들어와 조수석에 앉은 그녀는 들고 있던 락앤락 보온병을 컵 홀더에 꽂아 넣으며 자세를 가다듬었다. 왼쪽 겨드랑이에 웬 기다란 막대기를 끼운 채였다. 반짝이는 금속 재질로, 당연히 금은 아니겠지만 어쨌거나 색은 금색이었고, 끝이 살짝 구부러진 형태였다.

"잠시 작업 좀 할게요."

갑자기 내가 앉은 운전석 아래쪽으로 허리를 굽혀 머리를 집어넣는 바람에 깜짝 놀라 다리를 오므렸다. 브레이크와 의문의 금색 봉을 연결해 고정하려는 것 같았다. 앞에서 볼 때는 몰랐는데 뒤통수 쪽엔 흰머리가 잔뜩이었다. 한참을 엎드려서 달그락거리더니 이내 허리를 곧추세워 앉았다. 그새 피가 쏠렸는지 얼굴이 새빨개져 있었다.

알고 보니 이 금색 막대기는 '연수봉'이라는 것으로, 연수 도중 위험한 상황이 발생할 때마다 브레이크를 대신 눌러 줄 수 있게끔 제작된 것이라고, 그녀가 빨개진 얼굴에 연신 손부채질을 하면서 설명했다. 그 말을 듣자 전날 밤부터 내내 나를 좀먹고 있던 두려움이 엷어지면서 조금 안심이 되었다. 그녀가 대뜸 말했다.

"스티커, 저거 가지고는 안 돼요."

"네?"

"초보운전 스티커 말이에요. 보이지도 않는 걸 붙여놨더구만."

"아, 네……"

왜인지는 몰라도 초보운전 스티커는 하나같이 조악했다. 그렇다고 안 붙일 수도 없고, 새 차에 어울리지 않는 유치한 스티커를 붙이기는 싫어서 바쁜 와중에도 인터넷 쇼핑몰을 뒤지고 뒤져서 겨우 찾은 스티커였다. 각진 정방형의 테두리 안에 영문 대문자로 'NEW DRIVER'라고만 적혀 있는 깔끔한 디자인이었다. 크기도 다른 스티커들에 비해 작았지만, 제 기능은 충분히 할 법하다고 여겼다.

"저런 거 말고, 제대로 된 걸 붙여야지."

초반부터 혼나는 분위기라 어쩐지 주눅이 들었다. 도로에 나가면 혼날 일이 더 많을 것 같은데 어쩌지 싶어 걱정하고 있는데 예고도 없이 수업이 시작됐다.

"자, 브레이크 한번 밟아보세요."

시키는 대로 오른발로 브레이크를 밟았다. 그녀가 연이어 말했다.

"좋아. 그럼 이제 액셀 한번 밟아볼게요", "왼쪽 깜빡이 한번 켜볼게요", "이제 오른쪽 깜빡이……"

"저기, 선생님."

강사님이라고 하려 했는데, 회사에서 동료를 부르는 호칭이 '선생님'이다보니 나도 모르게 선생님 소리가 나와버렸다.

"저 그 정도로 초보는 아니에요. 예전에도 연수받아본 적 있거든요."

"근데 왜 또 받아요?"

그러게. 나는 왜 또 연수를 받고 있을까. 잠시 머뭇거리다 입을 열었다.

"그게…… 옆에 사람 태우고 연습은 꽤 해봤는데요, 혼자 나가려고만 하면 심장 떨려서 못하겠어요. 꼭 사고 날 것만 같고."

나는 그동안 분석한 나의 문제점을 그녀에게 전달했다. 운전하는 법은 아는 것 같다. 어떻게 하는지는 다 안다. 아는데, 아무래도 겁이 너무 많아서 문제인 것 같다. 선생님이랑 같이 도로에 나가서 실전 경험을 쌓고 운전에 대한 공포를 극복하고 싶다. 우선 회사와 집을 왔다 갔다 하는 것 위주로 연습했으면 좋겠다. 왜냐하면 당장 출퇴근이 제일 급하기 때문이다…… 하지만 그녀는 내 말을 주의 깊게 듣지 않는 것 같았다. 말을 중간에 자르더니 코스는 자기가 알아서 할 테니까 일단 시동부터 걸라고 했다. 나는 기분이 좀 상한 채로 시동 버튼을 눌렀다. 시동이 걸리지 않았다. 브레이크를 밟은 상태에서 버튼을 눌러야 한다고 그녀가 가르쳐주었고, 나는 그제야 제대로 시동을 걸 수 있었다.

"자, 출발."

브레이크에서 떼어낸 발을 액셀로 옮겨 밟았다. 차가 나아가기 시작했다.

"어허, 그렇게 콱콱 밟지 말고 지그시 눌러야지. 그치, 그렇게."

근데 왜 반말을 하지,라고 생각하고 있는데 그녀가 룸미러를 조정하면서 날카롭게 말했다.

"말이 좀 짧을 수 있어요."

도로연수를 하다보면 정신이 없으니까 '요'자를 붙일 시간이 없다는 것이었다. 안전을 위한 것이라고 하니 탐탁지는 않지만 수긍할 수밖에 없었다. 내가 얌전히 네, 하고 대답하자 그녀가 처음으로 입가에 옅은 미소를 띠면서 말했다.

"내 눈에 초보들은 다 아기 같단 말이야."

그리고 덧붙였다.

"그것도 갓 태어난 갓난아기."

새벽 여섯시의 도로는 한산했다. 나는 그녀의 지시에 따라 가거나 멈추거나, 우회전하거나 좌회전하거나, 차선을 바꿨다.

사이드미러의 각도는 지평선이 아래위를 정확히 반으로 가르게끔 조정. 절대 사이드미러에 시선을 오래 두지 말 것. 딱 일초만 볼 것. 이초까지는 허용. 힐끗, 봤을 때 뒤차의 차체가 지붕부터 바퀴까지 온전히 다 보인다면 충분한 거리가 확보되어 있다는 뜻. 그때 액셀을 세게 밟아 속도를 높이면서 핸들을 슥 꺾어 들어가면 차선 변경 끝.

깐깐하다는 맘카페에서 소문난 이유를 알 것 같았다.

썩 친절하지는 않지만 귀에 쏙쏙 들어오게 설명하는 스타일이었고 상황에 맞는 공식을 알려주면서 가르쳐 기억하기가 편했다. 조수석에서 때마다 적절히 눌러주는 금색 연수봉의 도움을 받아 어느새 차선 바꾸기를 열두번쯤 성공하고 큰 사거리에서의 좌회전, 유턴에 이어 과속방지턱을 부드럽게 넘는 것까지 성공했을 때, 그녀가 물었다.

"근데, 수업을 이렇게 일찍 해서 어떡해. 남편은 굶고 출근했나?"

"남편이요?"

"여기는 밥 안 차려줘도 돼?"

"저 결혼 안 했는데요."

했어도 차려줄 생각 없는데요, 저도 바빠요,라고 하고 싶었지만 그런 말은 하지 않았다. 이런 질문을 하는 사람한테 대체 무엇을 어디서부터 어떻게 설명해야 할지 상상만 해도 진이 빠졌다. 무엇보다 지금은 운전 중이었다. 내겐 너무나 낯선 이곳, 도로에서 살아남기 위해 다른 생각을 할 겨를이 없었다. 온 정신이 운전에 쏠려 나머지 방향으로는 논리가 다 무력해진 느낌이었다.

"아가씨구나. 나이가 좀 있어서 결혼한 줄 알았지. 어쩐지 너무 아가씨 같더라 했어. 딱 보기엔 그냥 이십대 같네."

그녀는 느닷없이 내 피부의 탄력을 칭찬하더니, 뒤이어 내 결심을 높게 평가해주었다. '미리' 연수를 받기로 마음먹은 건 아주 잘한 일이라고. 무슨 말인가 싶어 더 들어보니 나중에 결혼해서 아기 낳아보면 알겠지만 그때 차가 꼭 필요해질 거라는 말이었다. 둘째 임신하고 배불러서 뒤늦게 연수받는 사람들도 있다고 덧붙였다. 만난 지 두시간밖에 안 됐는데 멋대로 내 자녀 계획까지 세우는 무례함에 초반에 가졌던 신뢰와 호감이 급격히 하락했다. 더 불만인 것은 오늘의 연수 시간이 어느새 한시간밖에 남지 않은 상태라는 것이었다. 출퇴근하려고 연수를 받는 것인데 계속 엉뚱한 길만 다니고 있었다. 내가 다시 물었다.

"저, 아까도 말씀드렸지만 이제 출퇴근길 연습을 좀 해야 할 것 같은데요."

그녀가 한숨을 내쉬었다.

"아휴, 좀 기다려요. 그건 내가 알아서 해준다니까."

주연씨는 평생 출퇴근만 할 거냐, 어떤 상황에서도 운전할 줄 알게 연습을 해두면 그건 자동으로 해결된다는 말이 이어졌다. 오늘은 기본기를 다져놓고 내일 출퇴근길을 주행해보면 자연스럽게 할 수 있게 된다는 것이었다.

남은 시간은 오늘 한시간과 내일 두시간 반, 총 세시간 반이었다. 내가 십년 가까이 못한 운전을 앞으로 세시간 더 연수받는다고 잘하게 될까. 결국 다섯시간 더 추가하게 하려고 일부러 내가 원하는 코스는 안 가는 게 아닌가, 하는 의심까지 들었다. 나는 그녀에게 다시 설명했다. 선생님이 여태까지 겪은 학생들 기준으로 판단해서는 절대 안 된다. 나의 경우는 다르다. 나는 다른 사람들보다 훨씬 겁이 많아서 지금부터 빨리 출퇴근 코스를 연습해두어야 한다…… 그녀가 피식 웃음을 터뜨렸다.

"주연씨 겁 많은 거 아니에요."

나는 황당해서 처음으로 전방에서 시선을 거두고 조수석 쪽으로 고개를 돌렸다.

"그럼요?"

"겁 많은 사람이 어떻게 운전을 이렇게 해. 말이 안 돼."

고개까지 절레절레 젓고 있었다. 그녀가 이어 말했다.

"겁이 많다는 사람이 어떻게 그렇게 액셀을 콱콱, 밟고 핸들을 그렇게 홱홱, 돌리느냔 말이야. 진짜 겁 많은 사람은 그렇게 못해요."

그녀가 틀렸다. 나는 겁나고 무서웠다. 그건 분명했다. 내가 누군가의 앞길을 막고 있을까봐 두려웠고, 꾸물거리다가 다른 차와 부딪힐까봐 불안하고 조급했다. 그러니 반사적인 동작이 바쁘고 성급해 보일 수밖에 없었다. 아무것도 모르면서. 나는 내가 제일 잘 안다. 이렇게 기본기만 연습하다가는 절대 이 차로 출퇴근할 수 없는 사람이다. 말없이 굳은 내 표정이 신경쓰였는지 그녀는 내가 원하던 출퇴근 코스를 왕복해보는 것으로 오늘 수업을 마무리하자고 했다. 나는 내비게이션에 오피스 주소를 입력하고 다시 출발했다.

"선생님, 이따가 좌회전인데요, 지금부터 왼쪽으로 붙어야겠죠?"

"네. 슬슬 잘 보고 옮기세요."

그녀가 알려준 대로 왼쪽 깜빡이를 켜고, 사이드미러를 일초, 힐끔 보고, 뒤차가 지붕부터 바퀴까지 온전히 보이는 것을 확인한 뒤, 핸들을 꺾어 좌측 차선을 밟았다. 그 순간, 조수석에서 귀를 파고드는 비명이 터져 나왔다.

"안 돼!"

동시에 뒤차가 날카롭게 경적을 울려대며 옆 차선으로 스쳐 지나갔다. 빠앙—하는 소리가 끊이지도 않고 한참이나 강도 높게 이어졌다. 마치 나에게 시위하는 듯한 소리였다. 동시에 그녀가 가슴을 쓸어내리며 소리 질렀다.

"주연씨! 내가 그렇게 미꾸라지처럼 들어가지 말랬지!"

나는 대체 무슨 일이 벌어진 건지 이해하지 못해 되물었다.

"저, 아직도 제가 뭘 잘못했는지 모르겠어요. 선생님이 시키는 대로 사이드미러 보고 뒤차 바퀴까지 다 보여서 차선 바꿨는데."

"아이고. 여기는 자동차전용도로잖아요. 고속도로나 마찬가지로 차가 쌩, 쌩, 달리는 데란 말이야. 차가 다가오는 속도도 고려해야지!"

그건 배운 적이 없는데 어떻게 알아. 나는 억울한 마음이 되었다.

수업이 끝나고 차를 아파트 지하주차장에 주차한 뒤, 택시를 불러 출근했다. 일하는 내내 새벽의 연수가 시간 낭비였다는 생각에서 벗어날 수 없었다. 두시간 반 동안 많이 극복한 줄 알았는데 마지막 미꾸라지 사건 때문에 다시 원점으로 돌아온 것 같았다. 구년 전 운전면허학원에 처음 등록했을 때, 그 시절 그대로. 아무것도 나아진 게 없었다.

운전면허학원의 바랜 개나리색 차, 그 구질구질한 시트

에 앉기만 하면 나는 처음 겪는 세계에 홀로 내던져진 아이처럼 초조해졌다. 원래 가지고 있던 상식적인 생활 감각이 강제로 리셋되는 느낌이었다. 나는 액셀을 너무 밟거나 덜 밟았고, 비상등과 깜빡이 켜는 타이밍을 매번 놓치고, 후방주차를 하겠다고 핸들을 바쁘게 돌리면서 후진과 전진을 반복했지만 결국 똑같은 궤적만 몇번이고 왔다 갔다 했다. 기어를 R에 놓는 순간부터는 머릿속이 더 복잡해져서 그랬다. 나는 머릿속에서 차의 이미지를 반전시켰다가 다시 반전시키기를 반복하다 어느 게 원본인지 알 수 없는 상태로 액셀을 또, 지나치게 세게 밟고, 주차선 뒤편 화단에 한쪽 뒷바퀴를 걸친 채로 강사한테 혼이 났다. 이런 실수를 반복하는 사람은 학원 전체에 나밖에 없는 것 같았고, 그런 주제에 도로에 나가야 한다는 사실이 두려웠다. 운전대를 잡은 나, 그러니까 액셀과 브레이크를 순간 헷갈리거나, 깜빡이를 깜빡한 채로 차선을 바꾸거나, 좌회전하면서 중앙선 왼쪽으로 진입해 역주행하는 나 때문에 도로의 약속된 질서가 망가지고 모든 게 박살 날 것만 같았다. 어렵게 면허증을 손에 쥔 뒤에 몇번은 도로에 나가봤지만 동승자 없이 운전해본 적은 단 한번도 없었다. 핸들만 잡으면 늘 사고와 충돌, 그로 인한 교통 혹은 신체의 마비, 죽음에 대해 떠올렸다. 아무리 연습해도 이제 혼자 운전을 해봐야겠다는 결심보다는 이렇게 스트레스 받으면서까지 운전을 해야 할 필요가 있을까, 하는 회의만 들었다.

그날 밤에는 잠이 잘 오지 않았다. 눈을 감으면 아찔한 순간들이 반복재생되었다. 실격, 시동 끄고, 내리세요, 미꾸라지처럼, 가지 말랬지, 자동차전용도로잖아, 차들이 쌩, 쌩, 차들이 쌩, 쌩, 차들이 쌩, 쌩, 쌩, 쌩……

어둠 속에서 모로 누운 채로 휴대폰을 켜고 '운전공포증'을 검색했다. 그중 '운전공포증 극복하기'라는 제목의 웹 문서를 눌러 들어갔다. 첫번째 챕터인 '긴장완화 연습하기'를 훑었다.

먼저 차내에 좋아하는 것을 놓기. 좋아하는 인형, 좋아하는 향수, 좋아하는 사람의 사진을 놓는다. 다음은 복식호흡 하기. 천천히 코로 숨을 들이마셔서 공기가 폐의 아래쪽까지 들어차게 한다. 배가 빵빵하게 부풀어 오를 때까지 들이마셨다가 숨을 삼초간 참는다. 열부터 거꾸로 세며 서서히 숨을 내쉰다. 똑같은 호흡을 열번 반복한다……

두번째 챕터는 '긍정적인 확언하기'였다.

나는 조심스럽게 안전운행 중이며 과속하지 않는다. 운전은 매일의 일상적인 일이다. 나는 이 일에 참여한 주의 깊고 조심성 많은 운전자다. 반드시 빨리 가지 않아도 된다. 다른 차보다 느리게 가기 위한 오른쪽 차선이 준비되어 있다. 잘못된 길로 들어왔더라도 위험하게 차선을 옮길 필요는 없다. 분기점을 지나쳤다면 안전하게 우회하면 된다. 불편감을 느끼면 갓길에 차를 세우고 안정을 취할 수 있다. 나는 나의 공포감을 통제할 수 있다. 비슷한 증상을 겪는 사람들을 위한 지원 단체에 언제든 가입할 수 있다…… '긍정적인 확언하기' 챕터는 이렇게 끝나 있었다.

혼자가 아니라는 사실을 아는 것만으로도 공포를 극복하는 데 도움이 된다.

운전처럼 누구나 다 하는 일을 무서워하는 사람이 나말고도 어딘가에는 존재한다는 사실을 확인하자 도저히 못할 것 같던 마음이 정말로 옅어지는 것 같았다.

거기서 끝났으면 좋았을 텐데.

나는 다시 검색창으로 돌아와 결국은 '교통사고'를 검색해버리고 말았다. 사람들은 매일 다양한 이유로 도로에서 죽고 있었다. 나는, 이제는, 죽고 싶지 않았다. 살면서 이렇게까지 죽고 싶지 않은 적은 처음이었다. 죽음을 떠올리면 왜 하필 지금?이라는 생각이 들었다. 내 인생 내 마음에 든 지 고작 이삼년밖에 안 됐는데, 지금은 안 돼. 이제 와서 죽기는 싫어. 그 순간 누군가가 "주연아, 운전 같은 거 정 하기 싫으면 안 해도 돼"라고 말해주기를 간절히 바랐다. "됐다, 됐어. 그렇게 하기 싫으면 그냥 하지를 마"라고 비난조로 말해도 상관없었다. 하지만 아무도 그렇게 이야기해주지 않았다. 아무도 하지 말라고 이야기해주지 않았다.

*

　다음 날 만난 그녀의 손에 하얀 종이 한장이 들려 있었다. 글자 크기를 하나만 더 올렸어도 '초'만 남고 '보'는 다음 페이지로 넘어갔겠구나, 싶을 정도로 꽉 찬 궁서체로 '초보'라고 적힌 A4용지였다. 글씨가 너무 커서 아연해졌다. 그녀가 내 표정을 보고 물었다.

　"왜요, 주연씨. 창피해요?"

　"아니요, 꼭 그런 건 아닌데……"

　"비싼 외제차에 이런 거 붙이기 싫지?"

　응, 붙이기 싫다. 그녀가 내 속을 읽었는지 눈을 흘겼다.

"무슨 무슨 아우디가 주연씨 지켜주는 줄 알아요?"

그녀가 이어 말했다.

"이게 주연씨 지켜주는 거야."

그러면서 손에 들린 A4용지를 팔락팔락 소리가 나도록 세차게 흔들었다.

'초보운전'도 아닌 그냥 '초보'. 그 두 글자의 힘인지 정말 도로가 한결 친절해진 느낌이었다. 실수하거나 꾸물거려도 경적이 전날만큼은 울리지 않았다. 내가 먼저 입을 열었다.

"저거 붙이니까 정말 빵빵거리지 않네요."

"그치? 근데 그건 주연씨가 어제보다 오늘 더 낫기 때문인 것도 좀 있어요."

칭찬까지 받으니 자신감이 붙었다. 처음으로 출근길 코스를 무리 없이 성공했다. 그녀가 우쭐대듯 말했다.

"거봐요. 어제 기본기 연습해두면 출근길은 아무것도 아니랬지?"

이번에는 주차 연습을 하기 위해 오피스의 지하주차장 진입로로 들어갔다. 그러자 다시 그녀의 금색 연수봉이 바빠지기 시작했다.

"브레이크 살살 좀 밟아", "어허, 왼쪽 너무 붙었다", "아니지, 오른쪽으로 너무 붙었다", "방향 잡히면 그대로 쭉 가라고. 핸들 많이 돌릴 필요 없어요."

머리로는 분명 이해했는데 손과 발이 말을 듣지 않았다. 어깨에 잔뜩 힘을 준 채로, 양쪽 벽에 부딪힐 위기를 몇번이나 넘기며 한참을 빙글빙글 돌다보니 속까지 메스꺼워졌다. 지하 오층에 도착하자 그녀가 투덜거렸다.

"여기는 주차장 들어가는 길이 너무 좁네. 별로다 별로."

차가 한대도 없는 새벽의 지하주차장에서 좌측 후방주차 수업이 시작되었다. 이 역시 공식과 함께였다.

주차하려는 칸의 바깥 선과 어깨선이 직각으로 닿는 상태에서 시작. 핸들을 우측으로 끝까지 돌리고 전진. 사이드미러상에서 뒷바퀴가 주차선의 사 분의 일을 밟을 때 스톱. 기어를 R로 바꾸고 핸들을 반대 방향으로 끝까지 돌리고 후진. 기어가 R일 때 핸들 방향이 헷갈리는 것은 당연. 처음엔 누구나 헷갈림. 안 헷갈리는 사람이 이상한 것. 그럴 때는 자동차의 궁둥이를 틀고 싶은 방향으로 핸들을 돌린다고 생각하면 쉬움. 마무리는 방지턱에 궁둥이가 걸릴 때까지 천천히 후진하다가 단정하게 정차하면 끝.

공식대로 하니 어려울 것이 없었다. 이어서 우측 후방 주차, 전방주차, 평행주차에 차례로 성공했다. 그녀가 말했다.

"잘하는데? 주차는 더 안 해도 되겠어요. 내가 문자 보내줄 테니까 이대로만 하면 돼."

휴대폰을 꺼낸 그녀가 메모장 앱을 켜더니 장문의 글을 전체 복사해서 나에게 전송했다. 그녀의 주차 비법이 짧은 진동음과 함께 순식간에 내 주머니 속으로 도착했다.

뒤이어 새 코스를 제안했다. 이 건물은 주차장으로 들어가는 길이 좁기 때문에 좁은 길에서 완급조절 하는 연습을 더 해야 한다면서, 멀지 않은 곳에 자기가 잘 아는 구불구불한 오솔길이 있는데 연습하기에 제격이라고 했다. 그 좁고 울퉁불퉁한 오솔길을 서너번만 왔다 갔다 하면 이 주차장쯤이야 아주 쉽게 다닐 수 있을 거라는 말이었다. 그때 내 배에서 꼬르륵 소리가 났다.

"주연씨, 배고픈가보네."

"네, 아침을 못 먹어서."

그러다 갑자기 궁금해져서 물었다.

"선생님은 남편분 아침밥 차려주고 나오시나요?"

"아니?"

동시에 웃음이 터졌다. 그녀가 여전히 웃음을 입가에 머금은 채로, 버럭 소리쳤다.

"무슨 아침밥 같은 소릴 하고 있어! 내가 이 새벽에 일하러 나오는데 밥을 어떻게 차려?"

우리는 차에서 내려 무언가를 사 먹기로 합의했다. 이른 아침이라 문을 연 가게가 없었지만 걸어서 오분 거리에 편의점이 있는 것을 운전하는 중에 눈여겨봐두었다. 지하주차장에서 나와 편의점까지 걸으면서, 나는 그녀의 체구가 내 짐작보다 훨씬 더 작다는 사실을 알게 되었다. 앉아 있을 때는 티가 나지 않았는데, 차에서 내려 나란히 걸으니 깜짝 놀랄 정도로 작았다. 아침인데도 햇살이 제법 강해서 빨리 시원한 편의점으로 들어가고 싶던 차에, 그녀가 큰 소리로 날 불렀다.

"아이, 주연씨! 좀 천천히 가. 발걸음이 왜 이렇게 빨라?"

"제가 그런가요?"

나는 내가 빠른 게 아니라 그녀가 너무 느리다고 느끼고 있었다. 그녀가 바삐 걸으며 말했다.

"주연씨는 성격이 참 급해." 그리고 이어 말했다. "O형이라 그래."

"네?"

"우리 막내딸도 O형이거든. 승부욕도 강하고, 성격이 아주 급해."

그제야 나는 그녀가 연수 전에 혈액형을 물어본 이유를 알게 되었다. 정말 혈액형으로 성격을 파악하려고 했던 것이다. 그런 걸 진지하게 믿는 사람을 너무 오랜만에 만나서 웃음을 참기 힘들었다. 그녀가 내게 물었다.

"지금 혈액형 믿는 거 바보 같다고 생각했죠?"

"아니요?"

"혹시 오해할까봐 그러는데, 나도 믿는 건 아냐. 근데 또 이렇게 맞는 건 맞을 때가 있더라고. 신기하죠? 그래서 난 항상 학생들한테 물어봐. 미리 성격을 파악해두면 확실히 수업도 잘되더라고."

그러면서 다시 한번 덧붙였다.

"믿는 건 아니지만."

나는 혈액형 믿는 게 우습다고 생각한 걸 들키지 않으려고 일부러 고개를 더 크게 끄덕였다. 그렇게 주억거리다보니 어쩐지 그 말도 맞는 것 같다는 생각이 들었다. 나는 O형이고, 성격이 급했다. 어쨌든 그건 부정할 수 없는 사실이었다.

의식적으로 아주 천천히 걸으면서 그녀와 속도를 맞췄다. 우리는 촉촉한 카스텔라와 삼각뿔 모양의 커피 우유를 하나씩 사서 다시 오피스 쪽을 향해 느릿느릿 걸었다. 어제보다 맑은 날이었다. 반짝이는 오피스의 유리창에 새파란 하늘과 뭉게구름이 비쳤다. 그녀가 건물을 올려다보며 물었다.

"주연씨 되게 좋은 회사 다니네?"

이 건물은 내가 다니는 곳이 아니라 이번 프로젝트를 진행할 클라이언트의 오피스였다. 진짜 우리 법인의 본사 건물은 이것보다 훨씬 더 크고 화려했다.

"나쁘지 않은 회사죠."

"주연씨 같은 여직원들도 많아요?"

잠시 고민했다. 사실 회계사는 남자가 많은 직업이다. 이번 프로젝트도 참여하는 다섯 명 중 여자는 나 하나뿐이었다. 내가 대답했다.

"네."

"오십대도 있어요?"

아까보다 더 더디게 발을 내디디며 헤아렸다. 오십대. 그런 생각은 해본 적도 없었다. 여자 선생님들 중에 오십대가 있었나? 오십대면 전무급인데, 우리 법인에 여자 전

무는 한명도 없었다. 전무가 아닌 상무급을 생각해봤지만
오십대인지는 확신이 서지 않았다. 당장 떠오른 한명도
오십대는 아니고 사십대였다. 정말, 정말로 단 한명도 없
는 것일까. 내가 대답했다.

"있어요."

"그래요?"

나는 마지막 남은 카스텔라 한조각을 입에 털어넣으며
말했다.

"네, 되게 많아요."

걷다보니 다시 지하주차장으로 통하는 엘리베이터 룸
에 도착했다. 그녀가 몇시지?라고 혼잣말하며 휴대폰을
꺼내 케이스 덮개를 홱 열어젖혔다. 액정 화면이 밝게 빛
났다. 슬쩍 내려다보니 메신저 프로필에 걸어둔 그 테니
스 소녀의 사진이었다. 금세 액정이 꺼졌다. 그녀가 측면
버튼을 눌렀다. 테니스 소녀가 또다시 나타나자 그녀는
엄지손가락으로 액정 화면의 가운데를, 그러니까 머리를
하나로 높게 묶은 까맣게 탄 소녀의 얼굴을 두어번 문지
른 뒤에 다시 케이스 덮개를 닫았다. 나는 얼른 시선을 돌
려 그걸 안 본 척했다. 그리고 머릿속에 다른 사진을 한장
그렸다. 테니스 소녀가 커다란 우승컵을 들고 있는 사진

이었다. 황금색으로 번쩍번쩍 빛나는 거대한 트로피. 너무 크고 무거워서 소녀 혼자 들지는 못하고 한쪽만 받쳐 들고 있다. 다른 한쪽을 받쳐 든 사람은 선생님이다. 소녀보다 키가 작아서 우승컵이 그녀 쪽으로 한참 기울었지만, 그녀의 미소는 테니스 소녀의 미소보다 더 크고 환하다. 아마 그 장면은 그녀 인생 최고의 순간 중 하나가 될지도 모른다. 나는 그런 중년여성을 알고 있다.

"내 오십 평생, 오늘이 가장 기쁜 순간이다."

CPA 시험 합격자 발표가 났을 때 엄마가 내게 한 말이었다. 그전에도 엄마의 삼십 평생, 사십 평생에 가장 기쁜 순간들은 나로 인해 만들어졌다. 내가 반에서 일등을 하고, 원하던 대학에 들어가고, 장학금을 받고, 공인회계사 시험에 합격하고, 회계법인에 입사할 때마다, 엄마의 인생에서 가장 기쁜 순간이 차례로 갱신되었다. 나는 그럴 때마다 겨우 이런 일이, 결국은 자신이 아닌 다른 사람의 손끝에서 결정되어버리는 일이, 일생의 가장 기쁜 순간씩이나 되는 그런 삶은 결코 살지 말아야겠다고 다짐하곤 했다. 마지막 남은 커피우유 한방울과 공기가 동시에 빨대를 통과하는 소리가 그녀와 내 입에서 후루룩, 났다. 이제 그녀가 말한 오솔길 코스를 연습할 차례였다.

얼마간 그녀의 지시에 따라 가다보니 도로 양옆에 플라타너스가 줄지어 서 있는 S자 형태의 커브 길이 나왔다. 핸들을 꽤 능숙하게 꺾으면서, 내가 물었다.

"여기가 아까 말씀하신 그 오솔길이죠?"

그녀는 어처구니가 없다는 듯 대답했다.

"이게 무슨 오솔길이에요. 참 나, 오솔길이 뭔지도 모르는구만."

그러면서 한참을 웃다가 또 한번 새청맞게 목소리를 높였다.

"아이고, 주연씨. 여기는 꽃길이다, 꽃길!"

그녀가 말한 오솔길은 십오분 정도 더 달린 뒤에야 모습을 드러냈다. 초록이 울창한 산로의 초입으로 들어서자 조금 전 지나온 길은 꽃길이라는 말이 어떤 뜻인지 바로 이해할 수 있었다. 이곳은 비포장도로, 말 그대로 흙길이었기 때문이다. 이 동네에 이런 길이 있었나 싶었는데, 아마 와본 적이 있어도 차가 다니는 길이라고는 상상 못했을 것 같았다. 자갈들이 타이어에 밟히는 소리가 자근자근 나기 시작했다. 울퉁불퉁한 바닥의 표면이 시트를 거쳐 내 엉덩이와 등에도 고스란히 감각되었다. 지하주차장으로 들어가는 길보다 더 급한 커브 길이 높고 또 낮게, 끝도 없이 이어졌다.

가면 갈수록 더 깊고 우거진 숲이었다. 늦여름 아침햇살이 키 큰 나무들 사이로 들어와 눈앞에 반짝였고, 창문을 통과해 내 뺨에 닿았다. 나뭇잎이 드리워진 모양에 따라 한쪽 볼이 따뜻해졌다가 서늘해졌다가 했다. 구불구불한 길을 자칫 벗어나면 언덕 아래로 떨어질 수 있는 상황이었는데도, 이상하게 마음이 전에 없이 편안했다. 나는 액셀을 밟았다가 뗐다가, 핸들을 감았다가 풀었다가 하면서 오솔길을 내달렸다.

슬슬, 밟았다가, 슬슬, 뗐다가.

살살, 감았다가, 다시 살살, 풀었다가.

지켜보던 그녀가 입을 열었다.

"이제 완급조절을 좀 아는 것 같은데?"

그때 갑자기 눈앞이 환해졌다. 우거진 숲길이 끊기면서 순식간에 시야가 탁 트였다. 동시에 왼편에 커다란 호수가 펼쳐지기 시작했다. 호수 너머 반대편까지 가려면 한참이 걸리겠다는 생각이 들 정도로 드넓은 호수였다. 이른 아침의 햇살이 넓고 고요한 수면 위에 찬란하게 부서졌다. 어딘가에서 새가 지저귀는 듯한 소리가 들렸고 그 소리를 더 크게 듣고 싶어 버튼을 눌러 창문을 내렸는데, 그러면서 조금 놀랐다. 주행 중에 핸들에서 한 손을 떼고 무언가를 조작한 것은 처음이었다.

액셀을 밟은 발에도 살짝 더 힘을 줬다. 하늘과 구름, 연둣빛 잎사귀들을 머금은 호수가 시야를 가득 채웠다. 그 순간, 나는 운전이 무섭지 않다고 생각했다. 그렇게 느낀 적은 단 한번도 없었기 때문에 신기한 일이었다. 심지어 전에는 도무지 이해할 수 없었던 드라이브하는 사람들의 마음까지도, 온전히 이해할 수 있을 것만 같았다. 어딘가에 도착하기 위해서가 아니라 그냥 운전이 하고 싶어 핸들을 잡는 사람들의 마음을.

"선생님."

"응?"

"이 길 너무 예뻐요."

그녀가 흐흐, 웃더니 대답했다.

"예쁘죠?"

어느새 내가 멀다고 가늠했던 바로 그 반대편 지점까지 와 있었다. 무리 지은 오리떼가 호수 위를 천천히 지나갔다.

*

"저, 다섯시간 추가할게요. 내일 그리고 내일모레까지
요."

오솔길 코스를 지나 다시 아파트 지하주차장까지 온 내
가 말했다. 이틀 동안 네시간 반의 연수를 받고 나니, 이제
그녀가 유능한 강사라는 사실을 의심 없이 받아들일 수
있었다. 그녀와 함께 다섯시간을 더 연습하고 나면 그때
는 정말 혼자서 운전할 수 있을 것 같았다. 당연히 추가 수
업을 반길 거라고 예상했지만, 그녀의 반응은 뜻밖이었다.

"싫어요. 나 안 할 거야."

"아니, 왜요?"

"주연씨는 이제 곧잘 해. 더 받을 필요가 없어. 충분히
혼자 할 수 있어."

예상하지 못했던 반응에 조바심이 나기 시작했다.

"아니에요. 좀더 하고 싶어요. 저 딱 다섯시간만 더 하
고 나면 그땐 진짜로 혼자 할 수 있을 것 같아요."

"아유, 시끄러워. 잠깐 다리 좀 치워봐봐."

그녀가 허리를 굽혀 운전석 브레이크 쪽으로 고개를
들이밀었다. 연수봉의 끝과 브레이크를 다시 달그락거리

며 분해했다. 그녀의 뒤통수와 등을 내려다보면서, 나는 의아해졌다. 정말 수업 더 안 해주려고 하나? 뭘 믿고 내 실력을 이렇게 과대평가하는 거지? 무엇보다, 오늘 수업이 아직 삼십분이나 더 남았는데? 다시 허리를 펴고 앉은 그녀가 금색 봉과 부품들을 정리하며 말했다.

"나야 수업 더 하면 좋지. 우리 딸 레슨비도 벌고."

조수석의 선바이저를 내린 그녀가 거울을 들여다봤다. 그리고 흐트러진 머리를 정리하면서 이어 말했다.

"근데, 언제까지 연수만 할 거예요? 결국은 혼자 다녀야 하는데."

맞는 말이라 할 말이 없었다. 나는 다섯시간을 추가하고 나서도 다섯시간이 지나면 또 다섯시간을 추가하고 싶어할 것이다. 그녀가 한쪽 옆머리를 동그랗게 빼 내리고 반대쪽 옆머리를 귀 뒤로 꽂아 넣었다.

"앞으로 남은 삼십분은 원격으로 할 거예요."

무슨 말인지 이해하지 못해 그녀를 바라보며 눈만 껌뻑이고 있는데, 그녀가 조수석 문을 열고 차에서 내렸다. 왜, 왜 내리는 거지? 그러면 차에는 나 혼자잖아. 조수석 문이 닫혔다. 너무 놀라서 손가락이 파르르 떨리기 시작했다. 휴대폰의 진동이 길게 울렸다. 눈으로는 이미 조수

석 밖에 서 있는 그녀를 올려다보면서 손으로는 휴대폰을
찾으려 핸드백 속을 더듬거렸다. 그녀가 반쯤 열린 차창
에 대고 자기 휴대폰을 흔들면서 말했다.

"내 전화예요. 받아서 스피커폰으로 켜놔. 아까 배운 대
로 여기서 회사까지 주연씨 혼자 가는 거예요. 알겠지?"

내 차 뒤에 바짝 붙어 따라오면서 스피커폰으로 조언
을 해주겠다는 거였다. 넓은 차 안에 홀로 남겨진 심장이
빠르게 뛰기 시작했다. 이곳엔 좋아하는 인형도, 좋아하
는 향수도, 좋아하는 사람의 사진도 놓여 있지 않았다. 갑
자기 숨이 가빠졌다. 나는 숨을 억지로 크게 들이마신 다
음 열부터 천천히 세면서 내뱉기 시작했다. 십, 구, 팔, 칠,
육…… 그때 뒤에서 작고 짧게 빵, 하는 경적이 울렸다. 룸
미러를 올려다봤다. 그녀의 은색 구형 아반떼가 약속한
대로 바로 뒤에 서 있었다. 스피커폰 모드로 전환한 휴대
폰에서 그녀의 목소리가 흘러나왔다.

"나 보이죠? 출발하세요."

브레이크에서 발을 뗐다. 차가 천천히 앞으로 나아가기
시작했다. 조수석에는 아무도 없었고, 그런 일은 처음이
었지만, 그 사실에 너무 몰두하지 않게끔 그녀가 스피커
폰으로 계속 말을 걸어주었다.

"자, 사람 건너나 안 건너나 확인하시고. 우회전, 천천히, 그렇지."

"다음에 좌회전해야 하니까 기회 될 때마다 일차선으로 바짝바짝 붙으세요. 그렇지."

"우리 차선 지금 말고 다음번에 바꾸자. 이 까만 쏘나타 지나가면 그때 바꾸자 우리."

애써 진정시킨 호흡을 비집고 불안이 튀어나오려 할 때마다 룸미러를 올려다봤다. 단 한번도 빼놓지 않고 그녀와 눈이 마주쳤다. 그녀는 어떤 상황에서도 바로 뒤에서 날 주시하고 있었고, 그 사실에 의지해 꽤 긴 길을 혼자 달려왔다. 그런데…… 잠깐만…… 이 길이 맞나……? 분명히 직진 차선을 그대로 따라가고 있다고 생각했는데, 어찌 된 일인지 내가 서 있는 곳은 더이상 직진 차선이 아니었다. 나는 어느새 왼쪽 포켓 차선으로 흘러들어와 있었다. 내 뒤에 붙어선 그녀를 다급히 불렀다.

"선생님, 어떡해요. 저 잘못 들어온 것 같아요."

"아이고, 그러네."

우측 사이드미러를 들여다봤다. 차들이 끝도 없이 줄지어 서 있었다. 지금 차선을 바꾸지 않으면 한참을 다른 길로 가야 했다. 그 길은 내가 한번도 가본 적 없는 길이었고, 혼자 주행하기에는 당연히 무리였다. 현기증이 일었다. 핸들이 금세 축축해졌다. 왜 이렇게 땀이 나지? 이러다가 핸들에서 손이 미끄러지면 어떡하지? 심장이 또다시 격렬하게 뛰기 시작했다. 그녀가 또박또박한 어조로 말했다.

"내가 뒤에서 막아줄 테니까, 그때 오른쪽으로 차선 하나 옮겨요. 알겠지?"

그녀가 오른쪽 깜빡이를 켜고 옆 차선으로 파고들어갔다. 신호 대기 중이던 차 여러대가 동시에 경적을 울려대기 시작했다. 그 차갑고 신경질적인 경적은 내가 아니라 그녀를 향하고 있었다. 신호가 바뀌었다. 스피커폰에서 그녀의 긴박한 목소리가 들려왔다.

"지금이야, 지금!"

그녀의 아반떼가 포켓 차선과 일차선의 경계를 사선으로 막고 있었다. 나는 그 앞으로 생긴 공간을 재빨리 파고들어갔다. 그리고 배운 대로 비상등을 켜서 고마움을 표시했다. 핸들을 잡은 흥건한 손에 힘이 세게 들어갔다. 거치대에 세워둔 휴대폰에 입을 가까이 가져다대고 말했다.

"고마워요, 선생님."

"어이구, 인사할 정신은 있어? 전방 주시하세요."

스피커폰에서 다시 그녀의 목소리가 연이어 울려 퍼졌다.

"계속 직진. 그렇지."

"잘하고 있어. 잘하고 있어."

* '운전공포증 극복하기'라는 웹 문서는 위키하우(wikiHow)의 'How to Overcome a Driving Phobia'를 참고했다.

편편
페스티벌

한해를 마무리하는 날의 특별한 계획 같은 건, 늘 그래
왔듯 딱히 없었다. 송구영신 예배나 가겠지. 하지만 내 또
래의 어떤 사람들은 때마다 다양한 명목으로 파티 같은
걸 열고 '내가 아는 사람'과 '네가 아는 사람'을 한데 불
러 모아 떠들썩하게 보낸다는 것도 알고는 있었다. 그래
서 오랜만에 이찬휘의 메시지를 받았을 때, 그리 놀라지
만은 않았다.

　──긴급구조 송년회 하는 거 인스타에서 봤지? 이번에
라이브 클럽 빌려서 크게 할 거거든. 공연도 하고 즉석으
로 jam도 하고. 올 거지?

　별로 웃을 기분은 아니었는데 '잼'을 굳이 영어로 타이
핑한 것을 보고 나도 모르게 피식했다. 메시지가 이어서
도착했다.

─친구나 남자친구 데려와도 돼. 혹시 만나는 사람 있으면. 올 거지?

꼭 없는 거 알면서 이러더라. 이찬휘가 말한 긴급구조 송년회는 다가오는 12월 31일이었다. 그런 자리가 익숙한 사람들 사이에서 어색한 입꼬리를 하고서는 쭈그리처럼 앉아 있을 나 자신을 마주하기 싫은 기분과, 나도 한번쯤은 그런 진정한 젊은이 같은 경험도 해봐야 하지 않을까, 하는 생각이 번갈아 교차했다. 평소 같았으면 그러지 않았겠지만 그날이 이십대로서의 마지막날이라 조금 다른 선택을 해보고 싶은 마음도 들었다. 이찬휘가 내게 따로 개인 메시지를 보낸 것도 약간 신경 쓰이긴 했다. "올 거지?"를 두번이나 반복한 것도.

*

오년 전 여름, 나는 경기도 외곽의 한 연수원 건물 강당에서 그날 처음 만난 사람 일곱명과 함께 둘러앉아 있었다. 여름인데도 마룻바닥에선 냉기가 올라와 엉덩이가 시렸다. 편하게 앉지 못하고 무릎을 세워 앉았기 때문에 더 그랬는지도 모른다. 우리는 모두 채도가 낮은 하늘색 ─

스머프 색깔——의 반팔 티셔츠와 같은 색의 트레이닝복 바지——손가락 한마디 정도의 두께로 하얀 옆 라인이 들어간——를 착용하고 있었으며 얇은 망사 소재의 팀 조끼를 반팔 티 위에 겹쳐 입고 있었다. 조끼는 엷은 회색이었는데 언제부터 쓰던 것인지 짐작도 되지 않을 만큼 낡았고, 원래는 이 색이 아니었을 수도 있겠다는 의심이 들기에 충분할 정도로 꼬질꼬질했다. 그리고 결정적으로, 나는 가슴과 배꼽 사이 지점에 커다랗게 '9조 유지원'이라고 적힌 스티커를 붙이고 있었다. 아무리 애써서 긍정적인 앞날을 그려보려고 해도 이런 옷차림을 하고서는 기분이 좋으려야 좋을 수가 없었다.

　한없이 구린 패션보다 더 우울한 것은 이곳을 압도하고 있는 묘한 분위기였다. 우리는 세명그룹 신입사원 자리를 두고 서로 경쟁해야 하는 사이였다. 아니, 그걸 경쟁이라고 할 수 있을까? 오히려 협력이라고 하는 게 맞을까? 차라리 경쟁만 해야 하는 거라면 조금 나았을지도 모른다. 모두가 일렬로 늘어서서 직선으로 달린 다음, 가장 먼저 도착한 사람에게만 기회를 주는 그런 단순한 것이었다면, 전력으로 질주하거나 일찌감치 포기하거나 둘 중 하나를 할 수 있었다면, 마음이 그렇게까지 부대끼지는 않았을 것이다.

지원자의 대다수가 탈락한다는 1차 서류전형과 2차 인적성검사를 통과하고 맞닥뜨리게 된 3차 관문은 당시 은행권을 중심으로 시작되어 규모 있는 기업들 사이에서 유행처럼 번지고 있던 합숙면접이었다. 대놓고 그렇게 이야기한 적은 없었지만 연수원에 들어온 지원자들의 일거수일투족이 — 이부자리를 개어둔 모양과 식판의 잔반마저 — 점수화된다는 소문이 돌았고 설마 그렇게까지는 하지는 않겠지,라고는 생각했지만 이곳에 들어온 이상 뭐든 신경이 쓰일 수밖에 없었다.

이박 삼일 동안 우리에게 주어진 일은 간단한 강연과 교육을 듣고, 조를 짜서 마지막 밤 열리는 '편편 페스티벌'에서 면접관들에게 선보일 공연을 준비하는 것이었다. 원하는 무대를 꾸릴 수 있는 건 아니었고 제한된 테마 중에서 하나를 눈치껏 골라잡아야 했다. 아직까지 기억나는 것들을 떠올려보자면 연극, 마술 쇼, 카스텔 — 스페인 카탈루냐 지역의 전통문화인 인간 탑 쌓기 —, 사물놀이, 밴드, K팝 댄스 등등이 있었다. 조별 공연이 모두 끝나면 면접관들과 함께 잔디밭에서 고기 굽고 술 마시는 '애프터 파티'에 참석해야 했고, 다음 날 각자 준비해온 정장으로 갈아입고 토론면접과 다대다 임원면접을 본 후 끝나는 일정이었다.

각 조에는 할당된 정원이 있었는데, 일부 조는 정원보다 많은 지원자들이 몰린 모양이었다. 무리 지은 스머프들이 강당 곳곳에서 가위바위보 토너먼트나 '앉았다 일어났다 가위바위보' 같은 것들을 하느라고 난리였다. 나는 '밴드' 조인 9조를 골랐다. 다행히 밴드는 악기를 다룰 줄 알아야 한다는 진입장벽이 있어서 그런지 사람이 그렇게까지 몰리지는 않았다. 그렇다고 내가 악기를 다룰 줄 아는 건 아니었지만…… 내 입으로 말하긴 좀 그렇지만…… 나는 노래를 좀 하는 편이었다. 한번도 노래를 내 삶의 중심에 둔 적은 없었지만 늘 살짝 비낀 자세로 곁에 두고 지내왔다. 교회 밴드를 해봤고, 학교에서는 아주 잠깐이지만 보컬 동아리도 했고, 고1 때는 담임선생님 결혼식에서 축가도 불렀다. 중학교 때는 교내 합창대회에서 삼년 내내 솔로를 했고 그리고 그전에는…… KBS 어린이 합창단이었다. 돌이켜보면 아마 그때였을 것이다. 스스로 노래를 '꽤' 한다고 생각했지만 '그 정도'는 아니라고 깨닫게 된 것이. KBS에는 워낙 뛰어난 애들이 많았고 그중에서도 가장 잘한다고 생각하던 친구가 육학년 때 예중에 가겠다며 법석을 떨다가 뚝 떨어지는 것을 바로 옆에서 지켜본 이후부터, 세상에는 노래를 잘하는 사람이 정말 많고, 노래로 뭔가 승부를 보려는 건 어림도 없겠다는 생각을 일찌감치 하게 된 것이다. 하지만 전국구에는 못 미쳐도 동네 가수 정도는 되었으므로 나는 내 소박한 지위에 만족하며 살아왔다. 그냥, 이 정도가 딱 좋았다. 내가 아는 사람들은 내가 노래 잘한다는 걸 아는 정도. 예기치 못한 순간에 — 이를테면 입사면접 — 누군가 뭔가를 시키면 내세울 만한 게 있는 정도. 나는 '9조(밴드)'라고 적힌 깃발을 향해 걸어가면서, 이럴 때 밴드 조로 갈 수 있어서 얼마나 다행이야,라고 몇번이나 생각했다. 밴드 조는 무대 순서상 마지막이었다. '펀펀 페스티벌'의 피날레를 화려하게 장식할 예정이었고, 면접관들의 눈에 존재를 확실히 각인할 수 있는 최적의 자리였다.

9조 깃발 앞에는 벌써 몇몇 사람들이 모여 있었는데, 그 중심에 선 한 남자애가 A4용지와 볼펜을 들고 여기저기 뭔가를 물어보고 다니면서 설치고 있었다. 키가 다른 사람들보다 월등히 컸고, 트레이닝복 바지가 깡뚱하니 짧아서 발목이 다 드러나 있었다. 그애는 종이에 무언가를 한참 적다가, 그제야 내가 왔다는 걸 눈치챘는지 내 쪽으로 천천히 다가오기 시작했다. 그런데 얼굴이…… 설마…… 설마?

"밴드 하시게요? 포지션이 뭐예요?"

세상에, 나는 단번에 알아볼 수 있었다. 가지런한 눈썹 위, 가운데 가르마를 중심으로 대칭적이고 탄력 있게 내려온 흑갈색 앞머리를 말할 때마다 찰랑거리는 이 남자애가 바로 ─ 대형기획사 연습생 출신, 『대학내일』 표지 모델 경력에, 외대 3대 미남 x, y, z 중 y를 맡고 있는 ─ 이찬휘라는 것을. 이미 페이스북과 인스타그램에서 얼굴을 너무 자주 본 탓에 원래 알던 사람을 만난 것 같은 기분마저 들었다. 이럴 수가, 실제로 보니까 얼굴이 정말 작아! 그런 생각을 하면서…… 그리고 그런 마음의 소리가 행여나 입 밖으로 새어 나올까 신경쓰면서…… 보컬을 하고 싶다고 대답했다.

"아, 보컬이요?"

순간 이찬휘의 입꼬리가 살짝 올라갔다 내려왔다. 그애가 내게 물었다.

"노래는 좀 해보셨어요?"

"네, 뭐…… 좀 했어요."

"어디서요?"

이상하다. 왜 벌써 면접이 시작된 것 같은 기분이 드는 거지? 내가 뭐부터 말해야 하나 망설이고 있는 사이, 그애가 다시 입을 열었다.

"어디서 해봤어요? 노래방에서?"

그러고는 하하, 웃었는데 순간 기분이 상했지만 웃을 때 양 볼에 깊게 패는 보조개가 말도 안 되게 예뻐서 금방 기분이 풀어져버렸다.

"밴드 해봤어요."

"무슨 밴드요?"

"교회에서요."

"아, 교회……"

나는 아, 뒤에 약간의 바람 빠지는 소리를 포착해냈다. 이찬휘가 보컬을 선택할 것이라는 건, 그의 인스타그램을 구독해온 사람이라면 누구나 유추할 수 있는 사실이었다. 내가 그리 환영받지 못하고 있다는 사실은 진즉에 눈치챘지만, 어쨌든 세명 측에서 나누어준 A4용지 ─ 그게 어쩌다 이찬휘 손에 들어갔는지는 알 수가 없지만 ─ 의 서식상으로 보컬은 두명까지 가능했으므로 먼저 온 애들이 나를 쫓아낼 명분은 없었다. 이찬휘가 물었다.

"성함이 어떻게 되시죠?"

나는 말없이 내 이름 석자가 적힌 조끼의 끝자락을 양
손으로 잡고 슬쩍 내밀어 보였다. 이찬휘는 그걸 힐끗 보
고서는 고개를 작게 끄덕이며 A4용지에 옮겨 적었다. 옆
선이 깎아놓은 것 같았다. 콧날이 이렇게까지 날렵한 사
람은 처음 봐. 보컬 칸에 나란히 적힌 이찬휘와 내 이름을
본 순간, 내 망상은 나란히 합격, 비밀 연애, 사내 커플, 결
혼식장 로비에 세워진 세명그룹 회장의 화환, 고부갈등까
지 단숨에 치솟았다가 그것보다 더 빠른 속도로 신속히
가라앉았다. 보컬 칸 아래에는 퍼스트 기타, 세컨드 기타,
베이스, 드럼, 키보드가 차례로 적혀 있었다. 드러머로 보
이는 여자애가 다가와서 이찬휘의 등을 검지로 쿡 찌르더
니 말했다.

"저희, 좀 앉아서 하면 안 될까요?"

주변을 둘러보니 서 있는 건 우리 조뿐이었고 다른 조
들은 인원 정리를 다 끝냈는지 어느새 조별로 둥글게 모
여 앉아 상의하고 있었다. 다들 왜 이찬휘에게 허락을 구
하고 있는지 몰랐지만 "저희도 이제 앉으시죠"라는 그
의 말에 둥글게 원을 그리고 앉았다. 이찬휘는 앉자마자
A4용지를 다른 사람들이 읽을 수 있는 방향으로 돌려서
바닥에 내려놓더니 '조장'이라고 적힌 빈칸을 손가락으

로 가리켰다.

"우선, 조장을 정해야겠는데요?"

그러고는 조원들을 좌로, 우로 한번씩 둘러보더니 이렇게 말했다.

"조장이 하고 싶은 분?"

아마 나뿐만 아니라 그 자리에 있던 모두가 그때 이미 직감하고 있었을 것이다. 반질반질한 얼굴 옆으로 다섯 손가락을 가지런히 붙인 채 스윽 올리면서 그런 말을 하고 있는, 바로 그애가 조장이 될 것이라는 사실을.

*

누구나 그랬겠지만 나는 세명그룹에 꼭 들어가고 싶었다. 졸업을 앞둔 대학생들에게 선망받는 기업 중 하나였다. 각종 식음료, 화장품, 렌털형 가전제품, 엔터테인먼트까지 다양한 분야에 사업이 걸쳐 있어서 입사 후에 도대체 무슨 일을 하게 될진 알 수 없었지만, 어차피 어떤 일을 하는가는 취준생에게 쟁점이 아니었고, 그만큼 큰 회사에 다닌다는 것이 중요했다. 그건, 크게 망하진 않을 거라는 이야기니까. 역시 대박보다는 폭망하지 않는 게 우선이었다. 번지르르한 이미지와는 달리 박봉에 격무라는 평가가 늘 뒤따랐지만 그런 말조차 일단 다녀봐야 할 수 있는 이야기여서 그런 푸념을 할 수 있다는 것 자체가 부러웠다. 게다가 세명그룹은 상반기 채용의 마지막 순서였다. 누군가는 이번에 안 되면 하반기를 노려야지, 하는 마음일 수 있겠지만 만약 작년 상·하반기의 채용에 죄다 떨어진 후 다시 맞은 상반기 공채에 또다시 우수수 떨어지고 마지막 남은 것이 여기라면, 그리고 서류전형과 인적성검사를 모두 통과한 게 이번이 처음이라면, 그리고 그게 바로 내 이야기라면…… 그건 이번에 합격하지 못할 경우 또다시 삼천자 이내로 자기를 소개해야 하는, 인생에서 가장 지리멸렬하고 굴욕적인 글쓰기를 반복해야 한다는 뜻이었다. 아무래도 내게 주어진 마지막 기회라는 생각에서 벗어날 수 없었다. 나는 정말이지, 간절했다.

"솔직히 여기 간절하지 않은 사람 없잖아요."

이찬휘의 말에 모두가 고개를 끄덕였다.

"다들 이게 마지막이라고 생각하고 오신 거잖아요."

갑자기 눈물이 날 것 같았다. 나는 양반다리를 풀고 무릎을 세워 양팔로 끌어안았다.

"저도 이것저것 딴짓하고 다닌다고 나이가 좀 있어서,

되게 간절하거든요."

나는 이찬휘가 말하는 '딴짓'이 무엇인지 알고 있었다.
수년 전 이찬휘는 밴드를 결성해 지원자 수만 이백만에
육박하는 서바이벌 경연 프로그램에 출연했다. 물론 프런
트맨이었고, 눈에 띄는 얼굴 때문에 예선에서 원숏을 몇
번 받았지만 그해에 유독 밴드 참가자가 많아서 별로 주
목받지는 못했다. 예선만 겨우 통과했을 뿐, 본방송에서
는 통편집당하고 탈락했으면서도 이찬휘는 자기가 무대
경험, 방송 경험, 기획사 트레이닝 경험이 많다면서 분위
기를 주도해나갔다. 선곡할 때도 마찬가지였다. 각자 하
고 싶은 걸로 세곡씩 적어서 모으기로 했는데, 어쩐지 이
찬휘한테 검사받는 모양새가 되고 있었다.

"아니, 자기가 좋아하는 노래를 하려고 하면 안 된다니
까요."

"저희 지금 예술하는 거 아닌 거 아시죠? 이거 면접이
에요."

"무조건 면접관들이 좋아할 만한 노래로 구성해야 돼
요."

이찬휘의 말에 따르면 누구나 쉽게 따라 부를 수 있는
훅이 있는 대중적인 곡 하나, 면접관들의 구미에 맞는 추

억의 7080 곡 하나, 그리고 빠른 비트에 분위기를 방방 띄울 수 있는 마지막 곡, 이렇게 세 곡 구성으로 가야 한다는 것이었다.

결국 이찬휘의 의견이 적극 반영된 세트 리스트가 완성되었다. 첫 곡은 데이브레이크의 「들었다 놨다」—이 곡을 시작으로 면접관들의 마음을 들었다 놨다 할 거라고 했다—, 그리고 이지연의 원곡을 러브홀릭이 리메이크한 「바람아 멈추어다오」, 엔딩 곡은 그해 아이튠즈 16개국 일위, 빌보드 삼위를 기록했던 초대형 월드 히트곡인 아리아나 그란데, 제시 제이, 니키 미나즈의 「뱅 뱅」이었다.

첫 곡은 남자 보컬이므로 이찬휘가 노래를 하고 내가 코러스를, 두번째 곡은 내가 노래를 하고 이찬휘가 코러스를 하기로 했다. 마지막 곡도 여자 보컬이라서 내가 하게 되려나, 하는 헛된 기대를 아주 잠시 품었지만 이찬휘가 이 정도는 반 키만 낮추면 충분히 부를 수 있다고 나섰다. 하긴, 애초에 자기가 부를 수 없는 걸 선곡할 인물은 아니었다. 원곡 자체가 투 보컬이기도 하고 조원들의 의견도 그렇고 해서 마지막 곡은 둘이 함께 부르기로 했다. 우리는 세명 측에서 준비해준 태블릿PC에 가사를 띄워놓고 각자의 종이에 옮겨 적으며 파트를 분배해나갔다. 한 소절 혹은 두 소절씩 번갈아 가져가고 있었는데, 특정 가사에 이르러서는 약속이라도 한 듯 둘 다 잠시 멈췄다. You need a bad girl to blow your mind. 누구도 부인할 수 없는 「뱅 뱅」의 킬링 파트, 하이라이트였다. 펀펀 페스티벌 마지막 무대의 마지막 곡. 그중에서도 가장 주목받게 될 절정의 절정. 두 보컬의 머리 돌아가는 소리만 팽팽나는 가운데 정적이 이어졌고 다른 조원들도 침묵을 보탰다. 이찬휘가 먼저 운을 떼웠다.

"여긴 서로 한번씩 불러보고, 조원 투표로 결정하는 건 어때요?"

그러더니 이어서 이렇게 말했다.

"그러니까 여기 말이에요. 뺀 걸 투 블로 요 마아아인."

그러면서 은근슬쩍 그 소절을 한번 불러보는 것이었다. 대충 불렀는데도 시원하게 올라가는 고음에 모두가 깜짝 놀란 눈치였다. 솔직히 나도 놀라긴 했다. 이찬휘가 이어 말했다.

"이 부분, 각자 한번씩 불러볼까요?"

뭘 한번씩이야. 자긴 이미 한번 불렀으면서. 그때 누군가 "누가 먼저 부르실 건가요?"라고 말했고 내가 먼저 입을 뗐다.

"찬휘씨부터 해보실래요?"

이찬휘는 내 말이 떨어지기 무섭게 단 한순간도 망설이지 않고 음음, 아아아, 하고 목을 가다듬더니 아까보다 훨씬 높고 우렁찬 소리로 고음을 내질렀다.

"유 니더 밴 보이 투 블로 요 마아아아아인 ─"

순식간에 엄청난 볼륨의 가성이 강당을 가득 채웠다. 끝없이 올라가는 고음, 파워풀한 바이브레이션과 간드러지는 애드리브 처리. 그 와중에 '걸'을 '보이'로 바꿔 부른 순발력까지. 우리 조뿐만 아니라 다른 조 사람들까지 고개를 돌려 일제히 이찬휘를 쳐다봤다. 강당에 앉아 있던 참가자 모두가 한명도 빠짐없이 그애를 보고 있었고, 그 엄청난 시선을 모두가 의식하고 있었는데 그걸 이찬휘 혼자만 못 본 것처럼 행동했다. 놀라서 순간 얼어붙었던 조원들이 띄엄띄엄 박수를 치기 시작했다. 그러면서 자연스레 하나둘씩 나를 바라봤다. 이찬휘를 향해 있던 조원들의 고개가 반대 방향으로 돌아 나를 향하는 눈빛이 무겁고 의미심장하게 다가왔고 그 시선이 하나둘 늘어날 때마다 숨이 턱, 턱 막혀왔다. 안 될 것 같았다. 나는 도저히 그만큼 부를 수 없을 것 같았다. 이토록 수많은 기대와 이목을 감당할 수도. 내가 말했다.

"저는…… 괜찮을 것 같아요. 찬휘씨가 그 파트 하세요."

이찬휘가 이해할 수 없다는 표정으로 눈을 동그랗게 뜨고 물었다.

"왜요? 해보지도 않고?"

"아니에요, 저는 그 뒷부분 사비 첫 소절 할게요."

"그래요. 나중에 딴말하기 없기."

이찬휘가 싱글싱글 웃으면서 가사를 옮겨 적었다. 정말 보통 녀석이 아니라는 생각이 들었다. 그 와중에도 나는 그애를 한번이라도 더 보려고 부단히 노력하고 있었다. 사실 이찬휘의 실물을 처음 마주한 순간부터, 그애가 종이에 무언가를 적거나 태블릿PC를 들여다보고 있거나 다른 조원들과 이야기하고 있을 때, 그러니까 그애의 시선이 다른 곳을 향하고 있을 때마다 나는 그애의 얼굴을 허겁지겁 눈에 담았고 면밀히 훑었다. 끊임없이 바쁘게 힐끔거렸다. 도저히 멈출 수가 없었다. 마치 그애를 보고 있는 동안은 무언가 좋은 것이 내 주머니로 와르르 쏟아져 들어온다는 듯이. 그래서 마지막까지 하나라도 더 필사적으로 주워 담으려는 듯이.

*

선곡과 파트 분배를 마치자 중식 시간이 되었다. 우리는 시래기된장국, 정체 모를 빨간 고기와 연근조림, 너무 질게 지어진 밥과 배추김치, 요구르트를 후다닥 해치우고 지하의 간이 연습실로 이동했다. 연습실은 그리 좁지는 않았지만 창문이 없어 환기가 잘되지 않는 탓에 두통을 유발했다. 물론 다른 조건들도 열악했다. 낮은 단상 위, 기타 스탠드에 세워져 있는 악기를 들여다보던 조원들이 볼멘소리를 내뱉었다.

"기타가 콜트 건 줄 알았는데 골트였어……"

"넥이 다 휘어 있네."

"저기 튜너, 튜너 좀 줘봐요."

가장 큰 문제는 드럼이었다. 이상할 정도로 단상과 동떨어진 곳에 외따로 놓여 있는 드럼은 단단히 고정된 유리 칸막이에 둘러싸여 있었는데, 그래서 합을 맞추기가 어려웠다. 조원들끼리 서로 이야기하면서 속도를 맞춰나가야 하는데 그 유리 칸막이 안에서는 바깥의 말소리가 잘 들리지 않았던 것이다. 잠시 연주를 중단했는데도 드럼만 그걸 모르고 계속 연주하다가 한 박자 늦게 아는 경우도 많았다. 게다가 안타깝게도 우리의 드러머는 가만 놔두면 자꾸만 템포가 빨라지는 스타일이었다. 우리는 혼자 멀리 떨어져 있는 드럼을 향해 빨라! 빨라! 혹은 스톱! 스톱! 하고 자주 소리를 질러야 했고 그녀는 전달 사항을 듣기 위해 유리 칸막이 밖으로 나왔다 들어갔다를 반복해야 했다. 더군다나 그 칸막이가 에어컨 바람의 사각지대를 형성하는 바람에 안팎의 온도차가 점점 심해졌고 급기야 유리에 습기까지 맺혔다. 이런 상황이 지속되자 드러머가 결국 드럼스틱을 바닥에 내던졌고, 뒤이어 조끼를 벗으면서 칸막이 밖으로 씩씩대며 나오더니 조끼를 말아쥔 손으로 칸막이를 깡, 내리쳤다. 유리가 이상한 진동음을 내면서 흔들렸다.

"대체 이게 왜 여기에 있는 거야! 이 거지 같은 칸막이가."

이찬휘가 드럼 쪽으로 다가가더니 유리를 고정한 바닥의 나사를 들여다보며 물었다.

"이거 뽑아버릴 수 없나?"

그러더니 내게 동의를 구하는 투로 말했다.

"이거 드라이버만 있으면 제가 뽑아버릴 수 있을 것 같은데요."

얘네 왜 이러지. 둘 다 진심인 걸까. 그리고 갑자기 드라이버가 어딨어. 애써 침착함을 유지하며 내가 대답했다.

"다 설치해둔 이유가 있지 않겠어요? 방음 때문이라거나."

"그리고 이걸 뽑으면 세명그룹 측에서 좋아할까요? 돌아가고 있는지는 모르겠지만 저기 CCTV 달린 거…… 다들 알고 계시죠?"

조원들의 시선이 일제히 연습실 천장 한구석에 달린 반구형의 CCTV로 향했다. 드럼은 그제야 그 사실을 알았는지 헛기침을 하면서 손에 감아두었던 조끼를 둘둘 풀어 다시 입었다. 나는 A4용지를 동그랗게 말아 셀로판테이프로 이어 붙여 긴 관처럼 만들었고, 그 끝을 에어컨 날개에 붙여 바람이 드럼 쪽으로 가도록 조정했다. 또 공용 태블릿PC에 메트로놈 앱을 다운받아 드럼 앞 보면대 위에 세워두었고, 그밖의 전달 사항은 종이에 매직으로 크게 써서 의사소통하자고 제안했다. 쓰는 건 내가 맡아서 하겠다고도. 그러자 처음보다는 그나마 수월하게 연습할 수 있었다. 첫 곡 연습이 일단락되고 다음 곡 연습을 위해 다른 조원들이 악기를 조율하고 세팅하는 동안 나는 잠시 연습실 밖으로 나왔다. 아무래도 처음 만난 사람들끼리

세 곡의 합을 하루 만에 맞추는 건 불가능에 가까워 보였다. 나는 돌아다니고 있던 세명 직원에게 컴퓨터와 프린터 사용을 문의했고, 그의 도움을 받아 원곡의 악기별 악보를 구해 인쇄할 수 있었다.

다행히 우리 조원들은 모두 어릴 때부터 취미로 악기를 해온 사람들이라 그런지 하나의 악보를 보고 연습하니 형편없는 악기로도 걱정했던 것보다 빠른 시간 내에 합을 맞출 수 있었다. 「들었다 났다」와 「바람아 멈추어다오」까지는 괜찮았다. 문제는 「뱅 뱅」이었다. 앞의 두 곡과는 달리 밴드 곡이 아니기 때문에 멜로디를 중심으로 재편곡해야 하는 상황이었다. 나는 유튜브에서 괜찮은 「뱅 뱅」 커버 영상 몇개를 골라 조원들에게 보여줬다. 이중에서 적당한 레퍼런스를 찾아 맞춰보자고 제안하자마자 이찬휘가 반대 의견을 냈다. 자기가 어릴 때 모 기획사의 연습생으로 있으면서 편곡을 배운 데다 대학생 때는 밴드 활동으로 편곡 경험이 많다면서 자기가 직접 편곡을 하겠다는 것이었다. 연습 시간은 하루뿐인데, 편곡을 새로 한다고? 좀 황당했지만 못하는 걸 하겠다고 할 애는 아닌 것 같기도 하고, 무엇보다 안 그래도 서로서로 짜증나는 상황에서 싸우기까지 하고 싶지는 않아서 우선은 믿고 맡겨보기로 했다.

편곡을 해본 적도, 배워본 적도 없던 나는 마냥 놀고 있기가 좀 그래서 연습실 구석의 간이의자에 앉아 다른 사람들이 이 곡을 어떻게 커버했는지 더 찾아보고 있었다. 이찬휘는 단상 위에서 퍼스트 기타와 키보드를 데리고 편곡을 하기 시작했다. 신경 쓰지 않으려고 해도 이찬휘의 목소리가 워낙에 커서 듣지 않을 수가 없었는데, 좀 '밀어서' 쳐달라, 좀더 '빈티지'하면서도 '땡땡한' 느낌으로 쳐달라, 기타가 거기선 좀더 '뚜왕뚜왕' 해도 되지 않느냐, '레몬맛 탄산수 같은' 느낌으로 가자며 이해할 수 없는 요구들을 했다. 한참을 실랑이하다가 듣다 못한 키보드가 벌떡 일어났다. 그리고 발로 키보드 의자를 이찬휘 앞으로 툭, 차면서 말했다.

"그럼 형이 한번 쳐봐요. 어떤 느낌인지 잘 모르겠어서."

이찬휘가 곧바로 대답했다.

"아, 나 피아노 못 쳐요."

"네?"

"피아노 못 친다고요."

뭐야, 왜 이렇게 당당해? 반대편에서 지켜보고 있던 내

72

가 고개를 빼고 물었다.

"찬휘씨, 아까 편곡할 줄 안다면서요."

"나는 다 컴퓨터로 하거든요."

그의 말이 끝나기가 무섭게 키보드가 하, 하는 소리를 내뱉더니 대놓고 빈정대기 시작했다.

"아, 예, 그러셔요. 님 되게 스마트하시네요? 네?"

큰일났다. 나는 거의 본능적으로 그 둘 사이로 걸어 들어가서 두 사람의 얼굴을 한번씩 쳐다보면서 말했다.

"저희 좀 쉬었다 할까요? 다들 너무 더워서 지친 것 같아요. 제가 마실 거라도 뽑아올게요."

키보드가 손등으로 내 팔뚝을 밀어내며 이찬휘 쪽으로 한 걸음 성큼 다가갔다.

"아니, 지원씨 잠깐만 나와봐요. 나 쟤랑 둘이 얘기 좀 하게요."

어떡해, 다혈질인가봐. 나는 키보드의 조끼 자락을 슬쩍 붙잡아 당기면서 말했다.

"에이, 그러지 마시고 저랑 같이 음료수 사오는 것 좀 도와주세요. 저 혼자서는 무거워서 다 못 들고 와요. 네?"

겨우 진정시킨 키보드를 자판기 앞 플라스틱 의자에 앉힌 다음, 탄산수 하나를 뽑아 건넸다. 조금 진정된 것 같앗던 그가 병을 따르려다 말고 말했다.

"아이씨, 이거 레몬맛 탄산수잖아? 개빡치네 또."

나는 재빨리 내 몫으로 뽑았던 이온음료를 건네면서 탄산수를 받아들었다.

"이거 드세요. 입 안 댄 거예요. 탄산수는 제가 마실게요."

"고마워요."

키보드는 내가 내민 음료를 벌컥벌컥 한번에 들이켜더니 갑자기 캔을 발로 콱 밟아 찌그러뜨려서 날 깜짝 놀라게 만들었다.

"이찬휘? 뭐하는 새끼야? 잘생기면 다야?"

역시…… 남자가 봐도 잘생기긴 했나보다…… 나만 그렇게 느낀 게 아니었어……라는 생각이 들었고…… 그러다 조금씩…… 서서히…… 내가 지금 뭘 하고 있는 거지? 라는 의문에 잠겨들었다. 레몬맛 탄산수는 너무 차가워서 한모금 마셨을 뿐인데 머리가 깨질 듯이 아파왔다. 찬 기운이 목구멍을 지나면서 머리통까지 얼얼하게 만들었고 누군가 아주 가느다랗지만 성가신 전자음을 귓가에 틀어대는 것 같았다. 나는 잠시 눈을 감고 찜통더위 속 급격한 냉기가 주는 고통을 견디면서 생각했다. 대체 여기서 뭘

하고 있는 거야……? 왜 여기서 이렇게…… 이상한 옷을 입고…… 처음 보는 사람들이랑…… 심지어 성격도 하나같이 이상하고…… 나만 정상인 것 같아……

하지만 그때까지만 해도, 나는 최종적인 무대의 퀄리티보다는 과정이 더 중요하리라 여겼다. 이렇게 큰 기업에서, 이렇게 큰돈을 들여가면서 삼일씩이나 우리를 먹이고 재우며 이런 경연을 하는 데는 다 이유가 있을 거라고. 제너럴한 기업이 제너럴한 직군의 신입사원을 뽑는데 연기와 마술, 연주와 노래 실력을 요구하는 건 아닐 거라고. 이런 방식의 채용은 공연 자체를 평가하는 것이 아니라 참가자들이 제한된 환경을 어떻게 극복해나가는지, 그리고 서로 다른 성향의 사람들과 어떻게 의견을 조율해나가는지를 평가하기 위해서 기획되었을 거라고. 어디선가 내가 노력하고 애쓰는 과정을 다 지켜보고 있을 거라고. 세명 직원들이 괜히 연습실 주변을 돌아다니고 있는 게 아닐 거라고. 그 사람들은 바로 그런 것들을 평가하기 위해 온 것이라고. 결국은 다 알아줄 거라고. 번거로워도 그럴 만한 가치가 있는 과정이라고. 그렇기 때문에 이 과정을 통해 선발되면 더더욱 나 자신의 쓸모를 증명할 수 있을 거라고.

펀펀 페스티벌을 열두시간 앞두고 있었다.

*

둘째날 중식 후 리허설이 시작되었다. 무대 뒤에서 가사를 점검하며 목을 풀고 있는데 이찬휘가 내 옆모습을 바라보면서 천천히 다가오는 게 느껴졌다. 나는 눈이 관자놀이에 붙은 것처럼 그 움직임을 하나도 빠뜨리지 않고 의식하고 있으면서도 고개는 끝까지 돌리지 않았다. 마침내 한뼘 거리에 멈춰 선 이찬휘가 갑자기 허리를 굽혀 내귓가에 대고 평소보다 한 톤 낮은 목소리로 속삭였다.

"내가 원래 이건 말 안 하려 그랬는데……"

운을 띄우더니 이어 말했다.

"지원씨, 이상한 쪼가 있다?"

"네?"

나는 반사적으로 고개를 들고 물었다. 이찬휘가 굽혔던 허리를 살짝 펴 올리면서 다시 말했다.

"아니, 사비 할 때 말이에요. 항상 이렇게 하더라고."

이찬휘가 난데없이 후렴구를 불렀다.

"웨이―러 미닛, 렛 미 텍 유― 데얼―, 이걸 원래

이렇게 해야 하는데."

그리고 이어 말했다.

"지원씨는 어떻게 하는지 알아요?"

그러고는 볼썽사납게 눈을 감고 노래하기 시작했다.

과장된 목소리, 과장된 표정, 과장된 몸짓.

보기 싫었다. 추했다. 이찬휘가 날 흉내 내고 있었다. 그건 내가 아니었고, 내 노래가 아니었다. 거짓말, 내가 정말 그렇게 부른다고?

"이렇게 부르시더라고요?"

내가 아무 말 않고 있자 이찬휘가 다시 입을 열었다.

"그거, 되게 느끼하고 거슬리거든요. 좀 안 하면 안 될까?"

나는 뭐라도 대답해보려 입을 벙긋, 열었으나 할 말이 없어 다시 닫은 채 이찬휘가 말한 그 소절을 머릿속으로 다시 불러봤다. 침착하게 복기했다. 그리고 인정해야 했다. 내가 고음을 시작하는 부분과 연음 부분에서 아주 약간, 이찬휘가 흉내 낸 그런 방식으로 부르는 경향이 있다는 것을. 하지만 그게 잘못되었다고는 생각해보지 않았다. 여태껏 그런 건 창법이나 기교의 일종일 뿐이라고 생각했다. 그리고 무엇보다, 왜 이제 와서? 내가 물었다.

"그 이야기를 왜 이제 해요?"

"원래, 이런 건 괜히 한번 신경 쓰이기 시작하면 그 생각밖에 안 나거든요. 그래서 일부러 말 안 하고 자연스럽게 고쳐지길 기다리고 있었어요."

그걸 알면서, 그 얘기를 공연 직전에 해? 이찬휘는 나보고 지금이라도 '죠'를 빼는 연습을 해보라고 조언했다. 본공연이 시작되었다.

연수원의 메인 강당에 1조의 연극무대가 세팅되었고, 조명기구가 복잡하게 달린 높은 천장으로부터 하늘색 바탕에 알록달록한 색색의 글씨가 적힌 현수막이 천천히 내려왔다.

Fun Fun 페스티벌 — 꿈을 향한 크리에이티브 대축제!

위쪽의 두 귀퉁이만 고정되어 매달려 있고 아랫부분은 공중에 떠 있어서 내려오는 동안 아래의 두 귀퉁이가 조금씩 팔락였다. 자세히 보니 타이틀 밑에 더욱 조잡한 폰트로 'Show me the talent! 당신의 끼와 개성, 창의성을 펼쳐라'라는 문구가 적혀 있었다. 나는 누가 현수막을 내리고 있는 것인지, 어디서부터 내려오고 있는 것인지 확인하고 싶어 고개를 높이 쳐들었다. 그러나 시야에 들어온 건 때마침 켜진 조명기구의 하얀 빛뿐이었다. 그 강렬함에 이내 눈을 질끈 감아버려야만 했다. 현수막을 매단 끈의 출발점이 어디인지는 끝내 알 수 없었다. 나는 어두컴컴하고 그 끝을 알 수 없는 위쪽을 향해 묻고 싶었다. 이거 정말 축제가 맞아? 누구를 위한 Fun이야? 여기서 Fun을 가져가는 사람은 누구지? 재미를 보는 사람은 대체 누구야?

이찬휘의 말은 사실이었다.

한번 신경 쓰이기 시작하니 정말로 그 생각만 났다. 나는 나의 '쪼'에 사로잡혀 있었다. 신입생 때 가입했던 보컬 동아리에서 정기 연습을 나간 건 딱 두번뿐이었다. 그 후로 술이나 몇번 마시고 사람들과 어울리다가 여름방학 때 매일 모여 본격적인 공연 준비에 돌입한다길래 그 이후부터는 나가지 않았다. 그땐 겁이 났던 것 같다. 방학을 노래 연습하는 데 쓸 수 있는 한가한 처지가 아니라고 생각했기 때문이었다. 나는 스무살 첫 여름방학 때 삼성역에 있는 대형 어학원에서 아르바이트를 했다. 수업 교재를 복사하고 엮고 나누어주고 오전 시간에 비어 있는 호프집을 섭외해 학생들이 공식 스터디 장소로 사용할 수 있도록 연계하는 일을 했다. 그 자리의 장점은 월급과 별개로 원하는 수업 하나를 무료로 수강할 수 있다는 것이었다. 나는 등록금도 벌고 토익 수업도 공짜로 들으면서, 그리고 한쪽 벽면을 가득 채운 냉장고에 세계맥주가 새하얀 빛을 받으며 진열되어 있는 호프집에서 아침 일곱시에 스터디도 하면서, 동아리 같은 건 진즉에 관두길 잘했다고 생각하곤 했다.

만약 내가 보컬 동아리를 그만두지 않고 계속 연습하고 트레이닝받았다면 이런 '쪼'가 없었을까? 나는 선배들의 "이야, 요즘 신입생들은 일학년 때부터 중도 간다며?" 하는 비아냥을 매일같이 들으면서도 공강이면 중도에 가서 그날 들은 수업 내용을 바로바로 정리했고, 학점을 관리하느라 초과 학점을 마다하지 않았고, 동아리마저 이력서에 쓰기 좋은 것, 이를테면 경영학회나 글로벌 트렌드 세미나 같은 것들로 매년 바꿔가며 가입했고, 방학이면 괜찮은 아르바이트와 잘나가는 기업의 업무와 관련 있는 대외 활동을 찾아다녔다. 그렇게 스펙을 쌓아놨더니 이제 와서 끼와 개성, 창의성을 펼치라니. 이럴 줄 알았으면 '쪼'나 고칠걸.

우리 조의 무대는, 사실 이제 와서는 잘 기억나지 않는다. 군데군데 몇가지 장면만 스냅 영상처럼 짧고 강렬하게 남아 있을 뿐.

나는 내 파트 중에 킬링 벌스였던 고음 부분, 이찬휘가 흉내 냈던 바로 그 부분을 힘 뺀 가성으로 처리해버렸고 아주 작은 목소리 때문에 부르고 있는 나에게조차 잘 들리지 않았다. 아마 관객석에서는 내가 그 소절을 아예 부르지 않은 것처럼 느꼈을지도 모른다. 2절에서 만회해보려 온 힘을 다해 불렀지만 정확히 같은 부분에서 삑사리가 났다. 그 순간 무대 아래에서 '어떡해'라고 소리 없이 외치는 수십개의 눈동자를 마주해야 했다. 각각의 까만 눈동자들이 작은 모니터들처럼 느껴졌고, 그 위로 실수하는 내 모습이 편집되어 반복 재생되고 있는 것 같았다. 어떡해? 정말 어떻게 하지? 그 앞에 다채로운 명사들이 붙었다. 방금 그 삑사리 어떡해? 지금 이 분위기 어떡해? 내일 임원면접 어떡해? 아…… 내 인생 어떡해?

그 순간—아직도 왜 그랬는지 온전히 이해할 수는 없지만—나는 스탠드에 꽂혀 있던 마이크를 뽑아들고 무대 앞쪽으로 빠르게 걸어 나갔다. 그리고 반복되는 후렴구를 부르면서 골반을 좌우로 한번씩 튕겼다. '뱅' 할 때 왼쪽으로 한번, 또 '뱅' 할 때 오른쪽으로 한번. 그렇게 두번씩 총 네번을.

뱅, 뱅,

인투 더 룸 ─ 아이 노 유 원 잇.

뱅, 뱅,

얼 오벌 유 ─ 아윌 렛 츄 해빗.

면접관을 비롯해 보고 있던 관객들이 그 순간 와아, 하고 함성을 질렀다.

'뱅 뱅'이라는 말이 영어로 성행위를 뜻하는 은어라는 사실을 알게 된 건 그로부터도 한참 뒤였다. 사실 내가 이틀간 그렇게 연습하고 또 연습했던 가사를 되새겨보면 충분히 유추할 수 있는, 아니 유추씩이나 할 필요도 없이 대놓고 알 수 있는 사실이었는데 당시에는 이상하게 그런 것들이 잘 보이지 않았다. 노랫말이 아니라 시험 전날 외워야 하는 답안지처럼 느껴졌으니까. 그로부터 2년 뒤, 한 아이돌 그룹 오디션 프로그램에서 참가자들이 「뱅 뱅」 커버 무대를 선보였다. 그들은 뱅 뱅, 할 때 골반을 흔들지 않고 머리를 흔들었다. 나도 골반이 아닌 머리를 흔들었다면 이 노래를 떠올릴 때마다 이렇게까지 수치스럽지는 않을 텐데,라는 생각이 들었다.

애프터 파티를 위해 마련된 야외의 플라스틱 테이블에 세명그룹 계열사에서 만든 술과 음료수가 쫙 깔렸다. 모두들 잔디밭에서 땀을 뻘뻘 흘리며 한 손으로는 삼겹살과

목살을 굽고 한 손으로는 모기를 쫓았다. 살면서 수없이 많은 불판 앞에 앉아봤지만 이렇게 서로 고기를 굽겠다고 나서는 경우는 처음이었다. 모두들 집게를 잡으려고 난리였고, 결국 한 사람은 집게를, 한 사람은 부엌 가위를 들고 내려놓지 않아 한 사람이 고기를 들면 나머지 한 사람이 자르는 풍경이 테이블마다 펼쳐졌다. 나는 집게도 가위도 잡지 못해 괜히 테이블 위의 종이 접시와 일회용 젓가락을 들었다 놨다 하며 정리하는 척했다. 목살의 한쪽 면이다 익어 이찬휘가 그걸 뒤집었을 때, 우리 테이블 쪽으로 하늘색 피케 티셔츠와 베이지색 면바지 차림의 면접관 한 명이 다가왔다. 나는 반사적으로 일어나 허리를 접다시피 하며 인사했고 그러면서 스스로 놀랐다. 그런 경험은 처음이었는데, 저 사람이 면접관이고 내가 잘 보여야 하는 사람이니까 예의 바르게 인사해야지,라는 사고의 흐름을 거치기도 전에 반사적으로 척추가 훅 접혀버리는 그런 느낌이었다. 면접관이 이미 불콰해진 얼굴로 맥주 캔을 하늘 높이 들고 말했다.

"여기가 9조, 밴드지? 아주 훌륭했어요. 건배!"

우리는 여전히 허리를 온전히 펴지 못한 채로 면접관과 건배한 뒤, 약속이라도 한 듯 고개를 어깨 너머로 돌리고 미지근해진 맥주 캔을 양손으로 꼭 쥔 자세로 맥주를 마셨다. 면접관이 다시 입을 열었다.

"이 친구들 아주 명곡을 불렀지? 바람아 멈추어다오, 그게 내가 아주 좋아하는 노래거든. 아주 내가 깜짝 놀랐어요. 어떻게 젊은 친구들이 이 곡을 알지?"

여전히 허리를 납신 굽힌 이찬휘가 자기 캔을 면접관의 캔에 슬쩍, 갖다 대며 말했다.

"제가 골랐습니다."

면접관이 활짝 웃었다.

"이 친구, 얼굴만 잘생긴 게 아니라 음악 취향도 깊구먼. 근데 이 친구 정말 잘생기지 않았나? 꼭 내 젊었을 적 모습을 보는 것 같네."

이찬휘가 표정 하나 바꾸지 않고 말했다.

"과찬이십니다. 선배님이 더 미남이시죠."

나는 밍밍한 술만 말없이 들이켰다. 세명은 왜 맥주 품질이 나아지질 않을까? '수입 맥주 네 캔 만 원' 시대에 이래 가지고 경쟁력 있겠나? 그런 생각들을 하면서. 면접관이 물었다.

"혹시 편곡을 직접 한 건가?"

"네, 제가 직접 편곡했습니다."

이찬휘가 자신만만하게 대답했다. 그리고 이어 말했다.

"감사히도 조원들이 많이 도와줬어요."

거짓말. 너는 레몬맛 탄산수 타령 하면서 입으로만 편곡했잖아. 그리고 그건 애초에 편곡이 되어 있는 노래라고. 네가 아니라 러브홀릭이 편곡한 노래잖아. 내가 구해온 악보대로 했을 뿐이잖아. 추가적인 몇번의 건배 끝에 면접관이 다른 테이블로 떠나자 이찬휘가 내 옆에 자리잡더니 "지원씨, 수고했어요"라고 했다. 내가 쳐다보지 않고 쌈장에 삼겹살을 푹 찍으며 "찬휘씨도요"라고 하자 갑자기 얼굴을 친근하게 들이밀며 물었다.

"여기 나가면 우리 말 놓을래?"

정말 너무 싫다. 나는 여기서 나갈 때 핸드폰을 돌려받으면 인스타에 저장해둔 이찬휘 사진을 지우는 일부터 하리라 마음먹었다.

*

합숙면접 결과는, 불합격이었다. 9조에서는 이찬휘와 퍼스트 기타, 키보드까지 세 사람이 최종 합격했고, 카스텔을 선택해 무려 육층의 인간 탑을 쌓았던 3조에서는 꼭

대기부터 셋째 줄까지 여섯명이 싹 다 붙었다는 이야기를 들었다. 그 말을 전해 듣고서는 꼭대기 층에 올라갔던 애들이 누구였는지, 어떤 애들이었는지를 떠올려봤다. 몸집이 작은 애였나? 날씬하고 가벼운 애였나? 그게 아니라면 균형 감각이 좋은 애였나? 막상 또 그런 건 아닌 것 같았다. 아무리 생각해봐도 걔네는 그냥, 그런 데 올라가는 애들이었다.

이찬휘는 그때 합격한 9조 멤버들을 주축으로 '긴급구조'라는 이름의 사내 밴드를 만들었다. 나는 그해 하반기에 건실하다는 중소기업에 취직했으나 삼개월을 채우지 못하고 퇴사했다. 그리고 그다음 해에 조건부 인턴으로 한 중견기업에 들어갔고, 그로부터 또 일년 뒤에 다시 면접을 본 뒤 신입사원 자격으로 전환될 수 있었다. 그사이 이찬휘와는 말을 놓았고, 맞팔 관계가 되었고, 아주 가끔 좋아요와 하트와 안부 메시지를 주고받았다. 그리고 사회생활이라는 게 늘 합당한 근거나 논리적인 이해관계에 의거해 이루어지는 것만은 아니며 능력이나 역량의 객관적 판단 같은 건 허상에 불과하다는 것쯤은 아는 나이가 되었다.

이찬휘가 초대한 송년회는 갈까 말까 당일까지 고민하

느라 좀 늦게 출발했다. 드레스 코드가 있는 모임에 참석하는 건 처음이었다. 컬러 코드가 블랙과 골드였는데 먹색 스웨터에 블랙 진만 입은 것이 마지막까지 마음에 걸려 지하철역사 안의 액세서리 매장에서 높은음자리표 모양의 금색 귀걸이를 사서 착용했다. 귀걸이는 구천원이었다.

모임 장소는 라이브 시설이 갖춰진 지하의 술집이었다. 이찬휘가 말했던 대로 규모가 제법 있었다. 내가 도착했을 때 이찬휘는 이미 무대에 올라가 노래하는 중이었는데 내가 온 걸 금세 발견하고 눈인사를 했고, 부르던 곡이 끝나자마자 무대에서 내려와 내가 앉아 있던 맨 구석의 테이블로 달려왔다.

"지원! 진짜 오랜만이다. 혼자 왔어?"

나는 짐짓 대수롭지 않은 척하며 말했다.

"원래 근처에 볼일이 있었어서 지나가다 들러봤어."

물론 오늘 내 스케줄은 이것 하나뿐이었다. 이찬휘가 주방 쪽을 보면서 외쳤다.

"여기 새로 오셨으니까 세팅 하나 해주시구요."

그리고 이어 말했다.

"이 테이블, 안주 끊기지 않게 주세요."

누가 들으면 이찬휘가 계산하는 자리인 줄 알 것 같았

다. 이찬휘는 이미 메신저의 송금 서비스로 삼만원씩 회비를 걷은 상태였다. 그가 나를 챙기고 있는 사이, 아니 정확히 말하면 나를 챙기는 자신의 매너 있는 모습에 심취한 사이, 무대 위에서는 보컬 없이 연주자들끼리의 즉흥연주 — 이찬휘가 강조하던 바로 그 'jam' — 가 한창이었다. 냅킨과 커틀러리, 에일 맥주 한잔과 간단한 안주가 세팅되자 이찬휘가 양볼에 깊은 보조개를 만들면서 씩 웃었다.

"나 이제 다시 올라간다. 많이 먹고, 재밌게 놀다 가."

그러고는 경중경중 단상으로 뛰어올라 갔다. 보컬이 돌아오자 무대 위 밴드 멤버들이 여전히 즉흥연주를 멈추지 않은 채로, 눈짓을 주고받으면서 "뭐 할래?" "뭐 할래?" 하더니 "그거?" "그래 그거!" 하면서 새로운 곡을 연주하기 시작했다. 천천히 시작되는 F 코드. 무슨 노래일까. 제발, 퀸 노래만 아니었으면. 하지만 불행히도 그건 퀸의 「돈 스탑 미 나우」였다. 이찬휘가 무대 앞으로 나와 서자 사람들이 일제히 소리 질렀다. 그가 고개를 뒤로 젖히면서 오른손으로 앞머리를 쓸어 올렸다. 긴 앞머리가 그의 길고 곧은 손가락에 쓸려 위로 올라갔다가 다시 가르마를 따라 찰랑이며 내려왔다. 이찬휘는 고개를 좌우로 살짝 털어 앞머리를 정리한 후 양손으로 마이크 스탠드를 붙잡고 입을 열었다.

"투데이 —"

아, 설마.

"암 고우 투 마이 — 나나나 — 겟 타임 —"

이찬휘는 가사를 전혀 모르고 있었다.

"마이 필 — 라 — 아아아 — 벗 더 월드 댓 나나나 아웃, 예 —"

어떡해, 정말 싫어. 이 타이밍에 이 선곡도 싫고, 잔뜩 심취한 미간도 싫고, 자기가 무대를 장악했다고 굳게 믿고 있는 저 손짓도 싫고, 로큰롤 스타처럼 다리를 떠는 제스처도, 전부 다 싫어.

나는 어떻게 이런 일이 가능할 수 있는지를 골똘히 생각했다. 아마 나는 죽을 때까지 못할 거야. 가사도 모르면서 사람들 앞에서 영어로 노래를 부르는 그런 일은. 어떻게 저렇게 뻔뻔할 수 있지? 대체 무엇이 저 아이를 저렇게 만든 걸까? 이찬휘가 너무 싫어 죽겠는데, 동시에 또 너무 부러웠다. 왜 나는 죽어도 할 수 없는 일을, 저애는 아무렇지도 않게 할 수 있게 된 거지? 어째서? 능력의 차이가 아니라 마음의 차이일 뿐인데, 마음은 돈 드는 것도 아닌데, 왜 내 마음은 대체 이것밖에 안 되는 거야. 무대 위에서 그애, 찬휘는 여전히 빛났다.

"돈! 스탑! 미! 나아우 — "

왼손으로 마이크를 뽑아든 이찬휘가 그걸 테이블 쪽을 향해 높이 들었다. 아는 가사가 나오자 모두들 떼창하기 시작했다.

"암 해빙 어 굿 타임, 해빙 어 굿 타임!"

이찬휘는 관객들을 향해 자신의 옆선을 뽐내듯 오른쪽 얼굴을 내밀고서는 마이크를 들지 않은 손바닥을 귓바퀴에 가져다 댔다. 그러고는 고개를 두어번 끄덕이며 만족스럽다는 듯 미소를 지은 다음, 관객 쪽을 향했던 마이크를 도로 가져가 무대를 휘젓고 다니며 노래했다. 가사는 여전히 엉망이었다. 영어도 불어도 아닌 대충 각운만 맞춘 이상한 언어로 지어내 부르고 있었다. 하지만 아무도 그걸 신경 쓰지 않는 것 같았다. 나는 그제야 말도 안 되는 영어에 오그라든 내 작은 마음을 펼 수 있었다. 그래, 이 노래는 '돈 스톱 미 나우'랑 '해빙 어 굿 타임'만 알면 되는 노래지 뭐. 어떤 사람은 전부 알아도 쉽게 나서지 못하는데 왜 어떤 사람은 조금만 알아도 다 아는 것처럼 나설 수 있는 걸까. 어느새 핀 조명이 이찬휘에게로 떨어져 있었다.

나는 샛노란 치즈를 얹은 감자튀김과 먹태 몇조각만을 안주 삼아 맥주를 세잔이나 비웠다. 맥주에선 달큰한 꽃향기가 났지만 이런 곳에 혼자 온 사람은 나밖에 없는 것 같아 뒷맛이 씁쓸했다. 고기도 먹어본 사람이 많이 먹는다고 하던가. 나는 근래 전국을 강타했던 퀸 메들리 몇곡을 더 듣고 조용히 술집을 빠져나왔다. 그리고 지하와 일층 사이 층계참에 자리해 있는 화장실로 들어갔다. 오래된 건물처럼 보였고 문짝이 허름해서 열기 직전까지 조마조마했는데, 다행히 깔끔한 화장실이었다. 세면대에는 펌프형 물비누가 있었고 나란히 놓인 같은 디자인의 용기에는 핸드크림이, 그리고 벽면에는 종이 타월까지 비치되어 있었다. 나는 먹태 냄새가 밴 손가락을 하나하나 꼼꼼히 씻고 종이 타월로 닦은 뒤 핸드크림을 발랐다. 그때 술집 안에서 카운트다운을 외치는 소리가 희미하게 들려왔다. ……육, 오, 사, 삼, 이, 일! 해피 뉴 이어! 나는 손바닥을 오목하게 모아 코에 가져다 대봤다. 핸드크림의 코코넛 향이 나쁘지 않았다. 삼십대를 맞이하는 순간 핸드크림이 비치된 공중화장실을 만나다니, 이건 필시 좋은 징조일 거야. 그런 생각들을 애써 했다. 화장실을 빠져나와 계단을 반층 더 올라갔다. 뒤이어 유리문을 팔꿈치로 밀었을 때, 바깥의 찬 기운이 볼에 막 닿았을 때, 누군가 내 어깨를 툭, 잡았다. 돌아보니 세 계단 아래에 있는, 한겨울에 딱 달라붙는 검정색 반팔 티를 입고 구찌 마몬트 벨트로 골드 포인트를 잊지 않은 이찬휘가, 날 올려다보고 있었다.

"벌써 가게?"

그 순간, 죽고 싶을 정도로 수치스러운 건 이찬휘가 내 어깨에 함부로 손을 댔다는 사실이 아니었다. 아직 그 손이 그렇게까지는 싫게 느껴지지 않는 나 자신이었다. 젠장, 어떡하지? 아직도 너무…… 잘생겼어. 분명히 말하지만 이찬휘에게는 일말의 감정도 남아 있지 않았다. 이상형의 반대말이 존재하는지는 모르겠지만, 만약 있다면 이찬휘는 이제 그것에 가까웠다. 이찬휘 같은 태도, 이찬휘 같은 표정, 이찬휘 같은 말투, 이찬휘 같은 취향, 한마디로 이찬휘 같은 바이브. 모두 내가 꺼리는 것들이었고 사람을 판단할 때 절대적으로 피하는 기준 같은 게 되었다. 나는 이제 이찬휘의 모든 것이 소름 끼치도록 싫었다. 다만 저애의 얼굴과 몸, 그 껍데기만 빼고. 그건 아직까진, 아무리 봐도 싫어지지가 않았다. 그걸 싫어하지 못하는 나 자신만 자꾸 싫어질 뿐. 나는 누구에겐지 모르게 다급히 변명했다. 껍데기일 뿐이지만 이런 껍데기는 귀하다고. 좀처럼 쉽게 볼 수 없다고…… 그리고 다시 어딘지 모를 반대편을 향해 외쳤다. 아, 무슨 소리를 하는 거야. 난 정말 쓰레기야. 난 육신의 노예야. 제발 누가 날 좀 말려.

집으로 돌아가는 길, 에어팟을 꺼내 귀에 꽂았다. 디링, 하는 블루투스 연결음이 내게 무언가를 요청하고 있는 것 같았다. 나는 뮤직 앱을 실행시켜 '그 노래'를 검색해 재생했다. 그리고 이찬휘를 떠올렸다. 뱅, 뱅, 인투 더 룸. 연수원 숙소 이층침대의 아래층에 걸터앉은 이찬휘. 긴 다리, 삐져나온 발목. 백, 백 싯 온 마이 카. 조수석 틸팅 버튼을 누르자 뒷좌석으로 천천히 넘어가는 이찬휘.

음악을 들으며 발길 닿는 대로 걷다보니 어느새 버스 정류장이었다. 나는 우리 집 쪽으로 가는 버스가 있는지 버스 번호를 유심히 살폈다. 773…… 7…… 79…… 7…… 7…… 3…… 맥주 세잔에 벌써 취했는지 숫자들이 자꾸만 겹쳐 보였다. 어지러움을 떨치려 고개를 들었을 때, 어딘가로부터 퍼져나오는 밝고 인공적인 빛을 느꼈다. 빛살이 흘러나온 쪽으로 시선을 돌리자 간판 두개가 눈에 들어왔다. 나란히 불 밝힌 아이스크림 할인매장과 코인 노래방이었다. 할인은 특정 짧은 기간에 임의의 비율로 깎아주는 것이라고만 생각했는데, 이 매장은 아예 간판에 팔십 퍼센트 할인이라고 적혀 있었다. 그게 신기해 매장 안으로 들어가봤다. 천원짜리 한장을 내고 콘 아이스크림을 샀는데 그러고도 오백원이 남았다. 이렇게까지 싸다고? 나는 좀 놀랐다.

점선을 따라 종이 포장을 돌돌 말아서 벗긴 다음 한입 크게 베어 물었다. 겨울에 길에서 아이스크림을 먹으면 춥지 않을까, 늘 생각했었는데 의외로 괜찮았다. 야외에서 아이스크림을 먹으면 녹아 흘러내리는 게 싫어서 늘 허겁지겁 단숨에 먹곤 했다. 그런데 날이 추우니 표면이 쉽게 녹지 않고 오래도록 보송보송했다. 나는 가게 입구의 계단에 걸터앉아 초코맛 아이스크림과 토핑으로 얹어진 아몬드까지 아주 천천히 음미하며 한입씩 베어 먹었다. 오랜 시간을 공들여 다 먹고 나서는 코인 노래방으로 들어갔다. 동전 투입구에 방금 거슬러 받았던 오백원짜리 동전을 망설임 없이 집어넣었다. 기계가 동전을 받아 삼키는 기분 좋은 소리를 들으면서 번호판을 꾹꾹 힘주어 눌렀다. 79407. 제시 제이, 아리아나 그란데, 니키 미나즈의 「뱅 뱅」이었다. 나는 내 '쪼'대로 2절부터 부르기 시작했다.

공모

엘리베이터가 삼층에서 멈췄다. 문이 열리자마자 층계참에 세워둔 입간판이 정면으로 보였다. 천의 얼굴. 그대로였다. 천(千)이 한자로 적혀 있는 것까지.

나는 천천히 엘리베이터에서 내렸다. 오른쪽으로 나서니 계단 난간 맞은편으로 출입문이 보였다. 유리문 너머로 가게 안쪽 벽에 걸린 메뉴판을 읽어봤다. 해물파전, 김치전, 육전, 알탕, 오뎅탕, 홍합탕, 번데기탕, 골뱅이소면, 계란말이, 감자튀김, 모듬소시지, 먹태와 노가리, 과일 스페셜…… 가격은 올랐지만 구성은 거의 변하지 않았다. 한달에 서너번은 이곳에 들락거리던 시절과 동일한 메뉴였다. 그 당시 천의 얼굴의 위치는 여기가 아니었다. 옆 골목 끄트머리, 낮고 낡은 건물의 지하에서 작게 영업했었다. 중간에 자리를 이곳으로 옮기면서 확장했고, 지금은 같은 위치에서 매장의 반을 줄여 장사한다. 부엌과 홀이 모두 좁아졌고 가벽으로 막아둔 나머지 반쪽엔 프랜차이즈 찜닭집이 들어와 있다. 다시 원래의 규모로 돌아간 셈이었다. 괜히 심호흡을 한번 하고 난 뒤에 유리문을 밀고 들어갔다. 출입문 위쪽에 매달려 은은하게 달랑거리는 풍경 소리를 들으면서, 나는 이 가게의 문을 처음 열고 들어갔던 17년 전 그날을 떠올렸다.

아니다. 처음엔 문을 열지 못했지. 그때 이 문은 닫혀 있었다.

1

17년 전 이맘때, 나는 갓 입사한 신입사원이었다. 환영 회식 명목으로 퇴근 후 부서 전체가 다 같이 미리 예약해둔 회사 근처 고깃집에 갔던 날로 기억한다. 수저와 물수건, 소주잔과 맥주잔이 가지런히 세팅된 좌식 테이블 앞에 서서 이미 사무실에서 열두번도 더 한 것 같은 자기소개를 한번 더 했고, 건배사를 들었고, 기름진 삼겹살을 구워 먹었고, 김치찌개와 냉면으로 식사를 했다. 날 뽑았던 — 당시만 해도 최연소 팀장과 최연소 부장 타이틀을 동시에 달고 있던 — 김건일 부장은 테이블 사이사이를 돌아다니면서 '지금 배부르게 먹을 필요 없다' '어차피 이차 가서 많이 먹을 테니 그때 실컷 더 먹어라'라는 말을 수시로 했는데 당시의 나는 그게 무슨 뜻인지 알 수가 없었다. 다만 이제 막 입사한 신입들 빼고는 그 수수께끼 같은 문장의 함의를 다 알고 있는 모양인지 아무도 그 말에 토를 달지 않았던 기억이 남아 있다. 그때까지만 해도 나는 내심, '이차로 얼마나 맛있는 곳에 가기에 이러나?'라는 기대를 하기도 했었다.

서둘러 일차를 마무리하고 우르르 나온 무리들이 당연하다는 듯 한쪽 방향으로 걷기 시작했다. 정신을 차려보니 나는 김건일 부장과 함께 그 행렬의 선두에 있었는데, 골목마다 불 밝힌 술집을 발견할 때마다 이차로 가려는 곳이 여기인가? 생각했지만 그때마다 예상은 연거푸 빗나갔고, 한참을 더 걸어 먹자골목의 끝에 다다라서야 허름한 건물 안으로 들어갈 수 있었다. 나는 엉겁결에 부장을 따라 가파른 지하 계단으로 내려갔다. 그곳이 바로 호프 '천의 얼굴'이었다.

계단을 다 내려와 출입문 앞에 선 김 부장이 잠시 멈칫

하더니 한쪽 팔꿈치로 유리문을 슬쩍 밀어 열려고 하다가 다시 양 손바닥으로 힘껏 밀어대기 시작했다. 문이 잠겨 있던 모양이었다.

"이거, 왜 안 열리지?"

뒤이어 손차양을 만들어 유리문에 딱 붙이고 안을 들여다봤다. 분명 문밖에 영업 중이라는 팻말이 걸려 있었고, 나무 격자틀 사이의 유리 너머로 보이는 홀과 주방에 모두 불이 환히 밝혀져 있었는데, 어쩐 일인지 문만 잠겨 있었다.

"아니, 대체 어딜 간 거야? 한번도 이런 적이 없었는데."

주먹을 말아 쥔 김 부장이 급기야는 문을 두드리기 시작했다. 탕탕 소리가 연이어 규칙적으로 울려 퍼졌다.

"천 사장, 천 사장! 안에 없나?"

한참을 그렇게 문을 두드리고, 사장을 불러대고, 손차양 아래로 안쪽을 빼꼼히 들여다보기를 수 없이 반복하던 그가 휴대폰을 꺼내 어딘가로 전화를 걸기 시작했다. 전화기가 꺼져 있다는 안내 음성 메시지가 나에게까지 들렸다. 아무래도 뭔가 이상하다는 생각이 들기 시작한 건 이때부터였다.

꼭 가고 싶은 단골집을 고집하는 것, 그 단골집의 사장이 가게 문을 닫고 연락이 두절되어버린 것, 그래서 아쉬운 마음, 모두 그럴 수도 있는 일이라고 생각했다. 하지만 이쯤 됐으면 다른 집으로 옮겨야 했다. 아무리 독보적으로 탁월한 집이라고 해도 말이다. 물론 그래 보이지도 않았지만. 하지만 왜인지 김 부장은 마치 주변에 호프집이 천의 얼굴 하나밖에 없는 것처럼 굴었다. 자리를 뜰 생각이 없어 보였다. 다른 사람들도 마찬가지였다. 이곳이 아니면 안 된다는 사실을 암묵적으로 받아들이고 있는 것 같았고 다른 데 가자는 말을 꺼내는 사람이 아무도 없었다.

새로 산 뾰족구두가 발에 맞지 않아 서 있는 내내 발이 영 불편했던 나는 출입문 앞 무리에서 떨어져 나와 반대편 벽에 비스듬히 기대서서 아무도 알아채지 못하게 발뒤꿈치를 구두 위에 살짝 걸쳐두었다. 피로했다. 언제까지 이러고 있어야 하는지 알 수 없어 답답했지만 이제 막 입사한 신입이 토를 달 수 있는 분위기는 아니었기 때문에 잠자코 있을 뿐이었다. 지상을 향해 뻗은 가파른 계단 위로 조르륵 늘어선 직원들을 향해 김 부장이 이렇게 쐐기를 박고 난 후에는 더욱.

"일단 조금만 더 기다려보자고."

시계를 보니 벌써 이십분이나 지나 있었다. 대체, 왜 이렇게까지 하는 거야? 그냥 평범한 호프집일 뿐인데? 이정도 가게는 오면서 열군데는 본 것 같은데, 그중에 하나로 옮기면 되잖아? 아무 데나 가면 되잖아? 대체 얼마나 대단한 걸 먹겠다고 이러는 거야? 그때였다. 휴대폰이 요란하게 울리기 시작했다. 김 부장이 반가움과 서운함이 뒤섞인 표정으로 냉큼 받았다.

"어휴, 가게 비우고 어딜 간 거야? 어이구! 괜찮아? 알았어, 알았어. 금방이지? 기다릴게."

세번째 계단에 앉아 있던 한 대리가 물었다.

"오신대요?"

"응, 금방 온대."

몇몇 사람들이 나가서 담배를 피우거나 편의점에서 음료수를 사다 마셨다. 그렇게 잠시 자리를 비웠다가 돌아온 무리가 두어번쯤 바뀌었을 때, 계단 끝에서 새로운 기척이 나기 시작했다. 계단에 앉거나 늘어서 있던 직원들이 수선스럽게 벽에 붙어 섰고 그렇게 만들어진 길쭉하고 가파른 빈 공간으로 누군가가 한 손으로는 외투의 옷깃을 여며 쥐고 한 손으로는 난간을 잡은 채 미끄러지듯이 빠른 속도로 내려왔다. 내가 맨 아래에서 올려다봐서

그랬는지는 모르겠지만 키가 눈에 띄게 커 보였다. 출입
문 앞에 도착하자 그제야 역광에 가려져 있던 얼굴이 드
러났다.

천 사장의 얼굴을 본 건 그때가 처음이었다.

예쁘장한 아줌마.

그게 내 눈에 비친 천 사장의 첫 인상이었다. 당시 천
사장은 지금의 나보다도 어렸을 텐데, 그때의 나는 그녀
를 '아줌마'라고 인식하는 데 어떠한 거리낌도 없었다.

"미안, 미안해요. 김 부장님. 오래 기다리셨죠?"

"아잇, 사십분을 기다렸어. 여기 서서!"

"미안해요. 내가 오늘 몸이 좀 안 좋아서 일찍 재료 준
비 싹 해놓고 요 앞 내과에 수액 작은 거 하나 맞으러 잠
깐 갔었거든. 근데 거기서 바늘 뽑아주면서 이제 나가면
된다 그랬는데 내가 대답만 해놓고 까무룩 잠이 들어버린
거예요, 글쎄."

"어이쿠!"

"의사 선생님이 늦게까지 계셨으니 다행이었지, 큰일
날 뻔했지 뭐예요. 어쩜 그렇게 세상모르고 잤는지."

"몸은 괜찮은 거야?"

"응, 이젠 괜찮아요."

천 사장이 코트 주머니에서 작은 열쇠 꾸러미를 꺼내면서 대답했다. 그러고는 코트의 끝자락을 말아 쥐고 주저앉아서 바닥에 붙은 자물쇠에 열쇠 하나를 골라 끼워넣었다. 김 부장이 걱정스러운 눈빛으로 재차 물었다.

"정말 괜찮은 거지?"

그녀가 쪼그려 앉은 채로 부장을 올려다보며 눈부터 웃었다.

"어휴, 너무 푹 자서 힘이 넘쳐요."

다시 일어난 천 사장이 문을 활짝 열어젖히고 앞에서부터 한명씩 한명씩 어깨를 밀어 넣으면서 가게 안으로 손수 들여보냈다.

"이 차장님, 정 차장님, 들어가, 들어가. 많이 기다리셨지? 미안해요."

나도 아직 다 못 외운 모두의 성씨와 직급을 정확하게 매칭해 호명하면서.

"박 과장님! 잘 왔어. 응, 들어가요. 어머! 우리 서 과장은 머리 잘랐네? 인물이 훤하다."

"오빠는 이제 대리 달았다며? 어우, 너무 축하! 여긴 새로 온 오빠들? 반가워요."

그리고 마지막으로 구석에 서 있던 나를 발견하고서는

이마에 선명하게 주름이 질 정도로 눈을 크게 뜨고 입을 벌리며 놀라더니 이내 활짝 웃었다.

"언니도 있네! 이번에 새로 온 언니구나."

직급이 있을 경우에는 직급으로, 그 아래 사원들은 오빠나 언니로 불리는 건가보다. 내가 그런 규칙을 파악하고 있는 동안 천 사장이 내 등을 연신 쓸어내리면서 이어 말했다.

"많이 먹고 가요, 언니."

나를 무리의 마지막으로 들여보내고 뒤따라 들어온 천 사장이 카운터 바로 옆 벽에 걸린 자그마한 거울 앞에 섰다. 그리고 노란기가 많은 조명 아래에서 코트와 머플러를 벗어 든 채 옷매무새를 정리하기 시작했다. 집게 핀으로 틀어 올린 풍성한 머리칼, 그 아래로 훤히 드러난 긴 목, 폭이 좁은 브이넥 스웨터와 아슬아슬한 지점에서 딱 멈추는 브이넥의 깊이. 그 아래로 보이는 오목한 음영…… 그 그림자는 선이 아닌 점의 형태였다.

나는 그 점이 늘 징그럽다고 생각했다.

그 아래로 이어질 이차원의 선을 알리는 점. 그 안에 숨겨져 있을 삼차원의 양감을 떠올리게 하는 점. 그러나 더는 드러내지 않음으로써 상상하게 만드는 점. 도입부만,

아주 슬쩍만 드러내는 점. 나는 그제야 천 사장의 얼굴을 처음 마주했을 때 어렴풋이 파악했던 것들을 구체화된 이미지로서 확신할 수 있었다. 우리 팀의 회식 이차 장소가 다른 곳이 아니라 반드시 이곳, 천의 얼굴 이어야만 했던 이유는 바로 저것, 저 클리비지의 시작점 때문이라는 사실을.

*

나는 회사 분위기를 파악하기도 전에 회식 분위기를 먼저 파악해버렸다.

천의 얼굴. 그곳은 우리 회사 사람들, 구체적으로는 그 회식 장소를 정하는 결정권을 쥐고 있는 사람들이 가장 선호하는 이차 장소였다. 사실 선호라는 말로도 부족했고 '이차'가 '천의 얼굴'과 동의어라고 해도 과언이 아닐 정도였다. 그들은 천의 얼굴의 문을 밀고 들어가면서 이렇게 외치곤 했다.

"잘 있었어? 내가 마시는 거, 뭔 줄 알지?"

그러면 천 사장은 만면에 미소를 띠우며 이렇게 대답했다.

"그럼요. 알죠, 알죠."

그러고 나면 얼마 지나지 않아 플라스틱 피처 병에 소주와 맥주가 특정한 비율로 섞인 채 서빙되었다. 그 비율은 주문하는 사람마다 제각각이었는데 천 사장은 그걸 모두 외웠다. 딸랑, 하는 출입문의 풍경 소리를 듣고, 고개를 그쪽으로 돌리고, 막 들어온 사람의 얼굴만 보고도 '알죠, 제가 다 알죠' 하는 표정으로 그들을 맞으면서 이미 손으로는 주류 냉장고의 문을 열고 그에 맞는 소주병을 기계적으로 턱턱 집고 있었다. 피처 하나당 누구는 소주 빨간 거 한병 누구는 파란 거 한병. 또 누구는 한병 반. 그 데이터가 그녀의 머릿속에 다 저장이 되어 있었다.

안주 역시 마찬가지였다. 맞춤으로 제조된 소맥 피처와 기본 안주인 마른 멸치, 그리고 알록달록한 뻥튀기가 든 그릇을 내려놓자마자 주문서를 집어 들었고 듣기도 전에 이미 볼펜으로 체크를 하고 있었다.

"일단 테이블당 골뱅이 하나 전 하나 탕 하나씩. 맞으시죠?"

전은 세 종류, 탕 역시 네 종류였지만 앞을 생략하고 그렇게만 말했다. 전 하나, 탕 하나가 누구에겐 파전과 홍합탕을 의미했고 누구에겐 육전과 오뎅탕을 의미했다. 늘

시키던 걸로,라는 말을 하기도 전에 늘 시키던 걸 알아서 내왔다. 음식은 평범한 조미료 맛이었지만 회식 결정권자들, 그러니까 한마디로 아저씨들은 천의 얼굴을, 천 사장을 너무나 좋아했다.

천의 얼굴은 회식 때뿐만 아니라 그냥 좀 배고프거나 목을 축이고 싶을 때, 술 한잔 곁들이면서 이야기할 자리가 필요할 때에도 일상적으로 찾는 장소였다. 설득과 회유가 필요할 때 특히 유용했다. 나는 시니어급 실무자들이 무언가를 설득하기 위해 의사 결정권자들을 천의 얼굴로 데려간다는 사실을 알고 있었고 때로는 그 자리의 끄트머리에서 그런 식으로 '메이드'되는 것들을 지켜봤다. 천 사장은 꼬장꼬장하고 완고한 아저씨들을 한결 유하게 만들곤 했다. 무심한 듯 보이지만 늘 귀를 열고 있었고, 오가는 이야기를 다 듣고 있다가 아주 적절한 순간에 한마디씩을 날렸다. 오픈 주방 너머로 눈을 마주치며,

"에이, 부장님. 좀 해주셔요. 우리 서 과장이 이렇게 애걸복걸을 하는데."

때로는 옆자리에 슬쩍 앉으며,

"왜요? 이쪽 이사님 능력 좋으시잖아요."

다시 일어나면서 어깨를 툭 짚으며,

"아이고, 근데 쉬운 일은 아니시겠죠. 고민되시겠다."

서비스 안주를 알맞은 사람 앞에 내려놓으면서, 그리고 브이넥 아래 예의 그 음영을 드러내면서.

"아무래도 상무님께서 용단을 내리셔야겠는데요?"

천 사장 앞에 자주 붙는 수식어는 '여자 혼자', '혈혈단신' 혹은 그것을 잘못 사용한 '홀홀단신'이었다. '혈혈'보다 '홀홀'이 '홀로'의 느낌을 강하게 줘서 그런지는 모르겠지만 잘못 사용하는 사람들이 더 많았다. 여자 홀로, 홀몸으로. 그게 그녀를 구성하는 주요한 분위기 중 하나였다. 양친 모두 일찍이 돌아가시고 형제 하나 없는, 천생 혼자인 여인. 남편의 존재에 대해선 '죽었다', '교도소에 있다', '교도소에서 죽었다'라는 세가지 버전으로 돌아다녔는데 그중 뭐가 맞는지는 알지 못한다. 다만 한때 결혼을 했던 것과, 그 사이에 낳은 자식이 하나 있는데 호주로 조기 유학을 보냈으며 양육 과정에서 남편의 지원은 일절 없었다는 것, 그리고 혼자 호프집을 운영하며 생계를 책임지고 있다는 것까지가 알려진 사실이었다.

그래서였는지 천의 얼굴에 가면서는 다들 자기가 좋아서 가는 거면서도 항상 '팔아준다'는 말을 썼다. 자신이

이 '불우한 여인'의 생계에 더 큰 도움이 되고 있다는 사실을 어필하려 했다. 우리 팀장인 김건일 부장을 비롯해서 특히 단골인 몇몇 아저씨들은 천의 얼굴에 충성 경쟁마저 벌였다. 서로 더 많은 매출을 올려주고 싶어 안달이 나 있었다. 자기 돈이었다면 당연히 그렇게까지 아낌없이 쓰지는 못했겠지만 어차피 법인카드였기에 더 거침이 없었다.

천 사장 역시 그걸 적극 활용했다.

특히 그 쿠키 박스. 천의 얼굴의 카운터 앞에는 화려하고 유치한 디자인의 손잡이 달린 박스가 늘 무더기로 쌓여 있었다. 김 부장이 술에 잔뜩 취해 법인카드를 내밀려다가 그걸 집어 들고서는 "낮엔 좀 쉬지 뭘 또 이런 걸 구웠어?"라고 혀 꼬인 소리로 물으면 천 사장은 열없이 웃으며 "핼러윈이잖아요" "크리스마스잖아요"라면서 "짬내서 구워봤어요" 하고 대답했다. 그러면 김 부장은 "이게 다 정성이다, 정성"이라는 말과 함께 호들갑을 떨면서 한 사람당 두 박스씩 들려 보냈다.

"집에 가서 와이프랑 애들 갖다주라고."

쿠키 박스의 양쪽 귀퉁이를 열고 손잡이 부분을 펼쳐 안을 들여다보면 투명한 비닐에 개별 포장된 쿠키 다섯개가 들어 있었고 시즌에 따라 초콜릿, 알사탕, 미니 머핀, 빼빼로 등이 몇개씩 추가되어 있는 게 다였다. 그걸 상자당 이만 구천원에 팔았다. 처음에는 크리스마스 기념 쿠키로 재미를 보더니 종내에는 쿠키 박스가 없는 날이 거의 없게 되었다. 2월은 밸런타인데이라서, 3월은 화이트데이가 있어서, 매달 이유가 다 있었다. 근로자의 날이라, 회사 창립기념일이라, 휴가 시즌이라, 천의 얼굴 오픈 날이라, 추석이라, 핼러윈이라, 빼빼로데이라, 다시 크리스마스라, 새해라, 쿠키를 구웠다고 했다. 나는 천 사장이 어쩐지 쑥스럽다는 듯 옆머리를 넘기며 "구워봤어요"로 끝나는 말을 할 때마다 기가 막혔다. 그것들은 전부 다 코스트코에서 염가에 벌크로 파는 쿠키였다. 그걸 하나씩 투명한 비닐에 넣은 다음 다시 다섯개씩 손잡이 달린 종이 박스에 넣은 게 다였다. 속 포장과 박스 역시 코스트코의 파티 용품 코너에 가면 널린 것들이었다.

나는 그 말도 안 되는 이만 구천원짜리 쿠키 박스가 싫었다.

나는 천의 얼굴이 싫었다.

조미료 맛도 싫고, 김빠진 소맥 피처도 싫고, 나를 언니라고 부르는 천 사장도 싫고, 브이넥 아래 그 은근한 음영도 싫었다. 하지만 모두가 천의 얼굴을 좋아했다. 모두가 천의 얼굴만을 찾았다. 장사가 날로 잘됐다. 다섯개밖에 안되는 테이블이 만석이라 그냥 돌아오는 경우가 점점 많아졌다. "미안, 미안. 이따 테이블 하나 비면 꼬옥 먼저 연락드릴게." 단연 단골인 우리 김 부장은 그 말을 듣고 아쉬운 듯 돌아서 다른 호프집에 자리를 잡았다가 천 사장의 전화를 받으면 먹던 자리를 부리나케 정리하고 다시 천의 얼굴로 옮기곤 했다. 나날이 번창해 직원을 뽑아도 일손이 모자랐다. 급기야는 새 건물로 확장 이전할 예정이라는 소식이 들려왔다. 천의 얼굴은 새중앙에너지의 법인카드로 쑥쑥 성장했다.

2

내가 아직도 이 회사에 다니고 있다는 사실이, 심지어는 벌써 오년째 팀장이라는 직책을 달고 있다는 사실이 여전히 믿기지 않는다. 내가 팀장이 된다는 소식을 처음 들은 것 역시 천의 얼굴에서였다.

야근하던 팀원들이 하나둘씩 퇴근하고 이제는 본부장

이 되어 개인 방을 가지게 된 김건일 이사가 방문을 빼꼼 열고 나와 아무도 없는 것을 확인한 뒤에 내 자리로 걸어오더니 딱 한잔만 하자면서 천의 얼굴로 날 데려갔다. 그가 내게 첫 잔을 따라주면서 말했다.

"나, 팀장으로 현 차장 올렸다."

"네?"

"신사업개발팀, 맡아줘. 부장 대우 승진도 한번에 같이 올렸어. 이제 현 차장 아니고 현 부장 되는 거야. 못할 것 같으면 지금 여기서 말하라고. 현 차장이 제일 적합하다는 내 생각에는 변함이 없지만."

갑작스러운 소식이었고, 전혀 예상하지 못했던 일이라 입이 잘 떨어지지 않았다.

"저는…… 네, 하겠습니다. 그런데 다른……"

내 말이 채 끝나기도 전에 김 이사가 주먹으로 테이블을 쾅 내리쳤다.

"아, 그 새끼들은 신경 쓰지 마! 그놈 새끼들, 이제 난 못 믿는다, 못 믿어."

김 이사가 남은 소맥을 한번에 들이켠 다음, 빈 잔을 테이블 위에 요란하게 내려놓았다. 뒤이어 양손으로 머리를 감싸고 테이블을 바라보며 고개를 숙인 채 뒤통수를 벅벅

읽기 시작했다.

"골치 아파 죽겠네 진짜!"

회사가 하루도 빠지지 않고 뉴스에 오르내리던, 그야말로 어수선한 시기였다.

대규모 채용 비리 사건의 한복판에 새중앙에너지가 있었다. 삼선 국회의원이자 장관 후보의 차남이 지원 자격이 되지 않는데도 한 은행 공채에 합격한 것이 청문회에서 문제로 떠올랐고, 그것을 파헤치다보니 장남의 취업역시 문제가 되었고, 또 그걸 캐다보니 마치 고구마 줄기를 잡아당긴 것처럼 크고 작은 인사 청탁들이 줄줄이 밝혀져서 전방위적인 수사가 시작된 것이었다. 그중 가장큰 줄기가 우리 회사였다. 인사권자들의 직계가족은 물론 일가친척, 지인의 가족, 심지어는 거래처의 가족과 친척에게서까지 인사 청탁을 받은 것이 밝혀졌다. 그 규모가 어마어마했다. 그들은 합격선이었던 다른 지원자들을밀어내면서 실제로 합격했고, 그 과정에서 접대를 비롯한금전적 대가가 오간 것까지 드러났다. 가장 크고 더럽게가담했던 주동자들이 우선적으로 해고되었는데 그러는바람에 영향력 있던 이사들이 상당수 잘리고 김건일 이사가 겸임으로 여러 본부를 갑자기 떠맡게 된 상황이었다.

그가 개중에는 가장 청렴한 편이었던 것이다. 또, 명백한 증거로 덜미가 잡힌 그 아래 부장급도 몇 잘렸는데 우리 팀인 신사업개발팀장 역시 그중 하나였던 터라 그 자리가 공석으로 남아 있었다.

그 자리에 나를 앉히겠다는 이야기였다.

나는 팀장 자리가 현재 비어 있다는 것, 그리고 딱 나 정도의 경력과 연차가 새 팀장 후보군이라는 사실은 인지하고 있었지만 무의식중에 나는 삼순위라고 받아들이고 있었다.

그럴 수밖에 없었다.

우리 회사는 신입사원 중에 가장 미모가 뛰어난 여직원 한명을 회장이 직접 선택해 회장 비서실에서 삼년간 근무하게 하는 곳이었고, 공개된 승진자 리스트 테이블의 비고란에 '여'라고 적는 곳이었다. 팀장 자리에 여성이 있는 경우가 없지는 않았지만 비율로 따지면 극히 적었고 이사진 이상부터는 단 한명도 없었다. 당연히 내가 관리자의 길을 걸을 거라고 상상할 수 없었고 나 역시 바란 적이 없었다. 나는 이곳이 어딘가 곪아 있다는 것을 처음부터 직감했다. 나는 나 자신이 어느 순간 그만두게 되거나, 관리자가 아닌 연구원의 길을 걸을 수는 있겠다는 생각을 하고 있었다. 애초에 우리 팀 자체가 사업 조직 밑에 있긴 하지만 기술 기반이라 좀 애매한 것도 있고, 어떻게 잘만 풀리면 연구 부서로 빠지게 될 수도 있을 것 같았다. 그게 내가 은연중에 그리고 있던 커리어 플랜이자 최선의 미래였다.

팀장 후보군에는 내 남자 동기 두명이 더 있었다. 당연히 그 둘이 일, 이순위고 자연스레 내가 삼순위라고 여겨왔다. 그 둘은 이번 일로 해고된 전 팀장과 각별한 사이였다. 김 이사가 다시 입을 열었다.

"이번 신규 프로젝트 진짜 중요한 거 알지? 난 그 둘 못 믿어. 내가 팀장일 때부터 걔네들은 다 한통속이었어. 자기네끼리 우르르 몰려다니면서 형님, 형님, 하고 말이야. 걸핏하면 근무시간에 담배 피우고 다니느라 허송세월이나 하고 말이야. 지네끼리 룸 같은 데서 여자 앉히고 술 먹고 그러다가 이런 일들도 터진 거 아니야. 난 이제 그 새끼들은 못 믿겠어."

내가 여러 생각에 잠겨 있느라 잠자코 있자 김 이사가 다시 입을 열었다.

"현 차장, 알지? 난 그런 데 안 가는 거. 그게 내 신념인 거."

"아…… 네."

"난 우리 쌍둥이들 보기에 부끄러운 짓은 안 한다."

김 이사가 손마디로 테이블을 탁탁, 두드리면서 이어 말했다.

"내가 그런 거 일절 안 하고도 이 자리까지 올라온 사람이야."

결연한 표정을 짓고 있던 김 이사가 이내 눈을 굴려 주변을 힐끗 둘러봤다. 그러고는 천 사장이 어디쯤 있나 파악한 뒤, 상체와 목소리를 모두 조금씩 낮추고 속삭였다.

"나는 와봤자 여기 오는 게 다야."

김 이사 같은 사람을 뭐라고 설명할 수 있을까.

연구소 엔지니어 출신. 내 어깨까지 겨우 오는 단신에 흐리흐리하게 생겨서 기억이 잘 안 나는 순한 인상. 대단한 업적을 이룬 건 아니어도 작은 프로젝트를 끊임없이 성공시킨 전력이 있는 최연소 팀장 출신 의외의 브레인. 모니터 옆에 늘 가족사진을 붙여두는 가정적인 쌍둥이 아빠. 금연주의자. 십수년간 이어진 취업 청탁에 가담하지 않은 사람. 한마디로 개중 제일 나은 사람. 그리고 무엇보다, 이토록 보수적인 회사에서 다른 동기가 아닌 나를 팀장에 앉혀준 사람.

그래서였는지 모르겠다. 김 이사가 싫은 이유라면 끝도 없이 들 수 있지만 그래도 내가 아직까지 이 사람 밑에서 일하고 있는 이유가.

"난 더러운 사람은 취급 안 할 거야. 깨끗한 사람이 좋다. 허튼 일 안 하는 사람, 원칙대로만 하는 사람. 난 그런 사람들이 손해 보고 사는 게 아니라 더 많은 책임을 질 수 있는 자리에 있어야 한다고 생각해."

김 이사가 새로 따른 소맥 한모금을 더 들이켰다.

"말들이야 많이 나오겠지만 현 차장이 제일 잘하잖아. 성과도 걔네들보다 좋고. 그건 부정할 수 없는 사실이야. 그렇지만…… 현 차장 걱정하는 대로 초반에 말들 나오는 거, 그거 감당할 수 있겠어?"

"해보겠습니다."

"현 차장은 잘할 거야."

그리고 격려하듯 덧붙였다.

"난 현 차장, 여자라고 생각 안 해."

난데없이 물음표 모양의 쟁반이 내려와 정수리를 탱치고 잽싸게 올라가는 것만 같은 기분이 들었다.

딱 한잔만 하자더니 난관에 처해 골치가 아프다는 김 이사의 하소연을 들어주느라 한참을 더 마셔야 했다. 사실 말이 난관이지, 어쨌든 김 이사 입장에서는 잠재적 경쟁자들이 급작스럽게 쫓겨나는 바람에 어부지리로 큰 권력을 쥐게 된 상황이었다. 계속 듣다보니 하소연인지 자랑인지 헷갈렸다. 계산하러 카운터로 갈 땐 나도 김 이사도 비틀비틀했다. 천 사장이 알은체를 해왔다.

"현 차장님, 김 이사님께 들었어요. 이제 부장님 되신다면서요? 너무 축하해요. 내가 정말 파릇파릇한 언니일 때부터 봤는데…… 너무너무 대단하셔요."

그렇게 말하면서 내 어깨를 털어주듯 살살 쓰다듬었다. 나는 천 사장이 매번 이런 식으로 내 몸에 손을 대는 게 싫었다. 나는 반대쪽 어깨에 메고 있던 숄더백을 괜히 그쪽으로 바꿔 메면서 자연스럽게 그 손을 거두게 만들었다. 천 사장이 머쓱해했는지, 아니면 아무렇지 않아했는지는 잘 모르겠다. 그저 카운터로 돌아가 법인카드를 받아 들 뿐이었다.

그날은 유독 많이 취해 집에 도착하기도 전에 택시를 멈춰 세우고 갓길에 먹은 것을 모두 게워내야 했다. 속이 쓰렸다. 냉수 한잔이 간절했지만 내게 물은 없었고 김 이사가 들려 보낸 쿠키 박스가 있었다. 평소 같았다면 집 앞 쓰레기통에 통째로 집어 던졌겠지만 그날은 입안에서 느껴지는 비린내가 싫어 그걸 꺼내 먹어보기로 했다. 까만 쿠키 하나를 꺼내 속 포장을 벗겨내고 크게 한입 베어 물었다. 입 안 가득 들어 찬 초코칩 쿠키가 다디달았다.

*

확장 이전을 앞두고 리모델링 공사를 하던 열흘의 시간. 그때가 유일하게 천의 얼굴에 가지 않을 수 있던 기간이었다. 그 기간과 김 이사가 주최한 내 승진 기념 회식 자리가 겹쳐서 다행이었다. 나는 그간 오며 가며 눈여겨 봐둔 깨끗한 인테리어의 새로 생긴 전통주점을 이차 장소로 택했다. 하지만 그날 역시 천의 얼굴에 가지 못해 아쉽다는 이야기를 수없이 들어야 했고, 고급 전통주를 파는 가게에서조차 전통주를 시키지 않고 구태여 소주와 맥주를 시키더니 소맥 비율이 잘 맞지 않는다면서 김 이사가 또 천의 얼굴 타령을 시작했다. 술을 강권하는 분위기 때문에 여느 때처럼 주량보다 많은 술을 억지로 마시고 조용히 화장실로 가서 먹은 것을 게워내고 나오던 길, 얇은 창호지가 발린 미닫이 문 너머 들려오던 김 이사와 다른 직원들의 대화 소리를, 나는 아직도 생생하게 기억한다.

"천의 얼굴은 가게 이름 한번 참 잘 지었단 말이야."

하얀 창호지 너머 김 이사의 실루엣이 비쳤다. 그가 두 손바닥을 들어 자기 가슴께에 가져다 대더니 과장되게 팔을 좌우로 흔들면서 말했다.

"솔직히 몸에 가려져서 그렇지, 사실 천경희 사장은 얼굴이거든."

"역시, 이사님은 볼 줄 아십니다."

김 이사가 고개를 연신 끄덕였다.

"몸매가 너무 좋아서 오히려 얼굴이 손해 보는 스타일."

여러 그림자가 서로 질세라 맞장구를 쳤다.

"맞습니다."

"분석이 정확하십니다. 딱 그거죠. 몸도 몸이지만 천 사장은 얼굴이죠."

"위 아래로 동시에 조져버리니까 뭐, 안 갈 수가 있나."

"빨리 다시 오픈해야 될 텐데요, 이사님."

"오픈 축하로 또 많이 팔아줘야지."

나는 그 얇디얇은 한겹의 창 너머로 들어갈 수 없었다. 움직이는 그림자들을 하염없이 바라보며 서 있을 수밖에 없었다. 손님용이라고 적힌 슬리퍼를 신은 채 가만히. 내가 참여할 수 없는 대화는 그칠 기미가 보이지 않았다. 다시 화장실로 들어가 먹은 걸 한번 더 게워냈다. 더는 나올 게 없는지 시큼하고 투명한 위액이 역류했다. 뒤이어 변기의 물을 내리고 내려가는 물줄기를, 멀어져가는 그 소용돌이를 한참이나 내려다보면서 생각했다. 내일부터는, 내가 팀장이야.

*

팀장이 되고 나서 내가 가장 먼저 바꾼 건 회식 문화였다. 우선, 회식을 한달에 한번 이상 잡지 않았다. 금요일은 가급적 피했다. 회식이 있는 날은 일괄 다섯시 오십분에 업무를 마치도록 했고 식사와 술자리를 모두 포함해 아홉시에 정확하게 끝냈다. 술을 강권하지 않았다. 마시고 싶은 사람만 마실 수 있도록 했다. 그리고 무엇보다, 더이상 천의 얼굴에는 가지 않았다.

우리 팀은 이제 입소문 난 와인바를 미리 예약해 포트와인을 마셨고 미슐랭 원스타에 올랐다는 레스토랑에서 식사를 했다. 번화가의 영화관을 대관해 그 시기에 가장 유행하는 영화를 보는 것으로 회식을 갈음하기도 했다.

꼭 저녁 회식만 고집하지도 않았다. 날씨 좋은 봄날엔 다 함께 점심을 먹고 아이스커피를 마시면서 벚꽃길을 걷거나 주말에는 사람이 많아 가보기 힘들다는 인기 있는 전시회를 평일에 여유롭게 관람했다. 주변 몇몇 팀장들이 그런 식으로 회식을 하면 단합이 줄어든다고 우려했지만 꼭 그렇지만도 않았다. 때로는 야광 볼링장에서 파트별로 나뉘어 게임을 즐기기도 했다. 번쩍이는 야광 조명 아래서 각자가 고른 맥주를 마시며 파트끼리 경쟁하고, 응원하고, 하이파이브를 하고, 스트라이크가 나오거나 스코어가 뒤바뀜에 따라 환호성을 질렀다. 영화 회식을 잡을 때면 나는 일부러 우리 회사 광고 시간에 맞추어 대관하도록 지시했다. 영화가 시작되기 직전, 거대한 스크린에 펼쳐지는 새중앙에너지의 기업 광고를 보면서 우리는 다 함께 박수 쳤다. 신사업개발팀은 트랜스퍼 지망 일순위가 되었다. 신사업 역시 날로 성장했다. 나는 의외로 내가 관리자에 잘 맞는다고 느꼈다.

하지만 그후로 내가 확실한 김건일 이사 라인으로 각인된 건 어쩔 수 없었다. 김 이사는 나를 뽑은 사람이었고, 내가 주니어를 거쳐 시니어가 되는 내내 나의 팀장이었고, 나는 그가 새로 벌이는 일들을 실제로 가능하게 만드는 데 내 이십대와 삼십대를 모두 바쳤다. 무엇보다, 사내에 두명의 적을 두면서까지 나를 관리자로 만들었다.

그래서 팀장 초기 한동안은 그가 가끔, 아니 꽤 자주 내게 찾아와 이렇게 말하는 걸 견뎌야 했다.

"이번 달 팀 회식 안 했어?"

"했죠."

"천 사장이 안 왔다던데?"

"거기로 가진 않았으니까요."

"왜?"

나는 솔직하게 내 생각을 말했다.

"전 거기 별로라고 생각합니다. 맛도 없어요."

"에이, 현 부장이 맛을 모르네. 거기만큼 골고루 잘하는 데가 없는데."

천의 얼굴에 대한 내 의사를 확인했으면서도 다음 달, 그다음 달에 또 와서 묻고 또 물었다.

"요즘 천의 얼굴 왜 안 가?"

"아, 제 마음입니다."

"가끔 한번씩은 좀 가줘."

"생각해보겠습니다."

나는 그렇게만 말하면서 상황을 모면하곤 했다. 그후로

단 한번도 회식으로 천의 얼굴에 가지 않았다. 그리고 내가 신임 팀장에서 오년차 팀장이 되는 동안, 그러니까 나보다 더 어린 팀장이 또다시 생겨나고 정말로 명백한 '다음' 세대가 신입으로 들어오는 동안, 그렇게 시간이 흐르는 사이, 우리 팀뿐 아니라 다른 팀들도 천의 얼굴에 더는 가지 않게 되었다. 확장해서 넓어진 천의 얼굴이 요즘 많이 한산해졌다는 소문이 이따금 들려왔지만 내 알 바는 아니었다. 나는 우리 팀을 건강하게, 효율적으로 잘 이끌고 싶었다. 실무자들이 출근할 맛 나게, 일할 맛이 나게 하고 싶었다. 그래서 나를 믿게 하고 싶었다.

3

지난 주 금요일 저녁이었다. 김 이사, 아니 이제 막 승진한 김 상무가 자기 자리로 날 호출했다. 새로 옮긴 방은 예전 방보다 조금 더 깊숙한 곳에 자리하고 있었고, 조금 더 넓었다. 구체적으로는 출입문부터 책상까지의 거리가 더 길었다. 책상 위에는 '상무 김건일'이라고 적힌 자개 명패가 놓여 있었다. 전날까지만 해도 투명한 유리 위에 검정색 글씨가 적힌 임시 명패였는데 오늘 갓 도착한 모양이었다. 희미하게 느껴지는 옻냄새. 윤기 나는 검은 칠 위로 박혀 있는 조개껍데기들이 은은하게 반짝거렸다. 그 뒤로 비서 없이 혼자 앉아 있던 김 상무가 물었다.

"그 팀 수시채용 한다던 거, 어떻게 됐어?"

"진행 중입니다. 일단 인재풀 웹사이트로 접수된 거 일차로 걸러두라고 했고요. 그중 괜찮은 두 명 다음 주 내로 면접 진행할 예정입니다."

"면접 통보는 했어?"

"아직요."

그 말을 듣자마자 김 상무가 오른쪽 팔을 뻗은 다음 검지와 중지만 살짝 들어 허공에 엑스 자를 그렸다. 순간적으로 트림이 나왔는지 무언가 삼키는 표정을 하며 미간을 찌푸리고 고개를 아래로 숙인 채로. 그러고는 자기 책상 위에 올려둔 A4용지를 내가 볼 수 있는 방향으로 슥 돌려서 내밀었다. 이력서였다.

"부탁 하나만 할게. 그건 연락하지 말고, 이 이력서부터 먼저 봐줘. 얘부터 면접 진행하도록 해."

어이가 없었다. 나는 손가락 다섯 개를 그 이력서 위에 꼿꼿하게 세워 짚고 김 상무의 얼굴만 뚫어져라 노려봤다. 김 상무가 손수건으로 자개 명패를 닦으며 딴청을 부렸다. 나는 고개를 사선으로 돌리고 한숨을 작게 내뱉은 다음, 다시 내 앞에 앉아 있는 김 상무를 내려다봤다.

"상무님, 지금 인사 청탁하시는 겁니까?"

"현 부장, 무슨 말을 그렇게 야박하게 하나. 이건 공채가 아니잖아."

공채가 아니면 청탁이 아니게 되는 건가? 언제는 내가 깨끗해서 팀장 감이라더니?

"제가 왜 이 자리에 있는지 잊으신 건 아니겠죠?"

"알지, 알지. 내 손으로 만들었는데. 그러니까 내가 이렇게 부탁하는 거잖아. 그리고 애는 나랑 아무 관련도 없는 애야."

"아무튼 안 돼요. 못 들은 걸로 하겠습니다."

자리를 박차고 나왔다. 김 상무가 뒤따라 나오는 발소리가 들렸다. 나는 더이상 이야기하고 싶지가 않아 도망치듯 바로 옆의 빈 회의실로 재빨리 들어갔다. 김 상무도 곧바로 회의실 바깥쪽 문손잡이를 붙들었고 나는 문 안쪽에 등을 대고 온몸으로 힘주어 눌러 닫았다. 뒤이어 문을 잠그려 했지만 이미 바깥에서 김 상무가 문고리를 잡고 돌린 상태라 잠기지가 않았다. 김 상무는 워낙 왜소해서 힘만으로는 나를 이길 수 없었고 그래서 닫힌 상태의 문은 꿈쩍도 하지 않았지만, 밖에서 돌린 문고리는 끝까지 놓지 않았다. 김 상무가 문고리를 돌려 붙잡은 채로 문을 계속 두드리며 말했다.

"현 부장, 현 부장! 너 이거 열어라. 어휴, 힘이 왜 이렇게 세? 잠깐 얘기 좀 해. 야, 현수영!"

혹시 문 밖에 지나가는 사람이 있으면 이상하게 생각할 것 같아 등져 누르고 있던 문으로부터 한발짝 옆으로 떨어져 나왔다. 문이 발칵, 열렸고 김 상무가 거의 넘어지듯 회의실 안으로 튕겨져 들어왔다. 그래놓고 머쓱한지 양복 소매를 괜히 두어번 털더니 회의실 문을 다시 닫으면서 말했다.

"뽑아달라는 건 아니야. 그냥 면접만 한번 봐줘."

"안 됩니다."

"정말 똑똑한 친구라서 그래. 우리 회사에 오기 아까울 정도로."

"그럼 정식으로 인재풀 웹사이트 통해 지원하라고 하세요."

"알았어, 알았어! 대신, 곧 면접 본다던 개네보다 먼저 봐줘."

둘 다 언성이 점점 높아졌다.

"안 됩니다. 걔네 둘 중에서 마음에 들면 채용할 겁니다. 나중에 또 티오 나면 인재풀 등록된 거 훑으니까 그렇게 알고 있으라고 하세요."

"아이, 참. 그러면 내가 부탁하는 의미가 없잖아. 얼마나 똑똑한지 한번 읽어나보라니까!"

김 상무가 들고 있던 이력서를 다시 내 손에 쥐여주려 했다. 나는 그걸 손바닥으로 밀어냈다.

"안 됩니다. 나가세요."

김 상무가 다시 뒤로 밀려났다.

"아, 보기만 하라고!"

이력서를 가운데 두고 우리의 팔이 서로의 완력에 의해 이리저리 춤을 췄다. 마침내 이력서가 뒤집힌 채로 김 상무의 가슴팍에 닿았고 나는 이력서를 사이에 두고 억지로 김 상무의 가슴팍을 힘주어 밀어냈다. 김 상무의 구둣발이 점점 출입문 밖으로 미끄러졌다.

"나가세요! 아, 나가시라고요!"

마침내 김 상무의 두 발과 몸통이 회의실 바깥으로 밀려나고 내가 문을 거의 닫았을 즈음, 그의 손만 쑥 들어와 문의 바깥쪽 모서리를 턱, 잡았다. 저 손가락들을 확 찧어

버릴까 하는 생각이 잠깐 들 정도로 화가 났지만 그렇게 하지는 않았고 서서히 힘을 뺐다. 김 상무가 다시 들어와 회의실 문을 닫자마자 버럭 외쳤다.

"그애! 천 사장 딸이야."

순간 머리가 핑 돌기 시작했다.

그 한마디는 분명 내 마음 어딘가를 건드렸다.

하지만 나는 애써 평정을 찾으려고 애쓰면서 되물었다.

"……그래서요?"

하지만 그다음 말에는 도무지 평정심을 찾을 수 없었다.

"천 사장, 암이란다."

거의 울 것 같은 얼굴의 그가 말을 이었다.

"천의 얼굴도 이제 정리할 생각이라더라……"

"그만 듣겠습니다. 이거 가지고 나가주세요. 제발……"

거기까지 힘겹게 말하고 있는데 김 상무가 내 말을 낚아챘다.

"현 부장은 피도 눈물도 없나? 정말, 사람이 어떻게 그러나? 같은 여자끼리, 불쌍하지도 않나?"

이 미친 새끼가 대체 뭐라고 지껄이는 거야.

"천 사장 저렇게 된 데에, 솔직히 현 부장 책임이 크다는 생각 안 드나? 꼭 말로 해야 아나?"

"제 책임이라니요? 그게 무슨 말씀이시죠?"

"어휴, 그래. 너 잘났다, 너 잘났어. 아주 자알 나셨어."

몸속에서 무언가가 크게 휘청거리는 것 같았다. 나는 그것을 바로잡기라도 하겠다는 듯 한쪽 발을 바닥에 한번 탕 하고 구른 뒤, 다시 물었다.

"딴소리 하지 마시고 다시 한번 말씀해보세요. 그게 어떻게 제 책임이라는 거죠?"

"천의 얼굴이 사실상 우리 상대로 장사해온 거 정말 몰라서 그래? 장장 이십년을 말이야. 새중앙만 바라보면서 해왔어. 그 여자 할 수 있는 거, 할 줄 아는 거, 그것밖에 없다고. 자기가 할 수 있는 걸 열심히, 꾸준히, 성실히! 계속해왔을 뿐이라고. 근데, 현 부장이 팀장 되고 나서부터 어떻게 했어? 그때부터 천의 얼굴 일절 안 팔아줬잖아!"

기가 막혀 바로 반박에 나섰다.

"상무님 말씀 참 이상하게 하십니다? 저 하나 거기 안 간다고 망했을 집이면……"

내 말이 채 끝나기도 전에 김 상무가 끊고 들어왔다.

"내가 그것만 가지고 그러나? 현 부장이 분위기를 그렇게 만들었잖아. 니가 그렇게 주도했잖아. 거기 별로라고, 요즘 말로 '구리다'고. 잘나신 현 부장께서 그렇게 말하고 다닌 거 내가 모를 줄 아나? 팀장 되고 나서부터 아주 그냥 애들 데리고 보란 듯이 와인 마시고 볼링 치러 다니고 말이야. 그러면서 호프집에서 소박하게 파전에 소맥 마시는 게 뒤떨어진 거라는 식으로 전사적인 분위기를 조장했잖아! 그 뒤부터 다른 팀들도 죄다 너 따라한다고 점점 회식 분위기 그렇게 바뀌면서 다들 서서히 발길 끊게 된 거 진짜 몰라서 그래? 가게 확장한다고 돈은 돈대로 써났는데, 점점 매출 줄고 파리 날려서 천 사장이 얼마나 속상해하고 스트레스 받았는 줄 알아?"

그게 내 책임이 아니라고 생각한다면 어쩔 수 없다고, 계속 그렇게 생각하라고, 김 상무가 말을 이었다. 그러더니 내게서 시선을 돌리고 고개를 절레절레 재수 없게 젓기 시작했다. 손에 쥔 이력서를 반으로, 또 그 절반으로 계속 접으면서 중얼거렸다.

"너는 아주 그냥 너만 잘났으니까. 기댈 곳 하나 없이 궁지에 몰린 여자의 상황 같은 건, 그런 막다른 골목에 다다른 심정 같은 건 절대 이해 못하겠지. 자식 둔 어머니의 마음 같은 것도 평생 모를 거고. 그래 계속 그렇게 살아, 너는."

그때 내가 왜 그랬는지는 아직도 잘 모르겠다. 나는 팔

을 뻗어 김 상무의 손에 들려 있던 이력서를 펄럭 소리가
날 정도로 세게 낚아챘다.

"볼게요."

그러고는 바로 뒤돌아 접힌 이력서를 펼치면서 창가
테이블 쪽으로 뚜벅뚜벅 걸어갔다. 김 상무의 정말? 정말
이야? 하는 짜증 나는 목소리가 등 뒤에서 연달아 들려왔
다. 나는 창문을 등지고 의자에 기대 앉아 이력서를 눈으
로 훑기 시작했다.

"런던…… 정경대……?"

내 혼잣말에 김 상무가 곧바로 반응했다.

"세계적인 명문대야."

"전 처음 듣는데요?"

"어휴, 무식한 소리 좀 하지마. LSE도 몰라? 거기가 단
과대학이라서 그렇지 알고 보면 그쪽으로는 스카이보다
훨씬 높은 학교야."

"그렇군요……"

"존 F. 케네디도 거기 출신이고, 또…… 그 누구냐. 대만
여자."

내가 무슨 소리냐는 눈을 하고 김 상무를 쳐다보자 김
상무가 또 고개를 숙이고 검지와 중지만 슬쩍 들어 허공

에 대고 까딱거리며 중얼거렸다.

"누구더라? 그…… 대만 여자 있잖아. 내가 갑자기 이름이 생각 안 나는데…… 머리 이렇게 짧고 안경 쓴 여자."

나는 설마, 하는 심정으로 되물었다.

"차이 잉원이요?"

"어, 그래! 그 여자."

나도 모르게 잠시 눈을 지그시 감았다가 힘겹게 떴다.

"읽어보고 연락드릴 테니까, 이제 나가시죠."

테이블 앞에 서 있던 김 상무가 그제야 순순히 나갔다. 회의실 문이 닫혔다. 머리가 너무 지끈거려 나도 모르게 이력서 위에 쓰러지듯 엎어졌다. 눈을 감고 있는데도 눈 앞에 흐물흐물하고 기분 나쁜 무언가의 잔상들이 떠다니는 것 같았고 누군가 끝이 뾰족한 나무 막대로 관자놀이를 끊임없이 쿡쿡 찔러대는 것만 같았다. A4용지의 잉크 냄새를 맡으면서 한참을 엎드린 채로, 새벽 다섯시 반부터 시작된 오늘 하루를 되짚어봤다. 출근 전 일이 자연스레 떠올랐다. 개인 트레이닝 위주로 하는 회사 근처 소규모 피티숍에서의 짧은 대화를 되새겼다. 체력 유지를 위해 내가 수년째 다니고 있는 곳이었다. 오픈 이후부터 한번도 자리를 옮긴 적이 없었는데 조만간 확장 이전할 예정이라는 소식을 수업 시작 전 트레이너가 전했다. 듣자마자 반가운 마음이 들어 한쪽 다리를 쭉 뻗어 스트레칭하는 와중에 인사를 건넸다.

"축하드려요."

"예, 감사합니다. 사실은…… 제가 운이 좋았어요."

뜻밖에 나도 알고 있는 한 할머니 회원 이야기가 나왔다. 늘 나보다 한 타임 일찍 오고, 재활운동 위주로 하는 분이었는데 그 할머니가 숍을 확장하는 데 쓰라면서 아무런 대가 없이 삼천만원의 자금을 융통해주었다는 거였다. 개인 수업만 하지 말고 넓은 곳에서 운동 기구도 더 갖추고 일반 회원도 받아서 돈을 더 벌라고 했다는 거였다. 나중에 잘되어서 원금만 갚으라는 말과 함께.

"그 할머님 제가 워낙 오래 봐드렸거든요. 그사이 무릎도 많이 좋아지시고…… 제가 새벽부터 성실하게 꾸준히 하는 모습이 예뻐 보이셨나봐요. 이번에 와이프 둘째 임신했다고, 기쁜데 한편으로는 걱정이 된다고 하니까 그렇게 말씀해주시더라고요. 감사하죠. 제게 이런 소중한 인연이 있다는 게."

감은 눈앞을 둥둥 떠다니던 정체 모를 잔상들이 점점

흐려지다가 어느새 사라졌다. 완벽한 어둠만이 남았다. 그제야 한결 명확해졌다. 그러니까 응당 사람에게는 그런 마음이, 그런 종류의 마음이 있을 수 있는 거라는 생각이 들었다.

다시 고개를 들고 일어났다. 테이블 위의 이력서를 들여다봤다. 진갈색 눈동자가 초롱초롱 빛나는 아이가 희미한 미소를 머금은 얼굴로 나를 바라보고 있었다. 김세원(金世元). 순간, 천씨가 아니잖아? 하는 생각이 들었다가 아차, 싶었다. 이애가 천 사장 딸이라는 걸 내가 과하게 의식하고 있다는 것을 깨닫고 조금 민망해졌다. 그 사실 관계는 머릿속에서 지우고 단지 한명의 지원자로서 객관적으로 이력서를 훑자고 마음을 다잡았다. 그러다가…… 김씨? 설마…… 김 상무의 숨겨진 딸? 그런 생각이 머리를 스쳤고, 뒤이어 김씨는 우리나라에서 가장 흔한 성씨라는 사실을 상기해야 했다. 그리고 무엇보다…… 거기까지 생각하고 다시 이력서의 증명사진을 내려다봤다. 김 상무 유전자로는 이런 이목구비가 나오려야 나올 수 없다는 강한 확신이 들었다. 그제야 나는 시선을 다시 아래쪽으로 돌릴 수 있었다. 호주 윌러비 여자고등학교WGHS 졸업. 영국 런던 정치경제대학교LSE 응용통계학과 졸업.

셰필드대학교 국제학부 동아시아경제연구소 인턴십 수료…… 그럴 생각은 아니었는데 나도 모르게 뒷장의 자기소개까지 모두 한번에 읽어 내려갔다. 길지 않고, 정확하고, 가독성 있는 글이었다. 그냥 몰래 인재풀에 넣어놨으면 이 이력서를 골라 연락했을지도 모르겠다는 생각마저 들었고…… 이내 김 상무가 원망스러워졌다. 모르고 봤으면 이건 인사 청탁이 아닐 수도 있었다. 어쩌면 정상적인 경로로도 충분히 채용될 수 있었다. 전략도 없는 새끼. 멍청한 새끼. 이렇게 멍청한데 어떻게 저 자리까지 올라간 거지? 하여간 운이 너무 좋은 사람이라는 생각밖에 들지 않았다.

주말 이틀을 더 고민한 끝에, 나는 김세원을 한번 만나보기로 했다.

*

"들어오세요."

문이 열렸고, 그애가 서너발짝 걸어 들어오다가 마련된 의자 옆에서 멈췄다.

"김, 세원 씨?"

"네."

"앉으세요."

단정한 블랙 정장에 화이트 블라우스. 올백으로 깔끔하게 넘겨 묶은 머리 그리고…… 이 생각을 하지 않으려 했지만 어쩔 수가 없었다. 닮았다, 닮았어. 구체적으로 어디가,라고 콕 집어 비슷한 건 아니었지만, 그러니까 누가 봐도 붕어빵,이라고 할 정도는 아니었지만 김세원은 얼굴에서 풍기는 전체적인 분위기가 천 사장과 묘하게 닮아 있었다.

"먼저 간단하게 자기소개 부탁드릴게요."

면접 때 늘 하는 첫 질문을 던져놓고 간략한 소개를 들으면서 새로 출력해둔 이력서와 자기소개서를 다시 훑었다. 김세원은 목소리가 좋았다. 그래, 생각해보면 천 사장도 목소리가 참 좋았지…… 아, 또 천 사장 생각을 하고 있군. 나는 그 생각을 떨쳐내기 위해 정말이지 머리에 힘을 주고 노력해야 했다. 김세원의 자기소개가 끝났다. 내가 고개를 들었다. 그애는 분명한 안광을 지니고 있었다. 아마 그 도렷한 눈빛이 천 사장과 흡사한 분위기를 주는 주요한 요인일지도 몰랐다.

"같은 얘기, 영어로도 해보시겠어요?"

"네."

영어로도 듣기 좋은 목소리. 솔직히 전부 다 알아듣지는 못했지만 김세원이 영어를 네이티브처럼 잘한다는 사실만큼은 확실하게 알 수 있었다. 나는 다 알아듣는 척 고개를 끄덕였다. 그래, 아무렴 잘해야겠지. 이렇게 만들려고 생때같은 아이를 바다 건너 그 멀리까지 보냈으니까. 그리고 그렇게나 열심히 돈을 벌었으니까. 나는 너무 낡아서 반투명에 가까워진 삼천 시시짜리 플라스틱 피처 병과 조잡한 이만 구천원짜리 쿠키 박스를 외면하기 위해 눈을 지그시 감았다가 다시 뜨면서 물었다.

"영국 영어가 아니네요?"

"영국 악센트, 미국 악센트 다 가능합니다."

"초중고는 호주에서 나왔네?"

"네, 호주 영어도요. 셋 다 가능합니다."

김세원이 엄지, 검지, 중지 세개를 펴서 들어 올리며 살짝 웃었다. 여유가 있네. 제법이라는 생각이 들었다.

"그럼 김세원 씨는 어떤 영어를 쓴다고 할 수 있는 건가요?"

"저는 이야기하는 상대에 따라 바꿔가면서 쓰게 되더라고요."

"그렇군요…… 대화 상대방이 영국 영어를 쓰면 영국 영어를 쓰고,"

"네."

"미국 영어를 쓰면 미국 영어를 쓰고,"

"네."

"호주 영어를 쓰면 호주식으로."

"그렇습니다."

대체 이 면접을 왜 보고 있는 걸까. 나조차 그 이유를 모르는 상태이기 때문에 적당한 질문도 별로 떠오르지 않았다. 김 상무 때문에 면접을 먼저 보기로는 했지만 실제로 채용할 생각은 딱히 없었다. 그렇기 때문에 궁금한 것도 없었다. 하지만 사람을 불러놓고 아무 말도 안 할 수는 없는 노릇이었다. 앉아 있는 의자의 등받이가 자꾸만 뒤쪽으로 기울어졌다. 나는 다리를 반대쪽으로 바꿔 꼬면서 물었다.

"영어도 잘하고 좋은 대학교도 나왔는데, 이렇게 글로벌한 인재가 왜 우리 회사 오려고 해요? 우리 회사 엄청 구닥다린데. 해외 취업할 생각은 안 해봤어요?"

"네, 해외는 생각 전혀 안 했습니다. 원래도 학업만 마치면 한국에서 취업하는 게 목표였습니다."

"왜요?"

"이제는 한국에서 살고 싶어서요. 아무래도 가족들도 다 한국에 있고요."

애 좀 봐라?

나도 모르게 한쪽 입꼬리가 당겨지듯 올라갔다. 가족, '들'이? '다', 한국에?

내가 네 가족을 아는데? 네게 가족이라고는 천 사장 단 하나뿐이라는 걸 내가 다 들어서 알고 있는데? 어떻게 가족이 아니라 가족 '들'이고 한국에 있는 게 아니라 '다' 한국에 있다는 거니? 이력서에서 시선을 거두고 다시 김세원을 바라봤다. 그 순간, 나는 놀란 마음을 감추기 위해 어금니를 꽉 깨물어야 했다. 심장이 두근거리다 못해 터져버릴 것만 같았다. 그애도, 한쪽 입꼬리를 당기듯 올리고 있었기 때문이었다. 예의 그 안광을 머금은 채로.

왜요? 내가 웃고 있는 게 이상해요?

그러는 당신은 방금 왜 웃었나요? 내가 웃긴가요? 니 눈엔 내가, 우스워?

내가 단수를 복수로 말해서, '다'라는 부사를 써서 우습니?

야, 나는 니가 안 웃긴 줄 아니?

김건일 상무 라인 놓치고 싶지 않아서 인사 청탁 받아 면접 보고 있는 주제에.

넌 뭐가 그렇게 떳떳하니?

그애의 오른쪽 입꼬리가 눈에 띄지 않을 정도로 서서히 내려갔다. 내 귓가에 울림 가득한 음성이 한마디 더 들려왔다.

그러니까, 피차간에 좋도록 끝내야 하지 않겠니?

나도 모르게 의자에서 등을 뗐다. 꼬고 있던 다리도 풀었다. 옷깃을 가다듬고 왼팔의 손목시계를 매만졌다. 그리고 한 손에 겹쳐 쥐고 있던 이력서들을 한장씩 한장씩 테이블 위에 나란하게 펼쳐두었다.

내가 자세를 고쳐 앉은 건 그 목소리들이 섬뜩해서가 아니었다.

그 섬뜩함에 속수무책으로 끌렸기 때문이었다.

나는 내가 바로 이런 애를 원하고 있었다는 사실을 깨달았다.

더는 이애가 누구의 자식이라는 사실을 떨쳐내려 노력할 필요가 없었다. 그건 이미 내 머릿속을 떠난 지 오래였다. 나는 팔꿈치를 테이블 위에 대고 몸을 김세원과 펼쳐진 이력서 쪽으로 기울였다. 우리는 쉬지 않고 면접을, 아니, 대화를 나누었고 어느샌가 정신을 차리고 손목시계를 들여다보니 65분이 지나 있었다. 나는 깜짝 놀라 그애를 서둘러 내보냈다. 사실 65분이 다 흐르기도 전에, 이미 15분께에 알아보았다. 얘는 일머리가 있는 애라는 사실을. 잘하는 애라는 사실을. 그런 걸 알아채는 데는 한시간이나 필요하지 않다. 그런 판단은 섬광과도 같은 직관으로 오는 것이다.

벌써 눈에 선했다.

이 아이는 자기가 신입이라 모르는 게 많다는 걸 부끄러워하지 않을 것이다. 모르는 게 있으면 자기가 찾을 수 있는 선에서 찾아본 다음, 자기가 알아낸 것이 맞는지를 확인받을 것이다. 찾아도 나오지 않는 부분에 대해서는 모른다고 할 것이다. 동시에 가르쳐달라고 할 것이다. 가르쳐주면 한번에 알아듣고 비슷한 건에 대해서는 응용해서 적용할 것이다. 물론 필요한 사람들의 확인을 구두와 서면으로 모두 받은 다음 진행할 것이다. 절대 자의로는

142

판단하지 않을 것이다. 문장을 잘 쓸 것이다. 누가 읽어도 말하려는 바를 정확하게 알 수 있게 메일과 문서를 쓸 것이다. 누가 읽어도 말하려는 바가 무엇인지 도통 모르겠는 한심한 글은 자신의 문장으로 재구성해 누가 봐도 명확한 글로 다시 바꾸어놓을 것이다. 누가 누구의 위에 혹은 아래에 있는지를 늘 유의하고 정보가 오가는 순서를 배열할 것이다. 효율적으로 일할 것이다. 한번에 할 수 있는 일을 두번에 거쳐 하고 있는 게 있다면 과정의 비효율을 내게 건의할 것이다. 그걸 단축시키고 남은 시간에 새로운 일을 찾아 할 것이다. 그리고 그렇게 해도 되는지 확인받을 것이다. 내가 모르는 시장의 흐름을 젊은 시각에서 읽고 내게 귀띔해 나를 놀라게 만들 것이다.

조직 생활 17년차. 이제는 바로 알 수 있다. 좋은 주니어를 알아보는 안목이 내게는 있었다. 이런 애들은 결코 쉽게 만나볼 수 없다. 아주 가끔, 드물게 찾아온다. 몇년에 한번 볼 수 있을까 말까 한 보석 같은 아이였다. 물론 김세원이 처음은 아니다. 나는 그동안 나를 스쳐 지나갔던 반짝이는 아기 새들을 떠올렸다.

내가 대리 달기 직전 즈음 입사했던 지민이. 진짜 똑똑한 애였는데 너무 똑똑해서 그런지 경쟁사에서 날름 데려가버렸다. 내가 대리 3년차일 때 부사수로 만났던 이유나. 눈에 띄게 잘하던 친구였는데 2년 잘 다니다가 느닷없이 옆 팀 과장과 결혼한다면서 청첩장을 돌렸다. 그리고 얼마 지나지 않아 출산휴가를 냈고 출산휴가가 끝나갈 즈음 사직계를 썼다. 얼마 전엔 그 남편이 둘째 돌잔치를 했다며 돌리는 떡을 받아먹은 기억이 있다. 또다른 부사수였던 최은서. 맞아, 은서도 진짜 빠릿빠릿했지. 대리를 단 지얼마 되지 않아 퇴사하더니 미국으로 MBA를 갔고, 거기에 눌러앉은 것 같았다. 몇년 후 페이스북에 학사모를 하늘 높이 던지는 사진이 올라왔고 그후로도 계절마다 다른 보스턴의 풍경을 배경으로 한 사진들이 종종 올라왔다. 사진에 등장하는 식구들이 매년 늘어갔다. 나는 그 사진 속 모든 것들이 가끔은 견딜 수 없을 정도로 부러웠다. 개떡같이 말해도 찰떡같이 알아듣던 공채 신수연. 얘를 어떻게 잘 키워볼 생각에 매일 아침 출근하는 게 즐거울 지경이었는데 입사 두달째에 회장이 콕 집어 수행비서로 데려갔다. 발령 전날 수연이는 나를 따로 부르더니 가고 싶지 않다는 말을 꺼내며 눈물을 보였다. 나는 3년 뒤에 꼭 우리 팀으로 다시 데려오겠다고 약속했지만 2년째에 퇴사했다는 소식이 들려왔다. 그리고…… 한별이. 내가 정말 예뻐하던 한별이. 한별이만 생각하면 아직도 가슴이 아리다. 그때 난 차장을 단 지 얼마 안 된 상태였고 한별이와 함께 새로운 TF를 막 꾸린 참이었다. 그래서 한별이의 퇴사 의사를 처음 들었을 때 여느 때보다 더 큰 충격을 받았는데 뒤이은 그애의 퇴사 사유가 더 내 가슴을 후벼팠다. 수능을 다시 봐서 교대에 진학할 계획이라고 했다. 자기는 원래 선생님이 되고 싶었는데 더 늦기 전에 도전해보고 싶다는 거였다. 나는 정말이냐고, 정말 그것 때문이냐고 물었고 그애는 고개만 끄덕였다. 나는 그 말이 거짓이라고 생각하지는 않았다. 하지만 그런 결정을 내리는 데에 교육자라는 꿈만 필요한 것은 아니었다. 다른 것도 아니고 수능을 다시 본다고 했다, 수능을. 그건, 인생을 그렇게까지 리셋하고 싶을 정도로 이곳이 싫다는 말이었다. 내가 데리고 있던 애가 그런 마음을 내내 품고 있었다는 말이었다. 너무 마음이 아프고, 한편으론 자존심이 상해 미쳐버릴 것 같았다. 메시지를 보내봤다. 그애의 마음을 되돌릴 생각 같은 건 없었다. 나라도 그 결정을 돌이키진 않을 것 같았다. 그냥, 알고 싶었다. 여기가 어디가 어떻게 얼마나 싫었는지. 수정하고 개선할 여지가 있을지. 솔직하고 구체적인 이유를 듣고 싶었다. 하지만 그애는 끝까지 그렇게 이야기하진 않았다. 여기가 싫은 게 아니라고. 자긴 원래 아이들을 너무나 좋아하고 오래전부터 선생님이 꿈이었다고. 그러면 안 되는 줄 알면서도 나는 그애의 집 근처 카페에서 그애를 기다렸다. 천의 얼굴에서 이차를 마치면 내가 늘 택시로 내려주고 손을 흔들던 곳이었다. 너희 집 근처 그 카페야. 이제 퇴사도 했으니까 한번만 툭 터놓고 만나주지 않을래? 기다릴게. 그애가 나타났다. 주책맞게 눈물이 나왔다. 맹세컨대 나는 연애하면서도 이런 추태를 부려본 적이 없었다. 미안…… 내가 같이 잘하고 싶었던 친구들이 다 떠나니까…… 속상해서…… 그냥 이유라도 알고 싶어서…… 혹시 내가 뭘 잘못했는지…… 솔직하게 얘기해줄 수는 없을까…… 그애, 한별이가 마침내 입을 열었다. 차장님, 저 차장님은 정말 좋았어요. 반대 방향인데도 늘 택시 같이 타고 저 먼저 여기 내려주신 것도 고마웠어요. 차장님…… 저, 전문직을 해야 할 것 같았어요. 거기서는 미래가 안 보였어요…… 죄송해요.

죄송하긴 뭐가 죄송하니. 네 미래가 될 수 없었던 내가 죄송하지.

지금은 달랐다. 이제는 자신이 있었다.

나는 내게 찾아온 마지막 아기 새를 날려 보내고 싶지

않았다.

　자리로 돌아왔다. 그리고 팀원이 골라서 프린트해둔 원래 면접 대상자 두명의 이력서를 파일에서 꺼냈다. 염곡고등학교 졸업. 상하이대학교 행정학과 졸업. 육군 병장만기 전역. 두영건설 인턴십 수료, 컴퓨터활용능력 1급, HSK 6급…… 안녕하십니까 저는 엄하신 아버지와 자애로운 어머님의 장남으로 태어나…… 지겨워 미쳐버리겠네. 아직도 자기소개서를 이런 식으로 쓰는 애들이 남아 있나? 그리고 개중에서 골라낸 게 이거라고? 그래…… 감각적이고 세련되고 남다른 애들은 우리 회사 같은 구닥다리 전통 산업에 지원하지 않겠지. 요즘 애들이 좋아하는, 분위기 좋고 워라밸도 좋다는 그런 전자 업계로 가겠지. 딱 회사 이미지만큼의 애들이 지원하는 거야. 구닥다리 회사니까 이런 구닥다리 같은 글을 쓰는 애들이 지원하는 거지. 나는 애네들이 싫었다. 전부 다. 나에게는 김세원이 필요했다. 김세원을 다음 스테이지로 올리기로 팔십 퍼센트 정도 마음먹었고, 결재를 올리기 전에 천의 얼굴에 들러보기로 했다. 이유는 모르겠지만 왠지 그래야 할 것 같았다. 손가락을 꼽아보니 대략 오년 만이었다.

*

새 건물로 이전한 천의 얼굴은 팀장이 된 직후 한두번 와본 게 다였다. 그마저도 김건일 상무를 따라 억지로 왔던 거였다. 그때까지만 해도 지금보다 두배는 넓은 매장에 검은 양복의 회식 무리가 바글바글했고 엘리베이터에서 내리자마자부터 출입구까지 개업 축하 화분이 분홍색 리본을 단 채 줄지어 서 있었다. 오래전 일이다. 다른 사람들을 마주치고 싶지 않아 일부러 오픈 직전에 들렀다. 나는 출입문에 적혀 있는 정식 오픈 시각 15분 전부터 천 사장이 문을 열어두고 손님을 받아준다는 걸 알고 있었다.

천 사장이 주방에서 무언가를 씻다가 딸랑이는 풍경 소리에 고개를 돌려 나를 바라봤다. 얼굴에 놀란 기색이 역력했다. 그녀가 황급히 행주에 손을 닦으면서 홀을 가로질러 걸어 나왔다. 천 사장이 한발짝…… 한발짝…… 발을 내디뎌 올수록…… 그녀와 나와의 거리가 가까워지면 가까워질수록…… 나와, 그녀와, 이 공간의 과거와, 현재와, 미래가 소용돌이치며 교차하는 것만 같은 이상한 감각이 일었다. 나는 그걸 애써 떨쳐내면서 다가오는 그녀의 얼굴을 물끄러미 바라보았다. 새삼 정말 오랜만에 마주하는 얼굴이라는 생각이 들었다. 특유의 분위기는 여전했지만 확실히 그새 조금 늙어 있었다. 더 확실한 건 나역시 딱 그만큼 늙었다는 사실이었다.

"너무 오랜만이에요. 현 부장님."

기억력이 좋은 사람이다.

"그러게요."

"아직 이른데, 어떻게…… 술을 하시려고?"

나는 이미 유리문 밖에서 눈으로 한참 훑었던 메뉴판을 처음 보는 것처럼 다시 올려다봤다.

"오백 한잔만 할게요."

"그러셔요. 안주는요?"

"파전 하나만 주세요."

"어쩌지…… 오늘 파전이 안 되는데."

내가 외투를 벗어 들고 자리에 앉으면서 다시 주문했다.

"그럼, 계란말이 하나 주세요."

"어쩌지, 지금 계란이 없어……"

뭐…… 되는 게 별로 없구나. 불만은 아니었고 그냥 그런 사실을 곱씹으며 말없이 메뉴판만 다시 올려다봤다. 천 사장이 눈꼬리를 잔뜩 내려 보이면서 말했다.

"미안, 미안. 앞전에 병원 다녀오느라. 내가 요즘 몸이 안 좋아서요."

나는 사무실에서 이곳으로 향하면서부터 지금까지, 그러니까 골목길을 걷고, 엘리베이터에 올라타고, 삼층을 누르고, 내려서 층계참의 입간판을 확인하고, 유리문 너머로 메뉴판을 훑어보는 내내, 절대 의식하지 않으려 버둥거리다시피 하고 있던 사실을 어쩔 수 없이 떠올려야만 했다. 천 사장이 아프다는 사실. 암에 걸렸다는 사실. 그 사실만 떠올리면 김 상무의 비난이 귓가에서 메아리쳐 밑도 끝도 없이 괴로워졌다. 오랜만에 마주한 천 사장의 얼굴이 조금 늙어 보였던 것. 그건 실제로 늙어서일 수도 있지만 어쩌면 병색의 발현일 수도 있다는 사실을…… 알면서도 모른 척하고 있었다. 나는 그녀의 얼굴이 내 시야에 들어오지 않도록 애쓰면서, 시선을 메뉴판에 그대로 둔 채 말했다.

"아녜요, 괜찮아요. 그럼 골뱅이소면은 돼요?"

"응, 그건 되긴 되는데……"

이번엔 뭐가 문제지?

"부장님은 골뱅이 안 좋아하지 않으셔요?"

그 한마디가 느닷없이 내 목덜미를 낚아채는 것 같았다. 누군가 나를 붙잡고 17년 전으로 끌고 가 과거의 그

불편한 술자리에 앉혀놓은 것만 같았다. 그 시차에 어지럼증이 몰려올 지경이었다. 어찌할 도리가 없었다. 마음이 꼼짝없이 휩쓸렸다. 천 사장이 이어 말했다.

"항상 소면만 골라서 드셨잖아요. 골뱅이는 앞접시 구석에 모아놓고."

그제야 새삼스럽게 깨달았다. 원래의 나는 골뱅이라는 식재료를 별로 좋아하지 않았다는 사실을.

오래전 어린 나는 윗사람들이 데려가는 곳에 말없이 따라갔고, 앉으라는 데 앉았고, 먹으라는 걸 먹었다. 있는 듯 없는 듯 앉아 있었다. 내가 도무지 삼킬 수 없는 것들은 일단 입속에 넣었다가 화장실에서 뱉어내거나 아무렇지 않은 척 받아둔 다음 몰래 골라 내 몫의 앞접시 한구석에 빼내곤 했다. 그리고 냅킨으로 슬쩍 덮어두었다. 그래, 그때의 나는 그런 시절을 통과하고 있었다. 골뱅이나 번데기 같은 것들을 못 먹는 게 부끄러웠다. 어떤 식으로든지 약해 보이기 싫었다.

하지만 어쩐 일인지 최근 몇년 새, 천의 얼굴에 오지 않는 동안, 그러니까 시간이 흐르고 내가 조금씩 늙어가는 동안 골뱅이가 먹을 만해졌고, 심지어는 혼자 있을 때도 가끔 먹고 싶어져 집에서 배달시켜 먹기도 했다. 내가 다시 입을 뗐다.

"그랬었죠, 애기 때."

"맞아요. 처음 봤을 때 정말 애기였는데."

"나이 먹으니 입맛이 변하더라고요."

"원래 그래요. 한번씩 꼭 그렇게 바뀌어요."

천 사장은 금방 만들어주겠다는 말과 함께 마른멸치와
알록달록한 뺑튀기 과자와 맥주 오백 시시 한잔을 내 앞
에 내려놓고 주방으로 들어갔다. 맥주잔에 새하얗게 김
이 서려 있었다. 갈증이 났던 터라 차가운 손잡이를 잡고
한모금 들이켰다. 머리가 떵해질 정도로 시원했다. 맥주
만 마시면 이렇게 고소하고 맛있는데 왜 그렇게 소주를
타서 먹어댔던 걸까. 그런 생각을 하고 있는데 천 사장이
골뱅이 소면 한접시를 들고 와 내 테이블 위에 올렸다. 바
로 그때였다. 나는 불현듯 고개를 음식이 나온 쪽으로 돌
렸고, 그렇게 고개를 돌리면서 내가 무의식중에 무언가를
확인하려 한다는 사실을 깨달았다. 마침내 내 시선이 천
사장의 얼굴 아래쪽에 닿았다. 내 무의식은 그곳에 천 사
장의 클리비지가 있을 거라고 예측하고 있었다. 하지만
그곳은 낡은 앞치마로 가려져 있었다.

"맛있게 드셔요. 필요한 거 있으면 얘기하시고."

천 사장이 뒤돌아 내게 등을 보이고 다시 주방으로 돌아갔다. 나는 실타래처럼 돌돌 말려 있는 소면을 내려다보면서 잠시 멍해져 있었다.

그래, 앞치마를 하면 클리비지가 보이지 않지. 그런데 왜 나는 천 사장이 음식을 내려놓을 때마다 그 음영을, 클리비지의 시작점을 은근하게 드러냈다고 생각했던 걸까. 왜 그 기억이, 그 음영이, 그 선의 시작 부분이 내 머릿속에 선명하게 남아 있는 걸까? 그때는 앞치마를 하지 않았던 걸까? 아니면 허리 아래쪽만 가리는 타입의 앞치마를 맸던 걸까? 전혀 기억나지 않았다. 어쩌면 당연했다. 너무도 오래전 일이었다. 한 사람의 입맛이 변할 정도로 오래된 시간. 어린아이가 대학을 졸업하고 구직을 할 정도로 오래된 시간. 내 기억이 실제를 왜곡했거나 아니면 과장했을 수도 있겠다는 생각이 들었고…… 뒤이어 그게 아니라 내 모든 기억이 사실이라고 해도…… 그게 뭐 어때서?라는 생각으로 이어졌다. 고작 그 음영 하나에 시시덕거리고 십수년간을 들락날락하며 법인카드 갖다 바친 놈들이 한심한 놈들일 뿐. 애초에 거기까지만 싫어했으면 될 일이었다. 나는 돌돌 말려 있던 소면을 가운데부터 젓가락으로 풀어 헤치면서 김세원을 올리기로 결정했다. 그애는 인재풀에서 내가 직접 발견한 거다. 그렇게 하기로 한다. 내가 그렇다면 그런 거야. 다만 그다음 단계인 인사팀 면접과 임원면접에는 관여하지 않기로 한다. 거기서 떨어지면 그건 그 아이의 능력이 거기까지인 것이다. 나는 이제 공을 김세원과 다른 면접자들에게로 넘겼다. 하지만 그렇게 생각하면서도 이미 예감하고 있었다. 김세원은 남은 두번의 면접 또한 가뿐하게 통과할 수 있는 애라는 것을.

다음 날, 나는 팀원들에게 김세원을 인사팀 면접으로 올리라고 지시했다.

*

천의 얼굴에 서류봉투를 두고 왔다는 사실을 깨달은 건, 그로부터 사흘이나 지나서였다.

그 안에 들어 있는 서류들이 무엇인지 하나하나 되짚어보다가 보안 사항과 관련된 건 없다는 사실에 안도했다가, 마지막에 원래의 면접 대상자, 그러니까 인재풀 웹사이트를 통해 지원했던 지원자 두명의 이력서 출력본이 들어 있다는 사실을 떠올리고 화들짝 놀랐다. 이력서에 적혀 있는 것들은 명백한 개인정보였다. 나는 그 사실을 깨닫자마자 곧바로 빈 회의실로 들어가 천의 얼굴에 전화를 걸었다. 오픈 전이었는데 다행히 천 사장이 전화를 받았다.

"사장님, 저 새중앙 신사업개발에 현수영입니다."

"어어, 알죠. 현 부장님. 어쩐 일이셔요?"

전화를 건 건 처음이었는데도 천 사장은 그냥 하는 말이 아니라 정말로 목소리만으로 나를 알아챈 듯했다.

"저번에 갔을 때 제가 서류봉투 하나 놓고 가지 않았어요?"

"응응, 그거 잘 챙겨놨어요. 안 그래도 왜 안 가지러 오나 했네? 현 부장님은 내가 전화번호도 모르고요."

우선 안도의 마음이 들었지만 그래도 만일이라는 게 있고, 뭐든 안전한 쪽이 좋으니까 노파심에 한마디를 덧붙이기로 했다.

"네, 혹시나 해서 그러는데 그거 열어보시면 안……"

천 사장이 대뜸 말을 자르고 들어왔다.

"에이, 부장님. 장사 하루이틀 해요? 절대 털 끝 하나도 안 건드리죠. 카운터 서랍 안에 넣고 잠가놨으니 걱정 마셔요."

그녀의 강한 어조에 내가 괜한 말을 꺼낸 사람처럼 되어 약간 머쓱해졌다. 나는 조만간 가지러 가겠다는 말과 함께 전화를 끊고 다시 일에 몰두했다.

일주일 뒤, 외근 후 사무실로 복귀하는 길에 김세원이 인사팀 면접도 통과했다는 결재 메일을 받았다. 이제 임원면접만 남은 상황이었다. 나는 그제야 잊고 있던 서류 봉투에 대해 다시 떠올리고 사무실로 돌아가기 전, 천의 얼굴에 들르기로 마음먹었다. 마침 천 사장이 오픈 준비를 하고 있을 시간이었다.

상가에 도착해 엘리베이터 삼층을 누르고 닫힘 버튼을 누르지 않은 채 거울을 들여다봤다. 개인 트레이닝까지 받아가며 꾸준히 운동을 해와서 나이에 비해 체력은 좋은 편이지만…… 겉모습이 늙는 건 어쩔 수 없구나,라는 생각이 들었다. 이제는 나도 천 사장도 명백한 '아줌마'였고, 천 사장을 마주하고 이야기하는 게 예전처럼 불편하다는 느낌이 들지 않는 이유가 바로 그래서일지도 모르겠다는 생각이 들었다.

어느새 엘리베이터가 삼층에 도착했다. 문이 서서히 열리기 시작했다. 그러나 문이 미처 다 열리기도 전에 내 눈에 보이는 장면이 진짜인지 의심할 수밖에 없었다. 슬쩍 봐서 잘못 본 것이라고, 문이 아직 다 열리지 않아서 그런 것이라고 방어적으로 생각했고, 엘리베이터 문이 활짝 열린 다음 모든 것이 눈앞에 고스란히 드러나 있는데도 찰나 동안은 보이는 것을 그대로 믿지 못했다. 하지만 이내 엘리베이터 밖으로 발을 내디디고, 등 뒤로 문이 자동으로 닫히고 나서야 나는 내 눈앞에서 벌어지고 있는 광경을 분명하게 인지할 수 있었다.

층계참 창가에서 천 사장을 끌어안고 있는 건, 김 상무였다. 완전한 뒷모습이었지만 십수년간 지켜봐온 직속 상사의 볼품없는 등짝과 휑한 정수리를 내가 못 알아볼 리 없었다. 정신을 차리고 상황을 모두 파악하자 그제야 눈에 보이지 않던 것들까지 보이기 시작했다. 겨우 매달아 붙잡아두고 있던 무언가를 놓쳐 쿵 떨어뜨린 듯한 느낌이 들었다. 숨도 잘 쉬어지지 않았다. 천 사장의 허리를 양손으로 힘주어 끌어안은 김 상무가 그녀의 가슴에 얼굴을 파묻고 있었다. 머리가 하얘졌다. 천 사장을 구해야겠다는 생각밖에 들지 않았다. 나는 너무 놀라서 잘 쉬어지지 않는 숨을 억지로 거칠게 내쉬며 한발짝을 뗐다. 그때였다.

천 사장이 고개를 들었다. 창문을 등지고 있어 그림자

에 가려졌던 그녀의 얼굴이 서서히 드러나기 시작했다. 우리의 시선이 마주치자 천 사장이 오른손을 슬쩍 들어 손짓했다. 이리 오라고, 이리 좀 와달라고. 나는 어떤 상황인지 잘 알겠다는 눈을 하고 발소리를 내지 않게 조심하며 천천히 그쪽으로 발걸음을 한발짝 들어 옮겼다. 그러자 돌연 천 사장이 미간을 확 찌푸렸다. 동시에 고개를 빠른 속도로 짧게 저었다. 한발짝 더 다가가자 다시 고개를 강하게 젓더니 턱짓까지 더하며 얼굴을 찡그렸다.

그제야 나는 그 손짓의 의미를 바로 이해할 수 있었다.

천 사장의 손짓은 이리 오라고 하는 손짓이 아니었다.

밖에서 안으로 까딱이고 있는 것이 아니라 안에서 밖으로 까딱거리고 있었다. 그러니까, 내젓고 있는 것이었다. 이리 오라는 게 아니라 저리 가라는 것이었다. 일순간 눈꺼풀이 서늘해지는 것 같은 감각을 느끼며 나도 모르게 한걸음 뒷걸음질 쳤다. 그제야 천 사장이 내 눈을 똑바로 바라보며 고개를 아래위로 천천히 끄덕였다. 옳지, 그래야지. 끄덕끄덕. 그 끄덕이는 리듬에 따라 천 사장의 턱께에 겨우 머리통이 닿은 김 상무의 등을 천 사장이 양손으로 가만가만 도닥였다. 김 상무의 좁은 어깨가 가늘게 들썩이고 있었다. 천 사장의 품에 얼굴을 묻은 채, 하염없이 울고 있었다.

*

세원,

세원!

그쪽 아니야, 이쪽으로.

아냐, 괜찮아. 이쪽부터 돌면 돼.

그애가, 김세원이

내 앞에서 걸어간다.

척척, 걸어나간다.

인사해요. 이쪽은 이번에 우리 팀에 새로 들어온 신입, 김세원 씨.

안녕하세요. 김세원이라고 합니다. 잘 부탁드립니다!

자아, 여기는 오늘 들어온 신입, 김세원 씨.

안녕하세요. 김세원이라고 합니다. 잘 부탁드립니다!

우리 신입, 김세원 씨.

안녕하세요. 김세원이라고 합니다. 잘 부탁드립니다!

들었지? 김세원 씨.

안녕하세요. 김세원이라고 합니다. 잘 부탁드립니다!

똑같은 말을 자리마다 반복하면서도 매번 처음 하듯
씩씩하게 한다. 능숙하게 한다. 거침이 없다. 기운이 찰랑
찰랑 넘친다.

한바퀴를 모두 돌고 난 그애가 뒤돌아 나를 올려다본
다. 능란하게 잘해냈다는 사실을 의식이라도 하듯 양손을
가슴께에 엑스자로 포개 올리고 숨을 크게 들이마셨다가
내쉰다. 자신이 애썼음을 알리는 신호. 나는 이런 게 마음
에 든다. 그애가 이젠 자신의 양손을 모아 기도하듯 깍지
를 낀다. 뒤이어 내 눈을 올려다보며 입을 연다.

앞으로 잘 부탁드립니다, 팀장님!

나는 그 동그란 깍지 위로 내 두 손을 포개듯 올린다.

그애의 매끄러운 주먹을 부드럽게 감싸 쥔 채, 아래위로
가볍게 흔들며 미소 짓는다.

　내가 더 잘 부탁해.

라이딩
크루

젖은 머리카락을 수건으로 감싼 동생이 방으로 들어온
다. 이부자리를 펴고 엎드려 핸드폰을 들여다보고 있던
언니가 헤어드라이어가 들어 있는 서랍을 발가락으로 열
면서 흘겨본다.

　"너는 이 야밤에 머리를 감냐. 다들 잘 시간에."

　폭 좁은 거울이 달린 좌식 화장대 앞에 동생이 앉는다.
수건을 아직 머리 위에 올려 둔 채, 손가락 안쪽으로 떠낸
수분크림을 얼굴에 얇게 펴 바르면서 무언가 불만인 듯
구시렁댄다. 언니가 작은 빗자루와 쓰레받기 세트가 들어
있는 플라스틱 바구니를 발가락으로 끌어 동생의 손이 닿
는 쪽으로 옮겨두면서 말한다.

　"머리카락 다 쓸고 자!"

　동생은 잠자코 머리 위 수건을 풀어 어깨 위에 걸쳐두

고 열려 있던 서랍에서 헤어드라이어를 꺼낸다. 손잡이에 돌돌 말려 있던 전선을 풀어내고 코드를 콘센트에 꽂은 뒤, 전원을 켠다. 소음이 크긴 크다. 드라이어의 온풍을 머리에 쏘이면서 손가락을 머리카락 사이로 빗처럼 넣어 털듯이 흔들며 물기를 튕겨낸다. 머리카락이 반쯤 말랐을 때, 시끄러운 드라이어의 바람 소리를 뚫고 언니의 목소리가 희미하게 들려온다. "어머머, 쟤네 좀 봐"라고 하는 것 같은데 확실하지는 않다. 언니를 등지고 앉은 동생이 거울 속에서 언니를 찾으며 묻는다.

"왜, 또?"

거울로 확인한 언니는 동생이 아닌 창문 밖을 내다보고 있다. 동생은 드라이어의 전원을 끄고 언니가 하는 말을 다시 들어본다.

"어머, 어머! 세상에."

"뭐가? 왜?"

"야 야, 빨리 이리로 와봐. 저기 웬 미친놈들이 있어."

이마에 잔뜩 힘을 준 동생이 언니 곁에 가서 앉는다. 창틀은 바닥에 앉으면 턱이 딱 닿을 정도의 높이다. 언니의 손가락 끝이 가리키는 곳을 눈으로 따라간다.

"저어기, 보여?"

동생이 입을 딱 벌린다. 기가 찬다. 그야말로 헉, 하는 소리밖에 나오지 않는다. 언니가 다시 입을 연다.

"왜 저래 진짜. 미친 것들."

동생이 맞장구를 친다.

"대체 뭐 하는 거야? 경찰에 신고해야 되는 거 아냐?"

"그래, 신고하자. 저기 이불 위에 내 핸드폰 좀 가져와."

바로 그때, 등 뒤에서 수상한 기척이 들려온다.

"뭐여, 시방?"

할머니가 문틀에 한 손을 짚고 서 있다.

"깜짝이야. 할머니, 아직 안 주무셨어?"

할머니가 창가 쪽으로 천천히 걸어와 앉는다. 세 사람의 머리통이 창틀 앞에 나란히 붙어 있다.

"오매, 오매. 차암 나. 시상에 벨일이 다 있고만."

언니가 할머니에게 나가라고 손짓하면서 다른 한 손으로 핸드폰의 잠금을 해제한다.

"할머닌 가셔. 우리가 신고할게."

말이 끝나기가 무섭게 할머니가 잽싸게 언니의 핸드폰을 낚아챈다.

"아이, 신고를 왜 혀? 내비 둬."

"으응? 왜?"

할머니는 창밖에 시선을 그대로 둔 채 혼잣말처럼 중얼거린다.

"일단은 좀 봐야 될 거 아녀. 평생 볼 거 오늘 다 보게 생겼고만……"

자매가 입을 모아 외친다.

"아, 할머니!"

"내비 둬봐. 다 사정이 있겠지."

"에이, 안 돼 할머니."

"그럼 쪼금만 이따가 혀. 뭐가 어찌케 된 일인가는 쫌 더 봐야 쓰겠응께."

말없이 창밖 광경을 살펴보던 언니가 이내 고개를 절레절레 젓더니 다시 입을 연다.

"혹시 뭐 촬영하나? 아니면 무슨 실험인가? 그게 아니고서야…… 대체 이게 말이나 되는 일이냐고."

동생도 끄덕이며 맞장구친다.

"그러니까. 너무 황당해서 보고 있으면서도 믿기지가 않네."

모발 끝 아직 물기를 머금고 있는 축축한 단발머리, 정수리 근처에 높이 묶어둔 똥 머리, 그리고 뽀글뽀글 백발의 파마머리가 나란히 같은 곳을 바라보고 있다. 뒤이어

세 사람의 시선이 오른쪽으로 서서히 이동한다. 어두운 한밤이지만 하늘이 깨끗이 맑고, 달빛이 선명히 밝다.

*

"지나가겠습니다!"

내가 선창하자 뒤에서 크루들이 복창했다.

"지나가겠습니다!"

이 순간을 좋아한다. 내 입에서 나간 말이 한 박자 텀을 두고 메아리처럼 돌아오는 이 순간을. 담백한 한마디 문장이 겹겹의 화음이 되어 돌아오는 흔하지만 근사한 이 순간을. 핸들바를 세게 쥐어봤다. 바테이프를 새로 감아둔 덕에 기분 좋은 텐션이 느껴졌다. 어느새 가파른 다운힐이 펼쳐져 있었다. 눈앞을 방해하는 것은 아무것도 없었다. 딴딴하고 날렵한 앞바퀴가 꽃내음 가득한 봄날의 공기를 가르고 지나갔다. 순식간에 가속도가 붙었다. 발을 역방향으로 놀려 페달 위에 잠시 걸쳐두었다. 차르르르…… 차르르르…… 매끄러우면서도 우렁찬 라쳇 소리가 귓가에 기분 좋게 울려 퍼졌다. 탁 트인 시야 양옆으로 분홍빛 컬러가 빠르게 스쳐 지나갔다. 때마침 싱그러운 봄바람이 불어오기 시작했다. 연분홍 벚꽃잎이 오소소 쏟아져 내렸다. 꽃비와 햇살을 통과하며 꽂히듯 낙하하는 몸. 심장이 붕 떠오르는 듯한 감각. 목덜미에 흐르던 땀이 순식간에 상쾌하게 증발했다. 뒤이어 급격한 업힐이 시작되었다. 나는 다시 기어를 낮추고 페달을 힘차게 밟았다.

라이딩 크루를 운영한 지는 세달 정도 되었다. 자전거를 타기 시작한 건…… 언제부터였더라?

제대 직후 헛헛한 마음에 허접한 중고 자전거로 전국일주를 하면서 처음 라이딩의 매력을 맛보았지만 복학하고 공무원시험을 준비하면서는 또 한동안 잊고 살았다. 그러다 이차 필기시험을 마친 직후부터 임용되기 직전까지 경마장 질서 유지 아르바이트를 하게 됐다. 객장에서 흥분한 마객들을 상대하는 일은 고됐지만 그만큼 시급이 높아 할 만했다. 그때 바짝 벌어 모은 돈으로 남은 학자금 대출도 갚고, 벼르고 벼르던 로드바이크도 장만하면서 본격적으로 사이클의 세계에 입문하게 된 것이었다.

그러니 못해도 삼년은 넘게 탄 셈인데, 처음 시작했을 때의 기대와는 달리 하나의 동호회에 정착하지는 못했다. 기회가 될 때마다 여기저기 가입해 잠깐씩 활동해보기도 했지만 가는 곳마다 영 아니다 싶거나, 그 정도는 아니더라도 묘하게 마음에 들지 않는 점들이 한두가지씩 있어 거슬렸고, 그렇게 편치 않은 마음으로 두세번 그룹 라이딩을 다녀온 후에는 시들해져서 발길을 끊는 패턴이 반복되었다. 그렇게 매번 마음 붙일 곳을 찾아 옮겨 다니기만 하다가 문득, 이런 생각이 든 거였다. 내가 직접 만들어볼까?

내가 원하는, 그러나 잘 없었던, 그래서 새로이 만들고자 하는 '라이딩 크루'의 콘셉트는 대략 이런 느낌이었다.

본격 동호회, 아니다.

고로 쫄쫄이, 입지 않는다.

지역, 마덕동을 기반으로 한다.

경력, 초보도 상관없다.

실력, 못 타도 상관없다.

차종, 아무거나 상관없다.

성비, 조화로워야 한다.

자전거를 사랑하는 남녀라면 누구나 마덕동 일대에서 가볍게 모여 장비에 대한 집착 없이, 기록에 대한 강박 없이, 순수한 마음으로 라이딩 그 자체를 온전히 즐길 수 있는 그런 만남. 이른바 '샤방한 라이딩'을 표방하는, 그런 크루를 만들고 싶었던 거였다.

직접 만들겠다고 마음먹자 그리 어려운 일도 아닌데 왜 진즉에 이런 생각을 해보지 않았을까 싶었다. 우선 인스타그램에 새 계정을 하나 만든 다음, 그간 라이딩 다니면서 찍은 사진 중에 내가 봐도 잘 찍었다고 생각하는 것들을 엄선하여 보정하고 편집해서 매일 하나씩 올리기 시작했다. 주로 전망 좋은 곳에서 빈 자전거와 풍경이 어우러지게 찍은 사진 혹은 짧은 영상이었다. 내 모습이 약간 드러난 사진도 한두장 골라 올려두었다. 새 사이클화를 신은 발 사진이라든지, 얼굴을 자세히 알아볼 수 없는, 그러니까 거의 뒤통수에 가까운 측면 사진 같은 것들을. 그 아래에는 지향하는 라이딩 크루의 콘셉트에 대한 짤막한 단상을 함께 적었다. 대놓고 사람을 모집하는 글처럼 쓰지는 않았고 나의 지향이 은근히 드러나게끔만 남겼다. 그런 패턴으로 한달 정도 매일 포스팅한 뒤, 본격적으로 이런 글을 남기게 된 것이었다.

장비나 기록에 대한 부담 없이, 순수하게 자전거와 속도감을 사랑하는 마음으로 동네에서 샤방하게 탈 수 있는 가벼운 크루는 없는 걸까? 제가 나중에 만들면 혹시 함께 해줄 분 계신가요? 당장은 아니라도 언젠가는…… #라이딩크루 #샤방라이딩 #로드바이크 #사이클 #자전거 #마덕동 #동네친구 #맛집 #카페 #풍경 #직장인취미 #취미스타그램 #공무원스타그램

아무 반응이 없으면 어쩌나 걱정했던 것과는 달리 생각보다 많은 사람들이 '좋아요'를 남겼다. 더러는 댓글을 달거나 다이렉트 메시지를 보내오는 사람도 있었다. 솔직히 계정을 만들 때까지만 해도 내게 어떤 선택권이 있을 거라는 생각을 하진 못했다. 점차 반응이 오고, '이게 되네?' 하는 생각이 들자 그때부터 신이 나기 시작했다. 나는 내 포스팅에 호의를 보인 여러 사람들의 프로필과 피드를 꼼꼼히 살피고 그들이 자신의 네모반듯한 공간에 드러낸 정보와 행간에 숨겨둔 정보들을 파악해 우선 여자 둘, 남자 둘을 추렸다.

그렇게 내가 직접 선택한 크루들과 함께 자전거전용도로를 달리고 있다. 선두엔 내가, 뒤에는 여자 둘, 남자 둘. 아직은 총합이 다섯이다. 나는 이 조합이 꽤나 마음에 든다. 여기에서 조금씩 증원해서 크루장인 나를 포함해 남자 넷, 여자 넷 이렇게 총 여덟명까지만 받고 닫을 계획이

다. 그룹 라이딩 하기에도 그 정도 인원이 딱 좋고, 그 이상은 회식하기에도 부산스러우니까. 목표 인원을 채우려면 남자 한명, 여자 두명이 더 필요한 상황. 초기에도 선발에 공을 들였지만 신규 크루는 더더욱 신중을 기해 뽑아야 했다. 크루들은 현재의 조합에 상당히 만족하고 있으며 바로 그렇기 때문에 그들을 고른 나의 안목을 전적으로 신뢰한다. 그간 몇차례 가졌던 뒤풀이에서 크루들은 서로가 편하고 마음에 든다는 데 의견의 합치를 보였다. 더 나아가 앞으로도 내가 골라 들이는 사람이면 누구든 오케이라는 답도 들었다. 그래서 요즘은 기존 크루와 새로 들일 크루 간 매치를 생각하느라 은근히 골치가 아팠다. 라이딩을 즐기는 와중에도 그런 고민에 머릿속 한편을 내어준 채 달릴 정도로.

시내에 접어들자마자 갑자기 뒤에서 외마디 비명이 들려왔다. 안이슬인 것 같았다. 나는 주위를 빠르게 살펴 상황을 판단하고 안전한 곳에 정차한 후 나동그라진 자전거와 안이슬을 향해 잽싸게 뛰어갔다. 새하얀 반바지 아래 드러난 동그란 무릎에 아스팔트 바닥에 쓸린 자국이 나 있고 그 위로 핏방울들이 조금씩 맺혀 있었다.

"이슬씨, 괜찮아요? 어떻게 된 거예요?"

내가 다급히 묻자 안이슬이 한 손으로 핑크색 헬멧을 벗으며 고개를 들었다. 버클을 눌러 푸는 손바닥에도 자잘한 상처들이 나 있었다. 안이슬이 미간을 찌푸린 채 팔을 뻗어 보도블록의 턱을 가리켰다.

"저기 턱에 걸렸어요. 아, 창피해."

"저런!"

"이상해요. 원래 이 정도 턱은 그냥 넘길 수 있었는데. 오늘 컨디션이 안 좋았나 봐요."

안이슬이 고개를 갸우뚱거리며 말했고, 내가 곧바로 대답했다.

"그게 아니라, 각도 때문에 그래요."

"각도요?"

양손을 들고 두 손날을 예각의 형태로 교차시키면서, 내가 물었다.

"이렇게, 사선으로 넘으셨죠?"

"네, 맞아요."

"그러면 무조건 슬립이 날 수밖에 없어요."

내가 덧붙였다.

"이런 식으로 넘으면 세계 랭킹 일위 포가차르도 낙차

할걸요?"

"아, 그런 거예요?"

안이슬이 비로소 찡그렸던 미간을 펴고 환하게 웃었다. 나는 다시 손날의 각도를 조정하며 말했다.

"네, 앞으로는 이렇게, 수직으로 넘기셔야 해요. 턱이랑 바퀴가 직각이 되게."

안이슬이 고개를 끄덕였고 옆에서 듣고 있던 서수민이 날 향해 엄지를 치켜들며 너스레를 떨었다.

"역시, 우리 크루장님. 무지 스마트하시다니깐."

나는 기분 좋게 웃으며 손을 내저었다.

"아이고, 뭔 스마트입니까. 타다보면 자연히 알게 되는 것들이에요."

서수민이 왜인지 눈을 새초롬하게 흘겨 뜨며 말했다.

"에이, 그게 스마트한 거죠. 초보인 저희가 경험 많은 크루장님 덕에 빠르게 익숙해질 수 있으니 얼마나 좋아요."

내가 서수민과 이야기하고 있는 사이 병관이 형과 김민우가 안이슬에게 다가와 차례로 물었다.

"이슬씨, 괜찮으세요?"

"계속 타실 수 있겠어요?"

안이슬이 무릎에 붙은 흙가루를 맨손으로 털어내며 말했다.

"그럼요, 당연하죠."

내가 미리 챙겨온 반창고를 하나 꺼냈다.

"이거 붙여드릴게요. 항생제가 안쪽에 발려 있는 제품이에요."

안이슬이 감동한 듯 눈을 동그랗게 뜨고 양 눈썹으로 팔자 모양을 만들었다.

"어머, 이런 걸 다 준비하셨어요?"

나는 말없이 한쪽 무릎을 세워 꿇은 채로 안이슬의 흉터 위로 밴드를 조심스럽게 붙였다. 그러고는 밴드의 날개 부분을 두어번 쓰다듬어 단단히 고정시켰다. 그녀의 동그랗고 말랑한 무릎이 고스란히 느껴졌다. 뒤이어 자연스럽게 안이슬 쪽으로 한 손을 내밀었다. 안이슬이 한 손은 서수민의 손을, 한 손은 내 손을 힘주어 잡고 일어섰다. 가늘고 올곧게 뻗은 다섯 손가락. 투명하다는 느낌이 정도로 피부 톤이 맑고 밝았다.

"저 때문에 괜히 지체됐네요. 죄송해요. 우리 다시 달려요!"

울상이다가도 금방 활기차지는 안이슬의 성격이 마음

에 든다. 비 갠 날의 아침 햇살처럼. 티 없이 맑고 눈부시게 밝은 사람. 안이슬은 존재 자체로 싱그러운 면이 있었다. 우리는 마덕나들목을 통해 다시 한강변 자전거도로로 접어들었다. 전날의 봄비가 그친 후, 구름 하나 없이 맑은 하늘과 그만큼이나 거리낌 없이 내리쬐는 햇살이 잔잔한 강물에 반사되어 눈이 부셨다. 한쪽 눈을 살짝 찌푸린 채로 슬쩍 뒤를 돌아봤다. 안이슬과 눈이 마주쳤다. 안이슬이 핸들바를 꼭 쥔 채 핑크빛 헬멧 아래로 윤기 나는 갈색 머리칼을 날려가며 해사하게 웃었다. 아, 그 장면은 정말이지 너무나도 아름다운 나머지…… 마치 내가 그 미소만을 평생 꿈꾸고 기다려온 것처럼 느껴졌다. 하지만 동시에 마음이 복잡해지는 이유 역시…… 공교롭게도 바로 그 미소 때문이었다. 황홀한 풍경과 안이슬의 해맑은 미소 사이로 신규 크루에 대한 고민이 다시 끼어들었다. 그냥 이대로 안이슬과 잘해보고 싶은 마음과, 향후 안이슬보다 더 괜찮은 여 크루가 들어올 가능성도 배제하고 싶지는 않은 마음이 서로 충돌했다. 그뿐만이 아니었다. 남 크루가 들어올 경우는 또 어떤가. 안이슬 역시 내게 마음이 있는 듯하지만 아직 우리는 개인 채팅을 이제 막 튼 정도다. 크루를 잘 유지하면서 자연스럽게 잘되려면 갈 길이 아직

멀다. 서수민은 김민우를 좋아하는 게 눈에 보인다. 김민우도 같은 마음인지는 잘 모르겠으나 여튼 그렇다. 그리고 나머지 한명인 병관이 형은…… 미안하지만 거기까진 신경 쓰지 말자. 아무튼 현재의 남녀 크루 간 암묵적으로 오가는 분위기가 나쁘지 않은데 함부로 애먼 놈을 들여서 러브 라인이 꼬이기라도 했다간 큰일이다. 애초에 여덟명까지 채우겠단 얘길 괜히 했나 싶어 후회가 되기도 했지만 회식 때마다 충원 이야기가 나와 언제까지고 피할 수는 없었다. 모두가 오매불망 기다리던 벚꽃 라이딩은 물론 즐거웠지만, 마음 한구석엔 내내 신규 크루에 대한 고민을 놓지 못하고 있었다.

집에 도착한 후에는 곧바로 사진 보정을 시작했다. 오늘의 테마는 벚꽃 라이딩이었으니 벚꽃의 컬러를 좀더 부드럽고 화사하게 만드는 데 신경 써야 했다. 하늘은 더 쨍하게, 꽃잎은 더 따뜻하게. 살짝 비가 내린 후라 분홍색 꽃잎 사이사이로 초록 잎이 군데군데 돋아 있어 컬러 조정이 조금 어려웠다. 전체적인 색감을 맞춘 후엔 여 크루 한정으로 디테일한 보정도 추가로 들어갔다. 다리를 조금 길게 늘여주고 미처 정리하지 못한 잔머리와 군살을 매끄럽게 다듬어주었다. 나는 특히 안이슬을 보정하는 데 더 집중하곤 했다. 안 예쁜 애를 조금 예쁘게 만드는 것보다 이미 예쁜 애를 더 예쁘게 만드는 게 효율도 좋고 만족도도 훨씬 높으니까. 완성된 사진 중 안이슬의 개인 사진만 골라 따로 보내주려는데 핸드폰에 다이렉트 메시지가 도착했다는 알림이 떴다. 아이디는 '허니우드'였다. 왠지 좋은 예감에 하던 작업을 중단하고 후다닥 메시지 창을 열었다.

　　──추가 크루 모집 안 하시나여? 저도 마덕동 살구, 사이클 탄 지는 한달 정도 됐습니당. 아직 완전 새싹이에여.

　　뒤이어 입을 활짝 벌린 노란색 스마일 이모티콘이 도착했다. 답장하기 전, 프로필 사진을 눌러 허니우드의 계정에 들어가봤다. 피드에 올려둔 사진이 몇장 없긴 했는데 그중에 뒷모습 사진 하나가 눈에 띄었다. 강을 바라보고 둔치에 앉아 있는 상반신을 멀찍이서 찍은 사진이었는데, 레드 바디에 블랙 포인트가 들어간 자전거가 곁에 세워져 있었다. 차종은 메리다 스컬트라 400으로 추정. 허리가 잘록했고 하나로 단정하게 묶은 긴 생머리가 거의 엉덩이까지 늘어져 있었다.

아, 긴 생머리는 못 참는데.

누군가는 진부하다고 할 수 있겠지만 취향이란 건 어쩔 수 없었다. 나는 아주 어릴 때부터 긴 생머리의 여성분들에게 매력을 느껴왔다. 몇 안되는 피드의 사진은 죄다 뒷모습뿐이었지만 나는 이미 그 곱디고운 머릿결과 뒤태에 마음을 빼앗겨버리고 말았다. 오랜만에 재지 않고 바로 답장을 보냈다.

　—신규 크루 모집 중입니다. 실례지만 나이가 어떻게 되세요?

　—저 스물여덟이여.

나보다 네살 어렸고, 안이슬보다도 두살이 어렸다.

　—저희 크루는 매달 짝수 주 토요일에 모이는데 혹시 시간은 괜찮으세요?

　—네 좋아여!

아직 몇마디 나누진 않았지만 분명 마음을 건드리는

무언가가 있는 것 같아 평소와는 달리 나도 모르게 이런 저런 것들을 호의적으로 물었고, 대화가 물 흐르듯 자연스럽게 실시간으로 이어졌다. 내가 메시지를 작성하는 동안 허니우드가 내 답장을 받기도 전에 또 무언가를 작성하고 있다는 말풍선이 뜨기도 했다. 쫑 쫑 쫑…… 세 점의 말줄임표를 담은 말풍선이 귀엽게 꿈틀꿈틀 움직였다. 마치 그 안에서 허니우드가 꼼지락거리며 자판을 누르고 있기라도 한 것처럼. 말풍선이 꿈틀댈 때마다 어쩐지 명치께가 기분 좋게 간질거렸다. 긴 생머리의 허니우드는 사이클의 매력에 아주 최근에 빠져들었는데 약 한달간 연습 삼아 솔로 라이딩을 즐겼고 이제는 어울려서 함께 탈 사람을 찾고 있다고 했다. 워낙에 외향적인 성격이라는 부연 설명도 덧붙였다.

— 찾다보니까 저 같은 새싹 라이더는 여기 크루가 딱인 것 같드라구여!

말투가 정말 귀여웠다. 이런 말투를 쓰는 여자는 왠지 얼굴도 귀염상일 것만 같았다. 나는 허니우드의 얼굴을 상상하며 피드의 사진들을 다시 꼼꼼히 훑었다. 워낙 멀리서 찍은 사진들뿐이라 자세히 보이진 않았지만 전체적으로 몸이 탄력 있어 보였으며, 허리가 잘록했고, 키가 큰 편이었다. 안이슬은 얼굴은 예쁘지만 안타깝게도 키가 작았다. 몸의 굴곡도 아주 없진 않지만 솔직히 아쉬운 편이긴 했다. 긴 대화 끝에 내가 자연스레 말을 붙였다.

—그런데 허니우드 님은 키가 꽤 큰 편이시네요.
—앗, 저 작진 않지만 그렇게 크지두 않아여. 헤헤.

분위기가 거의 확정이라 이 정도면 개인적인 걸 물어도 되지 않을까 싶어 연달아 물었다.

—아참, 그리고 혹시 어떤 일 하시는지 여쭤봐도 될까요?

말풍선이 꿈틀거리는 잠깐의 시간 동안, 내 머릿속에는 아름답고 멋들어져 보이는 여러 직업이 스쳐 지나갔다.

—저 목수예요! 나무를 좋아하거든여.

목수? 예상 밖의 대답에 깜짝 놀라긴 했지만 의외라서 더 매력이 상승했다. 솔직히, 천만뜻밖의 직업을 듣고 살짝 흥분되기까지 했다. 급하게 손가락을 놀려 감탄을 표했다.

— 와, 그래서 아이디가 허니우드셨구나. 굉장히 의외세요. 여리여리하신 외모와는 다르게 파워풀한 거 좋아하시나 봐요. 정말 반전 매력이신걸요. 직업도 그렇고, 사실 여성분들 중에 사이클 즐기시는 분이 드물기도 하고요.

막상 보내놓고 나니 너무 주저리주저리 길게 쓴 것 같아 약간 후회가 되던 찰나, 뒤이어 도착한 메시지는 가히 내 눈을 의심케 만들었다.

— 헙! 저 남잡니다!

아니야.
아냐, 이게 진짜일 리 없어.

— 네? 이게 무슨…… 장난이시죠?

―앗! 진짠데! 남자라서 가입 안 시켜주는 건 아니죠?
허엉.

　　허엉?
　　허엉,이라고?
　　나도 모르게 눈이 지그시 감겼다. 이게 무슨 일일까? 정
말 사실일까? 듣고 나니 왠지 사실일 것만 같았다. 시간을
되돌리고 싶다는 바람을 담아 천천히 눈을 떴지만 시간이
되돌아가는 일 따윈 당연히 일어나지 않았다. 나는 다시
허니우드의 피드로 들어가봤다. 뒷모습 사진을 골라 엄지
와 집게를 벌려 주욱 확대해가며 더 세밀하게 살펴보았
다. 그제야 보이는 것들이 있었다. 그녀, 아니 그는 허리가
잘록한 게 아니라 어깨가 넓은 편일지도 모르겠다는 생각
이 한 박자 늦게 들었다. 아무래도 저놈의 긴 생머리가 내
눈을 잠시 가린 모양이었다. 어떡하지? 정말 기가 찰 노릇
이었다. 이런 내 마음을 아는지 모르는지 허니우드의 말
풍선은 계속 꿈틀꿈틀 움직이고 있었다. 이제는 그게 징
그러운 송충이처럼 느껴져 불쾌했다.

　　―아직 잘은 못 타지만 안 빠지구 열심히 나갈 자신

있습니당!

남자새끼가 말투가 왜 이 따위인 거지? 아니, 그전에…… 머리는 또 왜 이렇게 긴 거야? 생각해보니까 그게 더 이상하잖아? 허니우드의 메시지가 연이어 도착했다.

─왜 답장이 없으세여……?
─아 제발제발제발! 가입시켜주세여!

대체 왜 이래? 진짜 이상한 새끼네. 아직도 완전히 믿기지가 않아 그간 나눈 대화를 다시 찬찬히 읽어보았다. 그 어디에서도 자신이 여자라고 한 적은 없었다. 그래…… 내가 너무 안일했음을, 긴 생머리 때문에 내 판단력이 잠시 흐려졌음을 인정해야 했다. 흥분해 살짝 달아올랐던 몸이 빠르게 식어갔다. 이제…… 어쩌지? 이렇게 오랫동안 적극적으로 호의를 보이며 대화를 나눈 사람을 남자라는 이유만으로 내칠 수는 없었다. 게다가 이미 다음 라이딩 장소와 스케줄까지 다 공유한 상황이었다. 어쩔 수가 없었다. 염두에 뒀던 것보다 시기가 빠르긴 했지만 어차피 남 크루도 충원 계획이 있었으니 그냥 받아들이기로 했다.

　—다음 라이딩부터 오시죠, 그럼.
　—와, 감사합니당.

　허니우드와 나는 서로 연락처를 교환했고 내가 추후 우리 크루 그룹채팅방에 허니우드를 초대하기로 하면서 상황이 일단락되었다.

　—아참, 그런데 성함이?
　—최도헌이여.

　젠장. 그래서 '허니'였어? 이름부터 물어볼걸…… 후회는 됐지만 애써 마음을 다잡았다. 안 그래도 남자가 더 많은 우리 크루에 남 크루가 한명 더 들어올 경우 발생할 수 있는 여러가지 부정적인 여지들이 스멀스멀 고개를 들려 했지만, 나는 금세 마음을 고쳐먹고 쓸데없는 생각들을 멈추려 노력했다. 그리 어렵진 않았다. 상식적으로 생각하면 될 일이었다. 여자들은 이런 남자를 좋아하지 않는다. 일단 직업이 변변찮다. 게다가 이딴 말도 안 되는 말투를 쓰고, 이따위로 대책 없이 장발인 남자를, 여자들은 일반적으로 좋아하지 않는다.

　돌아온 크루 모임 날, 약속 장소인 GS25 마덕나루점 맞은편 둥근 소나무 아래로 향하면서 나는 무언가 잘못 돌아가고 있음을 직감했다. 먼 거리에서부터 실루엣만 보이는데도 눈앞에 펼쳐져 있는 상황이 도무지 이해가 가지 않아 눈만 자꾸 껌뻑였다. 자전거를 끌고 한발짝, 한발짝…… 응달 아래 삼삼오오 모여 있는 무리를 향해 다가가면 다가갈수록…… 그들의 모습이 선명해지면 선명해질수록…… 발걸음이 쉬이 내디뎌지지 않아 고통스러웠다. 어디서부터 어긋나기 시작한 걸까? 어느 시점으로 돌아가면 이 사태를 막을 수 있었을까? 대체…… 왜…… 도대체…… 왜……
　왜 잘생긴 거야?
　절망적이었다. 인정하기는 싫지만 처음 실물로 본 최도헌은 이렇게 생긴 애가 왜 모델이 아닌 목수를 하고 있나 생각밖에 안 들 정도로 명백하게 준수한 얼굴이었다. 모색이 짙은 아치형의 눈썹은 그 부분만 뼈가 살짝 돌출되어 있었고 거기서 이어져 내려온 콧대는 뭘 세워 넣었나

의심이 들 정도로 오뚝했다. 쌍꺼풀이 한쪽 눈에만 있는 짝눈이었지만 그마저도 웃을 때마다 반달 형태가 되어 괜히 분위기 있어 보였다. 무언가 크게 속았다는 생각에 알 수 없는 부아가 치밀었고 인중과 입꼬리가 이상한 각도로 뒤틀렸다. 오랜 시간 계획하고 공들여 쌓아온 나만의 견고한 성이 눈앞에서 흉하고 사납게 무너지는 걸 지켜보는 기분이었다. 정해진 약속 시간보다 오 분 일찍 도착했는데도 나 빼고 모두가 다 모여 있다는 사실 자체도 곱씹을수록 기가 막혔다. 남 크루들은 원래도 약속 시간보다 일찍 나오는 편이었으나 여 크루들은 늘, 항상, 단 한번도 빠지지 않고, 십분 이상 늦곤 했다. 이것들이 평소에는 맨날 지각이더니 신규 온다니까 이렇게나 일찍 나와?

꽤 가까이 다가갔는데도 크루들은 최도헌에 정신이 팔려 내가 왔다는 사실을 아직 인지하지도 못한 것 같았다. 병관이 형과 김민우는 그야말로 어안이 벙벙한 표정으로 최도헌의 얼굴에서 시선을 떼지 못하고 있었고…… 서수민과 안이슬은…… 말할 것도 없었다. 눈동자에서 발사된 레이저빔의 끄트머리가 최도헌의 반질반질한 뺨따귀에 딱 달라붙어 있는 것만 같았다. 열 받지만 평정은 찾아야 했다. 심호흡을 크게 하고 입꼬리를 애써 정돈해 올리면서 둥근 소나무 아래로 다가갔다. 젠장, 키는 또 왜 이렇게 커?

"오늘따라 일찍들 나와 계시네요."

크루들이 그제야 나를 알아봤는지 알은체를 해왔다.

"어머, 크루장님 오셨어요?"

"도헌씨 만나서 저희 먼저 이야기 나누고 있었어요."

다들 내게 형식적인 인사만 건넨 뒤 다시 고개를 쌩하고 돌려 최도헌에게 질문 세례를 멈추지 않았다. 그 와중에 안이슬의 목소리가 날카롭게 귀에 꽂혔다.

"그럼, 직업이 CEO이신 거예요?"

뭐 씨이오? 아닌데. 그럴 리가 없는데. 분명히 나한테 목수라고 했는데.

"CEO라고 하시니 너무 거창한 것 같아 좀 부끄러운데요."

최도헌이 부드러운 미소를 지으며 쑥스럽다는 듯 고개를 오른쪽으로 슬쩍 기울였다. 그러고는 양팔을 자신의 머리 뒤쪽으로 넘겨 뒤통수와 목덜미를 쓸어내렸고 뒤이어 머리 고무줄 아래 늘어진 긴 머리 총을 두 갈래로 나누더니 난데없이 양쪽으로 쫙 벌렸다가 다시 한데 모아 등 뒤로 사뿐히 내려놓았다. 서수민이 호들갑을 떨었다.

"그러니까 다시 말하면 직접 디자인하는 가구 회사의 대표이신 거잖아요? 그럼 CEO 맞죠, 뭘!"

"우와."

"정말 대단하세요."

눈치 없는 병관이 형이 핸드폰으로 뭔가를 검색하더니 최도헌 쪽으로 내밀며 물었다.

"에스비에스 수목 드라마 협찬 기사가 있네요. 이 회사, 맞는 거죠?"

"네, 맞아요. 좋은 기회가 생겨서 어떻게 잘 들어가게 됐어요."

눈을 휘둥그레 뜬 안이슬이 병관이 형의 핸드폰 화면에 얼굴을 바짝 들이밀었다.

"어? 저 이 드라마 보고 있는데."

그러더니 왜인지 살짝 구부린 손가락들을 자기 아랫입술에 가져다 대면서 물었다.

"그럼, 여주인공 공방에 있는 가구들이 다 도헌씨가 만든 가구라는 거예요?

"네, 다 저희 제품이에요."

이번에는 서수민이 거들었다.

"어머, 저도 이거 봐요! 그럼 지난주에 여주랑 남주랑 키스하던 그 벤치 의자도?"

"네, 저희 거 맞아요."

안이슬과 서수민이 느닷없이 두 손바닥을 쫙 펴서 자신의 양 볼에 갖다 댔고, 누가 먼저랄 것도 없이 외쳤다.

"아, 대박. 어떡해!"

어떡하긴 뭐가 어떡해? 지들이 키스했어? 진짜 아주 그냥 단체로 웃기고들 있네.

"드라마 때문인지 안 그래도 요즘 저희 가구 찾는 사람이 많아져서 덩달아 저도 열심히 살고 있습니다. 너무 정신없이 바빠서 이렇게 자전거 타면서 바람 맞는 시간이 유일한 휴식이고 낙이에요."

최도헌이 까만색 머리 고무줄을 풀어 입에 물면서 고개를 좌우로 살짝 털었다. 물미역처럼 매끄러운 머리카락이 어깨 위로 차르르르 펼쳐졌다. 뒤이어 찰랑이는 머리카락을 다시 한묶음으로 잡아 모으더니 이번에는 꽈배기처럼 배배 꼬아 돌리기 시작했다. 머리칼을 같은 방향으로 계속해서 돌리자 똬리처럼 둥글고 단단하게 말렸다. 틀어 올린 머리칼을 한 손에 쥔 최도헌이 여전히 머리 고무줄을 입에 문 채, 홀연 나를 바라보며 말했다.

"그래서 저 오늘 엄청 기대하고 왔잖아요, 크루장님."

원래 이 크루에 기대가 가장 컸던 사람은 다름 아닌 나였다. 당연했다. 내가 만든 거니까. 하지만 불청객인 최도헌이 기대 만발한 표정을 지어 보일수록 나의 기대감은 빠른 속도로 식어갔다. 최도헌의 실제 말투는 다이렉트 메시지에서의 말투와는 전혀 달랐다. 생각보다 멀쩡했고, 문자로 읽으면서 상상했던 것과는 달리 목소리도 굵고 낮은 편이었다. 어쩐지 사기를 당한 것 같아 오장육부가 죄다 비뚤어 앉는 기분이었지만 마음을 다잡았다. 아무렴, 여자들은 저런 머리를 한 남자를 좋아하지 않지. 아무리 잘생겨도, 아무리 잘나가도, 저런 장발, 하물며 저렇게 엉덩이까지 꼴사납게 내려오는 청학동 스타일은 어쩔 수 없이 비호감이거든.

그다음 라이딩 날인 이주 뒤, GS25 마덕나루점 둥근 소나무 아래에서 나는 말 그대로 아연실색할 수밖에 없었다. 청학동 최도헌이 오지 않았기 때문이었다. 그 대신, 짧게 이발한 최도헌이 서 있었다. 뒷머리는 바짝 쳤고 C컬 형태로 구부러진 앞머리는 눈썹께에 닿을 정도의 길이로 내려와 있었다. 역시나 내가 도착하기도 전에 이미 대화가 한창인 듯 보였다. 가까이 다가가 헛기침을 하고 나서야 모두의 시선이 내게로 향했다.

"엇, 크루장님 언제 오셨어요?"

인사도 하기 전에 내 입에선 나도 모르게 그 얘기부터 흘러나왔다.

"머리를…… 자르셨네요?"

서수민과 안이슬이 도헌씨 딴 사람 같지 않냐, 자기네들은 처음에 못 알아볼 뻔했다며 호들갑을 떨어댔다. 묘하게 들뜨고 신나 보이는 둘의 모습이 너무나도 꼴 보기 싫었다. 나는 무언가 울컥하는 것을 억누르며 물었다.

"꽤 오래 길러오신 것 같은데, 갑자기 왜 자르신 거예요?"

뜻밖의 대답이 돌아왔다.

"아, 소아암 환자들에게 기부해서요."

최도헌은 수년 전부터 어린 암 환자들에게 머리카락을 기부하는 운동에 참여해왔고 이를 위해 머리를 길렀다가 한번에 자르길 몇년마다 반복한다고 했다. 이번에도 때가 되어 잘랐을 뿐이라는 거였다. 나를 뺀 모든 크루들이 뜻깊은 일을 하신다며 추켜세웠고 특유의 반달 모양 눈을 한 최도헌이 이제는 까슬하게 짧아진 뒷머리를 긁적이며 부끄럽다는 듯 웃었다. 안이슬이 애매하게 구부린 손가락을 입가에 가져다 대며 최도헌을 올려다봤다.

"혹시 그럼 펌을 넣으신 거예요?"

"아뇨, 저 원래 앞머리만 살짝 반곱슬이라서 그래요. 파마하면 기부를 못하기도 하고요."

"어머, 그러시구나. 꼭 파마한 것처럼 탱글탱글하게 꼬부라져 있어서 여쭤봤어요."

이어진 최도헌의 한마디에, 나는 내 귀를 의심했다.

"한번 만져보실래요?"

최도헌이 허리를 낮추고 머리통을 안이슬 쪽으로 들이댔다. 안이슬이 내내 자기 입술에 대고 있던 손가락들을 뻗어 최도헌의 앞머리를 살짝 만지더니 괜히 몸을 배배 꼬았다.

"와, 신기해. 머릿결도 진짜 좋으셔."

역시나 몸을 배배 꼬고 있던 서수민이 또 쓸데없는 소리를 시작했다.

"도헌씨 머리 자르시니까 더 길어 보이세요. 혹시 키가 어떻게 되세요?"

"181.7센티예요."

"어머, 정말요? 더 커 보이시는데. 당연히 185는 넘으실 줄 알았어요."

194

"에이! 저 그 정도는 아닙니다."

오늘따라 유독 더 요란을 떠는 서수민이었다.

"키에 비해 다리가 워낙 기서서 그렇게 보이나 봐요. 혹시 그럼 인심은 어떻게 되세요?"

"자전거 살 때 재보니까 구십 조금 안되더라구요."

"와, 구십 가까이 나와요? 대박이다. 완전 모델 체형이세요!"

왜 내가 최도헌의 신체 치수 이야기를 듣고 있어야 하는 거지? 곱씹을수록 짜증이 났다. 한편으론 키가 181센티미터라는 말도, 인심이 구십이나 나온다는 말도 솔직히 믿기 힘들었다. 별로 알고 싶지 않은 남자새끼 가랑이 높이 얘긴 그만하고 이제 빨리 출발하면 좋겠는데, 김민우 이 새끼는 왜 이렇게 늦는 거야…… 그때였다. 애플워치로 시간을 확인하기 위해 무심코 시선을 돌리다 최도헌의 손가락을 보게 되었다. 얇은 나이키 바람막이 소맷자락 바깥으로 두 마디 정도씩 삐져나온 눈에 띄게 짤도막한 손가락들을. 나도 모르게 입가에 웃음이 비어져 나오기 시작했다. 최도헌 이 녀석, 다리는 길지만 팔이 눈에 띄게 짧은 편이었다. 그야말로 숏팔. 팔만 보면 닥스훈트가 따로 없었다. 잠시 망설였지만 고민은 길지 않았다. 나는 회심의 일격을 날리기로 마음먹었다.

"근데, 키에 비해 팔은 좀 짧은 편?"

거기까지만 말하고 여유 있게 살짝 웃어 보였다. 내 한 마디에 크루들의 시선이 모두 최도헌의 팔로 향했고, 이어서 소매통을 타고 내려와 손가락들이 삐져나온 소맷자락에서 멈췄다.

"예. 제가 원체 팔이 짧아요. 저희 아부지 닮아가지고."

최도헌이 선선히 웃었다. 뵌 적도 없는 아버지 얘기가 거기서 나올 줄은 몰랐는데…… 이상한 사람이 되어버린 것 같아서 살짝 후회하고 있을 때쯤, 최도헌이 한쪽 소매 바깥으로 두마디 정도 삐져나온 손가락들을 그대로 접어 소매 끝을 집듯이 잡았다. 뒤이어 그렇게 소매를 잡아 쥔 주먹을 반질한 얼굴 옆으로 들어 올리고 특유의 반달 눈매를 만들더니 갑자기 이렇게 했다.

"앙!"

뭐지? 너무 황당해 나를 비롯한 남 크루들이 모두 벙쪄 있는 와중에 여 크루 둘이서만 숨이 넘어가라 까르르 웃어대기 시작했다. 그리고 바로 그때, 안이슬의 입에서 아주 작은 소리의 세음절이 튀어나온 것을 포착해버렸다. 나는 그것을 들어버리고야 말았다. 마치 숨길 수 없는 기침처럼 순식간에 불가항력적으로 내뱉어진 그 문제의 세 음절을.

"하 기여……"

그리고 본인도 소스라치게 놀란 듯 양 손바닥을 겹쳐 입을 급하게 틀어막더니 아무 소리도 내지 않은 척했다. 미세한 소리였지만 나는 곧바로 알아차릴 수 있었다. 하, 기, 여. 그 세 음절은 "아, 귀여워"를 자기도 모르게 발화하려다 애써 삼킨 결과임을. 앙, 따위가 귀엽다고? 대체 왜? 속이 부글부글 끓었다. 서수민이 거들었다.

"아이 참. 도헌씬 볼수록 대형견 같으셔요."

그 말에 안이슬이 박수까지 짝짝 소리 나게 치며 호응했다.

"대형견! 맞아, 맞아."

"사모예드 이런 거 있잖아요."

"아냐, 말라뮤트랑 더 가까우셔."

개소리들 하고 있네. 웃기고들 있네. 말라뮤트 같은 소리 하고 있네. 저 말라비틀어진 게 대체 뭐가 좋다는 거야?

출발 전부터 기분이 상한 상태로 달려서 그런지, 그날 체력이 유독 남아돌아서였는지, 아니면 둘 다인지는 모르겠지만 어쨌든 평소보다 더 빠른 속도로 치고 나갔다. 뒤에서 김민우와 서수민이 내 등에 대고 외치는 소리가 들렸다.

"크루장님 오늘따라 왜 이렇게 잘 타요?"

"괴수네, 괴수."

그 말에 뒤를 돌아보니 정말로 크루들과 거리가 많이 벌어져 있었다. 그런데…… 하나, 둘, 셋. 어라? 나머지 둘, 그러니까 안이슬과 최도헌이 보이지 않았다. 내가 소리쳤다.

"이슬씨랑 도헌씨는요?"

"몰라요. 흐른 지 좀 됐어요."

이대로 버리고 달리기엔 여러모로 찝찝했다. 나는 나머지 세명에게 조금 쉬었다 가자고 외쳤다. 마침 도로 옆에 벤치와 운동기구가 드문드문 놓인 공터가 보여 거기에 자리를 잡고 땀을 식히고 있었다. 얼마간 시간이 흐른 뒤 안이슬과 최도헌의 모습이 보이기 시작했다. 둘은 자전거를 타지 않고 끌면서 오고 있었다. 무릎에 뽀로로 반창고를 나란히 붙인 채로. 서수민이 외쳤다.

"어머, 둘이 뭐야?"

"바닥에 웅덩이가 있었어요. 도헌씨가 못 보고 넘어졌는데 제가 딱 붙어 달리다가 같이 넘어졌지 뭐예요."

"아니, 그 반창고는……"

안이슬에게 물었는데 최도헌이 대답했다.

"다행히 이슬 누나가 챙겨 오셨더라고요. 디자인이 너무 파격적이라 부끄럽네요."

그러고는 둘이 마주 보더니 시선을 교환하며 키득키득 웃어대기 시작했다. 예감이 썩 좋지 않았다. 라이딩 후 안이슬과 따로 나누는 개인 채팅에서 그녀의 메시지가 점점 짧아짐과 동시에 답장이 돌아오는 텀은 점점 더 늘어나는 것 같아 안 그래도 신경 쓰이던 차였다. 지난번 벚꽃 라이딩 날은 내가 특별히 더 신경 써서 보정한 사진을 보내줬는데 인스타그램 프로필만 내가 찍어준 사진으로 잽싸게 바꿔놓고 아무 말이 없더니 무려 열두시간이 지나서야 고맙다는 답장을 보내왔다. 이젠 여유가 없었다. 더는 지체할 수 없었다. 내겐 승부수가 필요했다.

"저희 이제는 동네 벗어날 때 되지 않았나요? 다음 라이딩은 아이유고개 한번 가시죠."

김민우와 서수민이 동시에 물었다.

"아이유고개를요? 벌써요?"

아이유고개란, 로드바이크 동호인들이 즐겨 찾는 구리 암사대교 남단의 특정 구간을 일컫는 말이다. 이 킬로미터가 조금 넘는 이 구간을 달리다보면 가수 아이유의 전매특허인 '삼단 고음'처럼 점점 더 급격하고 어려운 업힐이 차례로 세번 이어진다고 해서 '아이유고개'라는 별칭이 붙었다. 첫번째와 두번째 업힐을 가까스로 성공한 뒤, '악명 높은 것에 비해선 꽤나 할 만한데? 내 실력도 나쁘지 않군' 하는 생각이 들 때쯤, 극악의 마지막 세번째 업힐이 시작되기 때문에 초심자가 한번에 완주하기에 결코 만만한 코스는 아니다. 우리 크루의 경우, 예상컨대 나를 제외한 대부분이 삼단에서 나가떨어질 거라고 확신한다. 그래, 그것도 경험이지. 사이클을 시작했다면 다 겪어봐야지. 안이슬이 걱정되는 듯 물었다.

"제가 할 수 있을까요?"

"그럼요. 막상 가보면 할 만하실 거예요. 정 안 되면 내려서 끌고 올라가시면 되죠. 다 경험인데요."

최도헌이 의욕 넘치는 목소리로 호응했다.

"저도 좋습니다! 아이유고개, 말만 많이 들었는데 드디어 가보네요."

글쎄다. 네가 과연 오를 수 있을까? 어디 한번 잘해봐. 나는 이미 서너번 타본 경험이 있었지만 그룹 라이딩 전에 연습 삼아 혼자 아이유고개를 한번 더 올라볼 생각이었다.

　모두가 고대하던 아이유고개 라이딩 날은 빕숏을 챙겨
입었다. 내겐 전혀 어려운 구간이 아니지만 그래도 그곳
까지 가는 거 자체가 꽤 장거리라서 오래 타면 엉덩이가
아플 수 있기 때문이었다. 상의는 새로 산 카키색 반팔 티
셔츠를 덧입었다. 빕숏이 타이트하기 때문에 주요부위를
슬쩍 가려줄 수 있는 넉넉한 사이즈였다. 새 옷이라 넥라
인이 짱짱해 입으면서 괜스레 기분이 좋았다. 따로 말은
안했지만 안이슬이 어떤 옷을 입고 올지도 은근히 궁금
했다. 우리가 쫄쫄이를 권장하는 크루는 아니지만 그래도
오늘 같은 날은 딱 달라붙는 저지와 타이즈를 입은 안이
슬의 모습도 보고 싶긴 했다. 복합적인 설렘 때문에 출발
부터 페달이 가벼웠고 얼굴을 스치는 공기마저 어쩐지 싱
그럽게 느껴졌다. 그러니까…… 약속 장소인 구리암사대
교에 도착하기 직전까진 그랬다.
　약속 장소는 아이유고개 진입 지점인 등나무 아래였다.
막상 가보니 저지에 타이즈를 입고 있는 건 안이슬이 아
닌…… 최도헌이었다. 딱 달라붙는 소매 아래 아래로 갈
라진 팔이 드러나 있었고 피부가 지난주보다 조금 더 그

을려 있었다. 나조차도 이름 붙일 수 없는 생소한 감정의 거품이 또다시 한소끔 끓어오르는 것 같았지만 그냥 냉수한 컵이면 가라앉을 거라는 것 역시 알고 있었다. 나는 찬물을 붓듯 냉정하게 이성을 되찾으며 물었다.

"이야, 쫠쫠이 좋은 거 입고 오셨네요? 풀세트로?"

"네, 아이유고개 간다고 해서 이번에 새로 장만했어요."

"뭘 그렇게까지?"

"그냥 제가 입고 싶어서 입은 건데요."

최도헌이 덧붙였다.

"그러는 크루장님도 하의는 빕숏 좋은 거 입으셨네요?"

"아, 네. 엉덩이 보호차."

나와 최도헌의 대화를 듣던 안이슬이 우는소리를 했다.

"어머, 그런 거예요? 저는 그냥 평범한 반바지 입고 왔는데 엉덩이 아프면 어떡하죠? 왜 말 안 해주셨어요, 크루장님."

"아녜요, 그 정도는. 제가 유독 엉덩이에 살이 없는 편이라 입은 거지……"

내 말이 채 끝나기도 전에 최도헌이 냅다 끼어들어 말

을 잘랐다.

"아! 남자는 힙인데."

뭐 하자는 거지? 그야말로 느닷없는 공격에 어안이 벙
벙해 있는데 사람들이 나만 빼고 모두 웃고 있었다. 특히
안이슬이 유독 크게 웃는 것 같았다. 기분이 그야말로 엿
같았다. 최도헌이 쫄쫄이를 입어 고스란히 형체가 드러나
있는 자기 엉덩이에 손바닥을 척, 올리면서 익살스럽게
말했다.

"저는 타고난 오리 궁뎅이라 엉덩이에 대한 자부심이
좀 있습니다요."

최도헌이 스스로 물꼬를 터주니 서수민이 기어코 선을
넘기 시작했다.

"아니, 솔직히 힙도 힙이신데 이런 말씀 실례가 될 수
있어서 조심스럽긴 하지만 얘기가 나왔으니 말씀드리는
건데요. 도헌씨 쫄쫄이 입으시니까 어깨도 진짜 넓으시
고…… 무엇보다도 팔 근육이 와, 장난 아니세요. 혹시 뭐
다른 운동 하시는 거 있으세요?"

"저 어릴 때 복싱 잠깐 했었어요."

최도헌이 난데없이 섀도복싱을 하기 시작했다. 꼴사납
게 입으로 혼자 소리까지 내가면서.

"요렇게 슈슈, 슉, 피하다가 기회를 봐서 한방에 쓱, 빡!"

줄곧 서수민을 보면서 이야기하던 최도헌이 이 시점에서 갑자기 나를 뚫어져라 보면서 이렇게 말했다.

"워낙 팔이 짧아서 수비 위주로 했지만요."

별로 재밌는 얘기도 아닌 것 같은데 사람들이 웃었다. 안이슬은 뭐가 그렇게 재밌는지 어금니까지 보일 정도로 크게 웃고 있었다. 그렇게 무방비로 입을 벌리고 웃는 안이슬의 모습은 처음 본 거였다. 최도헌이 말을 이었다.

"하하, 반은 농담이고요. 사실은 다른 이유도 있고 해서……"

거기까지 말하던 최도헌의 얼굴이 돌연 급격하게 어두워졌다.

"암튼…… 좀 하다가 그만뒀어요."

얼굴에 드리웠던 그림자가 일순 걷혔다. 마치 변검을 하듯 순식간이었다. 내가 뭔가를 잘못 봤나? 그럴 리가 없는데. 분명 저 반질반질한 얼굴 위로 무언가 어두운 것이 스쳐 지나갔는데. 어쩌면 그 순간을 포착해낸 유일한 사람이 나였는지도 몰랐다. 안이슬은 아무것도 눈치채지 못한 듯 해사하게 웃으며 최도헌을 올려다봤다.

"복싱하셨구나, 어쩐지! 팔 근육이 멋지세요."

최도헌이 싱긋 웃었다.

"한번 만져보시……"

아니야, 안 돼. 이 위급 상황을 벗어나는 방법은 빨리 라이딩을 시작하는 것뿐이다. 때마침 저 멀리 병관이 형이 깨알만 하게 보였다. 천만다행이다. 내가 들입다 소리부터 질렀다.

"자자자! 병관이 형님 저기 오시네요. 이제 노가리 그만 까시고 출발 준비하시죠. 형, 병관이 형! 여기, 여기! 아, 빨리 안 오고 뭐 해요! 빨리."

마침내 등나무 아래 크루 여섯명이 모두 모였다.

출발 직전, 크루장이자 경험자로서 간단히 팁을 전수하는 시간을 가졌다.

"처음에는 무조건 케이던스 최대로 올려서 가셔야 합니다. 기어 낮추고 페달 부지런히 돌리시라는 말입니다. 초반부터 무리해서 댄싱하지 마시고요. 그러다 허벅지 터집니다. 특히 초보는요. 그리고 의외로 가장 중요한 점. 다운힐 조심하셔야 해요. 방지턱 있거든요. 힘든 거 끝났다고 신나서 내려가시다 잘못 걸리시면 바로 낙차하세요. 그러다 큰 사고로 이어질 수 있습니다. 다운힐에서도 정신 똑바로 차리시고 속도 서서히 줄이셔야 합니다."

"네!"

"역시 우리 크루장님!"

서수민이 엄지를 치켜들며 말했고, 안이슬도 귀엽게 눈을 찡긋거리며 손가락을 동그랗게 말아 오케이 사인을 보냈다. 나는 겸손한 미소로 화답하며 안장 위에 풀쩍 뛰어올라 페달을 밟으면서 속으로 중얼거렸다.

사이클이란 말이야. 그간의 마일리지가 말해주는 거란다. 아무리 키가 크고, 근육질이고, 다리가 길고, 좋은 바이크에 좋은 저지를 입어봤자, 삼년 넘게 탄 내 실력엔 절대 못 당한단다. 나는 내 허벅지 속 근육에 대한 자부심이 있단다. 삼단 고음의 맛을 좀 봐라. 아주 호되게 한번 당해봐라. 나는 바쁘게 페달을 밟아 아이유고개의 첫번째 업힐을 빠르게 올라가기 시작했다.

마지막으로 아이유고개에 오른 게 언제였더라?

돌이켜보니 벌써 일년 전이었다. 그래서 그런지 생각보다는 빨리 힘에 부치기 시작했다. 아직 두번째 고개인데 벌써 이렇게 쩔쩔매며 후달릴 줄은 몰랐다. 이럴까봐 그전에 연습 라이딩을 한번 하려고 했는데 이번 주에 야근이 많아서 연습을 놓친 게 패착이었다. 그래도 아직은 내가 선두였다. 그 사실에 자위하며 뒤를 슬쩍 돌아봤는데…… 의외의 장면에 깜짝 놀랄 수밖에 없었다. 사실 나이 많은 병관이 형이야 당연히 처질 거라 예상했고 체중이 좀 나가긴 해도 그나마 가장 어리고 경력이 긴 김민우가 맨 앞, 초짜인 최도헌이 그다음일 것이라 생각했는데 최도헌이 내 바로 뒤에 바짝 붙어 올라오고 있고 김민우와 병관이 형은 그보다 훨씬 뒤에 있었다. 김민우가 이렇게 못 탔나? 아니, 최도헌이 이렇게 잘 탔나? 애초에 내게 경력을 속였나? 그리고 난 왜 이렇게 벌써 힘들지? 설상가상으로 우리의 진로와 반대 방향으로 맞바람이 치는데 가만 보니 최도헌 이 새끼는 일부러 내 바로 뒤에 붙어 달리면서 바람의 저항을 피하고 있는 듯했다. 모기 새끼처럼 내 피를 빨아먹고 있었다.

아니나 다를까, 세번째 업힐 구간에서부터 최도헌이 급작스레 나를 추월하기 시작했다. 여태까지 내내 등 뒤에서 피 빨면서 에너지 보충해두더니 마지막에 이렇게 폭주를 해? 이건 페어플레이가 아니지! 이제 명백한 선두는 최도헌이었다. 눈앞에 그 야비한 뒷모습이 보였다. 엉덩이가 여전히 안장에 붙어 있었다. 댄싱도 거의 하지 않고 기어도 바꾸지 않고 일정한 속도를 유지하며 여유 있게 올라가는 중이었다. 허벅지에 힘을 많이 주지도 않은 것 같은데 대체 저게 어디서 나오는 힘이지? 뒤를 돌아보니 여자들은 벌써 나가떨어졌는지 아예 헬멧 끄트머리조차 보이지 않았고 병관이 형과 김민우는 저만치에서 뒤처지고 있었다. 나도 점점 더 힘에 부쳤다. 오직 최도헌만 승승 장구였다. 안 되지. 이대로는 절대 안 되지. 최도헌이 제일 먼저 도착하는 일만은 막아야 했다. 이유는 설명할 수 없지만 아무튼 거기에 내 자존이 걸려 있었다. 혹시 몰라 가지고 있던 그것을 사용할 때가 온 것 같았다.

사실 아이유고개 초입 등나무 아래에서부터 손에 쥐고 있던 게 있었다.

겉보기엔 납작하고 나뭇결 같은 무늬가 있어 당연히 나무토막인 줄 알고 무심코 주웠는데 단단한 돌의 파편이었다. 그걸 알아차린 순간 머릿속에서 무언가가 번뜩였고 혹시나 필요한 순간이 있을 수도 있겠다 싶어 그걸 내내 손에 꼭 쥐고 있었다. 핸들바와 내 손바닥 사이. 아직 그것이 납작, 실체를 숨기고 있었다. 거칠고 단단한 촉감이 손바닥을 통해 느껴졌다. 나는 안장에서 엉덩이를 들었다.

서서 걷듯 페달을 온몸으로 밟았다. 그리고 최도헌과 격차를 한뼘까지 좁혔을 때, 마침내 손에 쥐고 있던 그것을 최도헌의 자전거 뒷바큇살 쪽으로 슬쩍 던져 넣었다. 타다다다. 이런, 소리가 생각보다 크다.

"어어, 어?"

최도헌과 자전거가 우당탕탕 나자빠지는 소리가 동시에 들렸다. 그런데…… 이게 대체…… 무슨 상황이지?

도로 오른쪽 갓길에 쓰러진 최도헌과 빨간 자전거. 거기까지가 내가 상상했던 그림이었다. 하지만 나동그라진 최도헌의 자전거 뒷바퀴가 여전히 일정한 속도로 돌아가고 있을 거라고는, 예상치 못했다.

"뭐, 뭐야 이거?"

등허리에 손을 얹으며 고통에 인상을 찌푸리던 최도헌의 눈동자가 내 얼굴 쪽으로 향했고 이내 다시 내 시선이 향하고 있는 곳, 그러니까 자기 자전거의 뒷바퀴로 향했다. 그와 나의 시선이 그곳에서 멈추었다. 자전거의 바퀴는 가느다랗고 미세한 진동음을 내며 지속적이고 규칙적인 속도로 찰찰찰찰 돌아가고 있었다. 이야, 이 새끼 봐라? 너 딱 걸렸어, 이 새끼야.

"이게 무슨 상황이죠, 지금? 자전거에 모터를 다신 건가요?"

"네."

뻔뻔한 태도에 기가 막혔다.

"뭐가 그렇게 당당하시죠?"

"달면 안 되나요?"

"여태까지 모두를 다 속이신 거네요?"

"제가 뭘 속였다는 거죠?"

"자전거가 무슨 뜻인지 모르시는 거 아니죠?"

나는 주먹을 꽉 말아 쥔 손으로 내 허벅지를 탁탁 소리가 나게 힘주어 두드리면서 소리쳤다.

"이 두 발로 움직이는 게 자전거예요. 모터가 아니라요!"

"이것도 자전겁니다. 크루 가입할 때 저희가 나눈 디엠 확인해보시면 알겠지만 모터 달면 안 된다는 조건 같은 건 없었던 걸로 아는데요? 어차피 가볍게 즐기면서 샤방 라이딩 하는 크루를 표방하셨던 거 아닌가요? 그래서 제가 이 크루를 선택했던 건데요?"

최도헌이 한숨을 깊고 길게 한번 내쉬더니 계속 이어 말했다.

"크루장님. 저는요, 선천적으로 오른쪽 발목이 약한 데다 어릴 때 부상까지 입어서 이거 없인 애초에 자전거를 탈 수가 없습니다. 완전한 평지라면 이론적으로 가능하겠지만, 경사가 있는 곳에서 일반 자전거를 타는 건 불가능합니다. 트랙이라면 몰라도, 일반적인 도로는 다 오르막과 내리막의 경사가 있고, 완전한 평지 도로라는 건 현실에선 있을 수 없지 않습니까. 그래서 저는 모터가 달려 있지 않으면 자전거라는 거 자체를 탈 수가 없습니다, 애초에."

애초에? 애초에 같은 소리 하고 있네. 내가 곧바로 받아쳤다.

"그럼 애초에 사이클을 하질 마시든가요. 다른 걸 하시면 되잖아요? 발목 안 쓰는 걸로."

최도헌이 지지 않고 따졌다.

"제가 왜 그래야 하죠? 선천적으로 발목이 약하게 태어난 사람은 자전거 탈 권리도 없나요?"

"저희는 온전히 저희 힘으로 한발, 한발, 힘들게 밟아가며 노력해서 올라가고 있는데, 님은 모터의 힘을 빌려 이렇게 쉽게 올라가신다고요? 이건 공정하지 않죠. 전 이렇게 불공정한 건 절대 못 참습니다!"

"무슨 공정이요? 지금 뭔 대회 중이었나요? 올림픽 하

나요? 투르 드 프랑슨가요? 저희, 지금 뭐라도 두고 경쟁
하던 중이었나요? 저는 금시초문인데요?"

멀리서 자전거를 끌고 허덕이며 올라오는 안이슬과 서
수민의 헬멧이 보였다. 나는 안이슬의 핑크색 헬멧 쪽을
한번 바라봤다가 눈길을 거뒀다. 그리고 숨을 한번 몰아
쉬고 한 박자 쉰 뒤, 이렇게 질문했다.

"저는 분명, 경쟁하는 게 있다고 생각했는데요?"

그러자 최도헌의 시선도 안이슬에게로 향했다. 뒤이어
별안간 너털웃음인지 실소인지 이상한 웃음을 짧게 터뜨
리더니, 돌연 웃음기를 싹 빼고 안구를 시계방향으로 한
바퀴 굴린 뒤에 날 뚫어져라 응시했다.

"아, 나 진짜. 어이가 없네, 진짜."

안이슬과 서수민이 점점 가까워져 오고 있었다. 최도헌
도 안이슬을 지그시 바라보더니 많은 걸 삼키듯 목소리를
낮추고 다시 나를 향해 입을 열었다.

"저기요…… 크루장님이랑 저는요…… 이딴 모터랑
상관없이요…… 예? 애당초 경쟁 상대조차 안 된다고요.
예? 아시겠어요?"

"그게 무슨 말씀이시죠?"

최도헌이 시선을 사선으로 한번 떨구었다가 다시 홱

치켜들었다. 눈동자가 차갑게 희번덕거렸다.

"까놓고 말씀드려요? 크루장님보다 쬐끔씩 더 못난, 머리 까지고 배 나온 남 크루 두명 면피용으로 받아놓고, 여기서 예쁜 여 크루들한테 왕 대접 받다가, 갑자기 제가 나타나서 이슬씨, 수민씨랑 친해지니까 기분이 많이 상하셨나요?"

남 일인 듯 가만히 구경하던 병관이 형과 김민우가 난데없는 공격 세례를 받고 저희들도 모르게 동공이 커지면서 몸이 한발짝 앞으로 나왔다.

"뭐야? 보자 보자 하니까 진짜······"

내가 두 사람을 양팔로 밀어 막았다.

"아, 좀 가만있어봐요! 일단!"

그리고 다시 최도헌을 향해 쏘아붙였다.

"그러는 님은, 모터로 업힐 올라가놓고 여자들 앞에서 사이클 잘 타는 척하니까 좋은가요?"

"전 잘 타는 척한 적 없습니다. 이해를 잘 못하시나 본데, 다시 말씀드릴게요. 애초에 저는 모터가 달려 있어야만 자전거라는 걸 탈 수 있다니까요? 없으면 저는 자전거로 이런 업힐을 아예 오를 수조차 없다고요. 예?"

최도헌이 검지로 자신의 관자놀이를 두드리며 계속 언

성을 높였다.

"알아들으시겠어요? 이 상황에서 대체 뭐가 공정한 건데요? 모터가 없는 게 공정한가요? 있는 게 공정한가요?"

"저기요, 말도 안 되는 소리 자꾸 하지 마시고요."

"왜 말이 안 되죠? 그러는 크루장님은 그 비싼 자전거로 기어 낮추고 케이던스 열라게 높여서 열심히 돌리시던데요. 그럼 그건 공정한 거 같나요? 그렇게 따지면 크루장님 자전거에 달려 있는 변속기어도 공정하지 않죠."

"참 나, 갑자기 기어가 뭐요?"

"불과 이십세기 초까지만 해도 자전거에 변속기어가 존재하지 않았던 건 아시죠? 자전거의 역사는 훨씬 오래고 길지만 정말 짧게 잡아 1813년 독일의 산림청 책임자였던 카를 폰 드라이스가 벨로시페드를 개발했을 때부터라고 쳐도, 변속기어가 존재했던 시간이 존재하지 않았던 시간보다 훨씬 짧습니다."

"네? 뭐요?"

"투르 드 프랑스 창시자인 앙리 데그랑주는 기어가 발명된 후에도 변속기어는 존나게 나약해빠진 새끼들이나 쓰는 거라고 생각해서 금지했던 건 모르시나봐요? 변속기어 사이클은 출전조차 허용되지 않았고 발각되면 중도에 하차해야 했다고요. 기어의 도움을 받지 않고 오로지 근육의 힘만으로 3,380킬로미터를 달려야 했고, 그래서 단 한명만이 살아남아야 했고, 바로 그런 극한의 고통을 통해서만 진정한 영광을 얻을 수 있는 자리가 투르 챔피언의 자리였다고요. 1937년이 되어서야 투르 드 프랑스에서 기어가 허용되었지만 그런 건 마흔다섯살 넘은 연약한 늙은이들이나 쓰는 기술이라는 창시자의 인식에는 변함이 없었죠. 그렇게 따지면 크루장님 역시 두 다리의 힘이 아니라 변속기어의 힘을 빌려서 라이딩하고 계시는 거고요."

"그거랑 그거랑 같아요?"

"뭐가 다른데요?"

"아니 지금, 모터는 기술의 힘을 빌린 거고……"

"어쩌죠? 변속기어도 기술의 산물인데요? 기어뿐이겠어요? 크루장님 그 비싼 풀 카본 프레임, 카본 휠에도 온갖 기술이 들어가 있는데요? 크루장님 혼자서만 쓰고 있는 클릿 페달은 어떤가요? 그건 페달이랑 슈즈랑 딱 붙어 있잖아요? 그럼 다른 사람들은 페달을 밟을 때만 힘을 쓰는데 크루장님 혼자서만 밟을 때뿐 아니라 당길 때 힘까지 같이 쓰시고 있는 건데요? 그러면 그건 공정한가요?"

최도헌의 말은 분명히 틀렸다. 그건 확실하다. 하지만 뭐가 틀리고 다른지 설명할 언어를 찾지 못해 말문이 막혀 있는데 뒤에서 팔짱 끼고 지켜만 보던 병관이 형이 검지 끝으로 내 어깨를 성가시게 콕콕 찔러댔다. 돌아보니 조심스러운 손동작으로 팔랑팔랑 손짓을 하며 이렇게 말했다.

"잠깐만 귀 좀……"

내가 한발짝 물러나 병관이 형의 입가에 귀를 가져다 댔다. 형이 아주 작은 목소리로 속삭이듯 물었다.

"혹시…… 아까 도헌이 뒷바퀴에 돌 던진 거야?"

"아 씨발, 병관이 형!"

깊은 곳에서부터 울분이 치받쳤다. 병관이 형이 깜짝 놀란 눈으로 나를 올려다보았다.

"지금 무슨 말씀을 하시는 거예요! 예?"

"아니, 내가 얼핏 뭘 본 것 같아서…… 혹시나 해서 물어본 거야. 내가 잘못 봤나……"

멀찍이 떨어져서 사태를 파악하며 수군거리던 여 크루들이 민망한지 자리를 피했다.

"밤이 너무 늦은 것 같아요. 죄송하지만 저희는 이만 먼저 들어가볼게요."

안이슬과 서수민이 딱 붙어 자전거를 끌고 사라졌다.

"나도 내일 아침 일찍 가봐야 할 데가 있어서…… 먼저 들어가볼게."

병관이 형이 마저 떠났다.

이제 남은 건 김민우와 나, 그리고 최도헌뿐이었다. 최도헌이 선언하듯 내뱉었다.

"저, 지난 주말에 이슬 누나랑 삼청동 갔다 왔습니다."

심장이 덜커덕 내려앉았다.

"뭐요? 사귀어요?"

"아뇨, 저 그렇게 맥락 없이 고백하는 놈 아닙니다. 누나 마음 얻기 위해 차근차근 노력 중인 거고요."

그건 나도 마찬가지였다. 이 놈년들이 삼청동에서 대체 뭘 했을까. 상상만 해도 피가 거꾸로 솟는 것만 같았다. 나도 모르게 속마음이 입 밖으로 튀어나왔다.

"하, 나 참…… 페어플레이 정신은 개나 준 이딴 비열한 새끼가 대체 뭐가 좋다는……"

"뭐라고요? 저기요, 크루장님. 그럼 님이 그렇게 좋아하시는 페어플레이 한번 해보실까요? 평지에서요."

"아, 그럼요. 설마 님은 모터바이크 타고 하시려고요?"

"그럴 리가요? 공정 좋아하시니까 공정하게 따릉이로

하시죠."

"아, 따릉이 좋죠. 그럼 장소는 저희 동네 자도로 하시죠. 마덕나들목 진입로 지나서부터 소방서 있는 데까지 평지길 아시죠? 거기 거의 완전 평진데 그럼 거기 구간으로 하시죠. 소방서 턴 하고 다시 마덕나들목 팻말 있는 데까지 돌아오는 걸로요."

최도헌이 고개를 끄덕였다.

"좋습니다. 그럼 민우씨가 심판 하시면 되겠네요."

"제가요?"

"네."

김민우의 동공이 심하게 흔들렸다. 하지만 이내 순순히 그러겠노라고 했다. 김민우든 누구든 한명이 있어야 하긴 했다. 공정한 경쟁을 위해서는 심판이 꼭 필요했으니까. 생각해보니 고려해야 할 것이 또 있었다. 내가 준엄히 입을 열었다.

"그런데 따릉이도 따릉이마다 컨디션 차이가……"

최도헌이 인상을 더럽게 쓰며 말을 잘랐다.

"그 정도 랜덤은 감안하시죠?"

나는 김민우를 물끄러미 바라보았고 누가 먼저랄 것도 없이 김민우도 나를 보았다. 김민우가 눈을 지그시 감으며 말없이 고개만 끄덕였다. 그 정도 랜덤은 감안하라는 뜻이었다.

가는 곳마다 풀 냄새 물 냄새가 짙게 밴 초여름 밤이었다.

우리는 공정한 경쟁을 하기 위해 약속된 장소인 마덕나들목 진입로 팻말 앞에 모였다. 따릉이도 두대 빌렸고, 클릿슈즈를 신고 따릉이를 탈 수는 없었으므로 김민우와 신발도 바꿔 신었다. 내가 먼저 최도헌에게 쏘아붙였다.

"아, 공정한 경쟁을 위해서 그 저지는 벗으시죠."

최도헌이 고개를 번쩍 쳐들었다.

"네?"

최대한 비꼬는 투로 내가 말했다.

"저지가 공기의 저항을 최소화해서 기록을 줄인다는 사실은 알고 입으신 거죠?"

"네, 좋습니다. 그럼 둘 다 상탈 하고 하시죠. 공정한 경쟁을 위해서."

"네? 아, 그건……"

지이이이익. 말이 끝나기도 전에 최도헌의 저지 지퍼 내리는 소리가 공격적으로 귀를 파고들었다.

"벗으시죠."

당황스러웠지만 내가 먼저 꺼낸 이야기라 어쩔 수 없었다. 땀에 절어 여기저기 얼룩진 회색 티셔츠를 입은 김민우와 상의 지퍼를 내린 최도헌이 나를 징그럽게 뚫어져라 응시하고 있었다. 왜였을까? 그 시선이 어쩐지…… 인간의 것처럼 느껴지지 않았던 것은. 한밤중 도로에서 불현듯 맞닥뜨린 두줄기 눈부신 헤드라이트처럼 느껴졌던 것은…… 그 섬뜩한 눈빛들이 내 카키색 티셔츠를 이미 벗기고 있는 것만 같은 느낌에 사로잡혔다.

낡고 초라한 가로등이 드문드문 켜져 있고, 또 드문드문 꺼져 있는 어두운 밤이었다.

에라 모르겠다. 팔을 교차시켜 티셔츠의 아랫부분을 잡고 위로 들어 올렸다. 카키색이 시야를 잠깐 가리고 난 뒤…… 내 눈 앞에 나타난 건…… 최도헌의 탄탄한 가슴 근육이었다. 그 위로 튀어나온 갈색 젖꼭지가 보였다. 어쩌다 오늘 하루가 이 지경까지 왔을까? 혹시 사악한 잡귀 같은 것에 홀린 건 아닐까? 그게 아니라면 지독하게 우스운 꿈을 꾸고 있는 걸까? 왜 저 남자의 젖꼭지가 내 눈앞에 있는 거지? 왜 나는 이 남자의 젖꼭지를 보고 있는 거지? 대체 왜? 최도헌이 따지듯 물었다.

"크루장님, 그 빕숏도 공정하지 않은 것 같은데요?

"네?"

"저는 일반 사이클 타이즈입니다만. 크루장님 건 엉덩이랑 거기 아래에 패드가 달려서 충격을 줄여주잖아요? 게다가 어깨끈이 있어서 상체를 숙이는데 훨씬 더 유리하잖아요? 공평하게 서로 다 벗으시죠."

"네……?"

"공정하게 조건 초기화하고 제로에서부터 시작하시죠."

이상했다. 그때부터 최도헌의 모든 행동이 마치 슬로모션을 걸기라도 한 것처럼 눈앞에 펼쳐지기 시작했다. 타이즈의 허리 밴드를 잡고 아래로 천천히 내렸고…… 다리를 한짝씩…… 한짝씩…… 빼냈다. 그리고 끝내…… 하의를…… 전부 벗었다…… 정말이지 기이했다. 벌어지는 일마다 너무 어이없고 황당해서 현실감이 전혀 느껴지지 않았다. 누군가 내 혈관에 차가운 주삿바늘을 꽂고 천천히 마취제를 주입하고 있는 것 같았다. 점점 목덜미가 뜨거워졌고, 시야가 자꾸만 흐려졌고, 정신이 점차로 몽롱해졌다. 제정신이 아니게 된 것만 같았고 바로 그래서 무슨 말이든, 무슨 일이든, 거리낌 없이 할 수 있게 된 것만 같았다. 최도헌의 탈의를 잠자코 지켜보고 있던 김민우가 이제는 나를 바라보며 고개를 아주 천천히 끄덕였다. 그 더디고 신중한 끄덕임이 내 내면 깊숙한 곳에 서서히 침투해 탈의를 종용하는 것처럼 느껴졌다. 나도 모르게 손이 어깨로 올라갔다. 스스로도 믿기 어려웠다. 팔이 내 의지와는 상관없이 저절로 가슴팍을 종으로 가로지르고 있던 빕숏의 어깨끈을 하나씩…… 하나씩…… 내렸다. 곧이어 다리마저 한짝씩…… 한짝씩…… 빼냈다. 마침내, 우리 둘은 그야말로 '빤스 바람'이 되었다. 그런데…… 아뿔싸, 그제야 생각난 게 있었다. 내 팬티가 거의 투명에 가까운 얇은 여름용 팬티였다는 것을.

"뭐예요? 쿨팬티 입으신 거예요? 저는 순면이라 불리한데요. 팬티도 서로 벗으시죠. 공정하게."

뭐, 뭐라고? 내가 뭐라 대꾸하기도 전에 최도헌이 자신의 허벅지와 엉덩이에 터질 듯 딱 달라붙어 있던 까만색 캘빈클라인 사각 드로즈를 내리기 시작했다. 그 순간부터였다. 바로 그 순간부터 나는, 더이상 나 자신이 아니었다. 영혼이 육체에서 벗어나 그저 행동하는 나를 내려다보고 있는 것만 같았다. 어쩔 도리가 없었다. 내 손발을 내가 컨트롤할 수 없었다. 불가해한 최면에라도 걸린 것처럼, 나 자신의 행동을 속수무책으로 지켜보고 있을 수밖에 없었다.

마침내 얇디얇은 나의 쿨팬티를 벗어 핸들바에 걸쳐둔 채로 따릉이에 앉았다. 맨 엉덩이에 닿는 인조가죽 안장의 선뜩한 느낌이 끔찍하게 소름 끼쳤다. 우리는 그야말로 실오라기 하나 걸치지 않은, 그러나 오로지 애플워치와 사이클화만을 착용한 채로 따릉이에 올라 있었다. 김민우가 무섭도록 무표정인 채로 팔을 앞으로 뻗었다.

"스트라바 앱 켜셨죠?"

최도헌과 내가 말없이 고개를 끄덕였다.

"레디,"

김민우의 비장한 목소리가 귓가를 때렸다. 그제야 내가 우스꽝스러운 알몸이라는 사실이 자각되었다. 마치 누군가 따귀를 연속으로 때려 독한 마취에서 급하게 깨어난 것처럼. 해일처럼 잔혹하게 덮쳐오는 수치심에 어딘가로 도망가고 싶었으나 내가 할 수 있는 일은 핸들바의 그립을 힘주어 꼭 쥐는 일뿐이었다. 김민우가 앞으로 뻗었던 팔을 수직으로 들어 올리며 외쳤다.

"출발!"

나는 페달을 힘차게 밟기 시작했다. 이상하게 벌써 진

것 같은 기분에 휩싸였고, 자꾸 눈물이 날 것만 같았다.

동계올림픽

이번 연휴에는 사정이 있어 집에 못 간다고 미리 말을 해두었는데도 설 당일 엄마와 아빠에게 번갈아 전화가 걸려 왔다. 휴대폰 화면 위에 초록색 통화 버튼과 빨간색 거절 버튼이 나타났다. 나는 잠시 망설이다 빨간 쪽을 누른 다음 보고 있던 지도 화면을 다시 들여다봤다. 이상하다, 분명 이 근처 어디라고 했는데.

새벽 어스름부터 골목길을 헤매고 다닌 지 벌써 한시간째였다. 어디로 향해야 하는지 알 수 없었지만 가만히 서 있으면 한기가 몸속으로 더 강하게 파고들었기 때문에 일단은 발을 부지런히 움직여 어디로든 걷는 편이 나았다. 휴일이라 그런지, 날이 추워 그런지, 아니면 너무 이른 새벽이라 그런지는 모르겠지만 거리에 사람이라고는 그림자조차 찾아볼 수 없었다. 골목길 끝에서 누군가 보험사를 부르는 낙담 가득한 목소리만 어렴풋이 들려왔다. 강추위에 승용차 배터리가 방전된 모양이었다. 매서운 칼바람을 막아보려 목도리를 코끝까지 동여맸더니 입김이 올라와 속눈썹이 순식간에 얼어붙었다. 이미 곱아버린 손을 다시 겉옷 주머니 깊숙이 찔러넣고 꼼지락거렸다.

역대급 한파가 덮쳤다고 했다. 서울의 기온이 영하 이십도 아래로 내려간 건 기상관측 이래 여섯번밖에 되지 않는다는데 하필 오늘이 그중 하루였다. 민족대명절인 음력 설날이자, 캘거리 동계올림픽 '쇼트트랙 스피드스케이팅' 종목 남자 천 미터 결승 경기가 있는 날. 나는 쇼트트랙 국가대표 백현호 선수의 집에 방문해 가족들이 중계방송을 보며 응원하는 모습과 인터뷰를 영상으로 담아 일분 남짓의 리포트 기사를 만들어야 했다. 지난 석달간의 인턴기자 생활을 마무리하는 마지막 과제였고, 완성된 리포트의 퀄리티에 따라 정기자 전환 면접 자격이 주어지거나 주어지지 않는다고 했다.

좀 의문이었던 건, 지금 일하는 곳에 자체 뉴스 프로그램이 있기는 하지만 지역 민영방송국이라 아무래도 현장에서는 지역 뉴스를 주로 제작해왔고 인턴기자로서의 취재실습 역시 대부분 지역 현안을 다뤄왔기 때문이었다.

규모가 크지 않은 방송국이어서 스포츠 쪽은 사내에 부서도 따로 없던 터라 다소 뜬금없다는 생각이 들었지만 하라면 해야 별수는 없었다. 인턴들을 교육하고 관리하는 사회부 팀장으로부터 실습 최종과제가 올림픽 취재라는 것을 전달받던 날, 나를 포함한 인턴 셋이 의아해하는 표정을 숨기지 못하자 그 의중을 읽기라도 한 듯 팀장은 우리는 종합뉴스를 지향하는 데다 대한민국 국민이라면 누구나 보고 응원하는 게 올림픽인데 당연히 취재해야 하는 영역이라고 덧붙였다. 그때까지만 해도 괜찮았다. 마음이 지금처럼, 그러니까 언 강을 지나 한기를 잔뜩 머금고 온 칼바람 앞 한개비 성냥불처럼 불안하지는 않았다. 문제는 그다음이었다.

사실 인턴 셋 중 한명은 방송국 대주주인 모기업 회장과 모종의 연이 있다는 게 공공연히 알려져 있어 채용이 되리라는 걸 처음부터 어렴풋이 예감하고는 있었다. 미지수인 건 나를 포함한 나머지 둘의 명운이었다. 결국 처음부터 점찍어둔 그 한명을 눈치껏 뽑기 위한 말막음용 페이스메이커일 뿐인지, 그게 아니라면 내게도 가망이 있는 것인지 윗선의 의중을 알 수는 없었다. 적어도 둘 중 하나는 뽑을 생각이 있고 그래서 이번 마지막 리포트 과제를 통해 저울질해보는 것이라 믿는 것이 내가 가질 수 있는 가장 긍정적인 마음이었다. 그런데, 그렇다고 하더라도 그들이 원하는 둘 중 하나가 어쩌면 내가 아닐 수도 있겠다는 생각이 번뜩 든 건 다른 인턴들에게는 각각 서울역, 강남고속버스터미널 시민 반응 취재가 맡겨졌는데 나만 생뚱맞게 선수 자택 취재를 과제로 받았기 때문이었다.

그게 내가 새벽부터 추위에 떨며 다세대주택이 밀집해 있는 목동의 골목길을 헤매고 있는 이유였다. 팀장이 빙상연맹을 통해 어렵게 구했다며 전해준 주소는 아무래도 뭔가 잘못된 것 같았다. 도로명주소와 건물번호가 서로 섞였나 싶어 반대로 바꿔보기도 했지만 어떤 조합으로도 존재하지 않는 주소일 뿐이었다. 백현호 선수가 처음 스케이트를 배우기 시작했다는 아이스링크, 그리고 졸업했다는 초등학교와 중학교를 보면 분명 이 동네가 맞긴 한 것 같은데…… 길에 누구라도 있으면 붙잡고 물어보기라도 할 텐데 한파특보가 내려진 공휴일 새벽에 사람을 마주치기란 쉽지 않았다.

엇비슷한 건물들 사이를 뱅뱅 돌며 기웃거리기만 하다 보니 조바심이 났다. 며칠 전 예선을 마친 쇼트트랙 스피드스케이팅 남자 천 미터 종목은 아침 일곱시부터 준준결승 경기가, 뒤이어 준결승과 결승 경기가 열릴 예정이었다. 적어도 여섯시에는 도착해야 스케치도 미리 찍어두고 인터뷰도 여유 있게 딸 수 있을 것 같은데…… 게다가 여태껏 취재실습만 해왔고 촬영용 캠코더는 어제 처음 지급받은 것이어서 잘 다룰 수 있을는지도 걱정이었다. 걱정은 꼬리에 꼬리를 물었다. 백현호 선수의 집을 무사히 찾는다고 해도 과연 취재할 수 있을지도 확실치 않았다. 내가 가지고 있는 정보는 잘못된 주소 한줄뿐 취재원의 연락처조차 없었고, 정식으로 취재 허락을 받은 것도 아니기 때문이었다. 휴대폰을 다시 꺼내 시계를 봤다. 벌써 다섯시 반. 큰일이다. 급한 마음에 발걸음을 더 빨리하려던 그때, 가로로 늘어진 전깃줄이 시계 방향으로 기우뚱 돌아갔고, 동시에 발이 허공에 뜨는 것이 고스란히 느껴졌고, 이내 쿵, 하는 소리가 났다. 일찰나의 고통에 그야말로 눈앞이 번쩍이는 것만 같았다. 엉덩이에서 시작된 저릿한 통증이 온몸에 퍼지고 있었다. 얼마 전 내린 눈으로 군데군데 아직 얼음이 남아 있어 미끄러진 거였다. 젖은 엉덩이를 붙잡고 통증이 얼른 지나가길 바라며 견디고 있는데 겉옷 주머니에서 난데없이 쩌렁쩌렁한 목소리가 울려 퍼졌다. 넘어지면서 뭔가 버튼이 눌려 때마침 걸려 온 전화가 받아진 모양이었다. 일단 엉덩이를 털고 일어나 주머니에서 휴대폰을 꺼내 전화를 받았다. 또 아빠였다.

"니 안 내리온다꼬?"

"어. 말했잖아."

"와? 뭐 한다꼬 안 오는데?"

"인턴 하는 거 때문에 취재해야 돼서 못 간다 했잖아."

"아, 맞나."

아빠가 다시 말을 이었다.

"근데 니, 느그 엄마 핸드폰 사주기로 했나?"

그건 또 어떻게 알았지? 뭘 잘못한 것도 아닌데 추궁하듯 묻자 괜히 당황스러웠다.

"어, 그게…… 메인보드 문제라 고치는 돈보다 다시 사는 게……"

"뭐 사주노?"

내가 미처 대답도 하기 전에 아빠가 다시 이어 말했다.

"느그 엄만 좋은 거 필요없데이."

별생각 없이 그냥 흘려보냈는데 나중에 시간이 지난 뒤 바로 이 한마디가 내 마음속에 깊고 뚜렷한 상처를 남겼다는 사실을 깨닫게 되었다. 하지만 그때의 나는 아빠의 숨은 의중을 똑바로 읽어내는 데만 몰두해 있었고, 곧

바로 이렇게 답했다.

"아빠도 뭐 필요한 거 있으면 말하고요."

"내는 요즘 양주 묵거든."

양주? 천만뜻밖의 단어에 당황하고 있는데 한층 더 톤이 높아진 아빠 목소리가 다시 들려왔다.

"발렌타인 삼십년산이 그래 좋다카대."

이건 또 무슨 소린지 알 수가 없었다.

"발렌타인…… 삼십년? 그거 사달라고요?"

"아니, 사달라는 건 아니고. 마, 근데 사주면 좋지."

"뭔지 한번 알아볼게요."

"그래."

전화가 뚝 끊겼다. 취직하면 첫 월급은 무조건 부모님께 고스란히 드려야 한다는 이야기를 어릴 때부터 귀에 못이 박히도록 들어서, 얼마 전 인턴 첫 월급을 받은 그대로 전부 다 송금했더니 내가 정말로 큰돈을 벌게 된 줄로 아는 것 같았다. 휴대폰을 들고 있던 손이 너무 시려 얼른 주머니에 넣었는데 넣자마자 진동이 다시 울려대기 시작했다. 이번엔 엄마였다. 내키지 않았지만 전화를 받았다. 엄마 역시 전화를 받자마자 인사도 없이 다짜고짜 질문부터 했다.

"어, 선진아. 니 취직한 데가 어데라 했지? 와이티엔이
라 캤나?"

나도 모르게 한숨을 한번 내쉬고 대답했다.

"아니라니까요."

"잘 안 들기네? 와이티엔 맞제?"

"아직 취직한 것도 아니고, 와이티엔도 아니라고."

나는 주위를 살핀 다음 수화구 쪽을 반대편 손으로 감
싼 다음 목소리를 조금 낮추고 이미 여러번 했던 말을 또
다시 반복했다.

"와이티엔이 아니라 와이비씨고…… 아직은 인턴이라
했잖아요, 인턴. 어떻게 될지 모른다니까."

"아, 맞나. 잠깐만."

몇초 뒤, 이번엔 갑자기 둘째 작은엄마였다.

"선진이가? 서울서 일하느라 내리오지도 몬하고 억수
고생이 많다."

"아니에요."

"니 와이티엔 들어가가 기자 한다고 느그 엄마 억수 자
랑하대."

"아니, 그게요, 와이……"

"느그 짝은아빠도 와이티엔 밤낮 틀어놓고 본다 아이

가. 지금은 좀 그래 됐지만서도 니 쬐맨할 때는 억수로 새
첩게 생겼었다 안 하나. 낸중에 다시 살 빼가 앵커도 하고
그라믄 을매나 좋겠노, 그쟈? 집안에 경사지 경사."

"네?"

"마, 잘 지내고. 추석 땐 꼭 온나. 들어가래이."

"니 우째 살은 쫌 뺐나."

둘째 작은엄마의 인사에 대답도 안 했는데 이번엔 다
시 엄마였다.

"뺄 거다. 내 알아서 할게요."

"우짜노, 진짜. 니가 옛날에는 내를 닮아갖고 빼빼했거
든. 우짜다가 그래 됐는가 모르겠다. 우리 집안에 통통한
사람은 우야다 있어도 뚱뚱한 사람은 없었거든, 진짜로."

나는 필사적으로 화제를 돌려야만 했다.

"근데 아빠가 뭔 바람인지 양주를 사달라 하는데……"

"뭐? 니한테도 그 소리 했나?"

"갑자기 발렌타인데이 삼십년인가? 그게 마시고 싶다
고……"

"돌았는갑다."

"그게 뭔데?"

"됐다, 마. 요즘 여 앞바다에 수억짜리 요트 타는 외지

에서 온 미친갱이들 천지다. 가게 일도 제끼고 거 가가 좋다고 홀짝홀짝 얻어 처먹고 마 지랄하고 자빠짔다니까. 노망났는갑다. 미쳤는갑다."

쏘아붙이듯 엄마가 계속 말했다.

"발렌타인 삼십년 같은 소리 하고 앉아 있네. 박통도 십칠년짜리 묵다가 가셨다는데. 마, 느그 아빠 뭐라꼬 삼십년짜리 처묵노? 절대 사지 마래이. 그럴 돈 있으면 계좌로 입금을 해도. 지난 번처럼."

이번에는 조금 가라앉은 목소리로 엄마가 다시 말을 이었다.

"아 참, 그리고 우진이 겨울방학 숙제 말이다."

"독서기록장? 그거 내가 며칠 전에 메일 보냈는데."

"아까 들어보니까네. 뭐가 세갠데 하나밖에 안 해줬다 뭐라 뭐라 카대."

"전부 다 해달라는 거였나? 내가 쓴 거 보고 그런 식으로 응용해가지고 나머지도 비슷하게 쓰면 될 건데."

"마, 그걸 할 줄 아는 아면 내가 해돌라 하나. 니는 진짜……"

반사적으로 어깨가 움찔거렸다. 이미 잘 알고 있는 어떤 흐름이 시작되고 있다는 게 느껴졌다.

"그게 우진이 입시랑 직결된 거라 중요하다 안 했나. 니는 왜 만날 니 기준에서만 생각을 하는데? 뭐, 뭐, 다 니처럼 그래 잘나고 똑똑한 줄 아나."

사실 나는 전혀 잘나지 않았다. 똑똑하지도 않았다. 난 그걸 이미 잘 알고 있었다. 다른 사람들보다 똑똑하거나 잘나지 않은 게 살면서 늘 걸림돌이 되어왔기 때문이었다. 나한테 그런 말을 하는 사람은 내 가족밖에 없었다. 가족들이 말하는 그런 사람, 똑똑하고 잘난 사람이 차라리 너무나 되고 싶을 뿐이었다.

"주말에 써서 개학하기 전까진 꼭 보낼게요."

"알았다."

이 말을 끝으로 두번의 짧은 통화가 끝났다. 입에서 새하얀 입김이 나오는 걸 눈으로 보고서야 내가 한숨을 깊게 내쉬고 있다는 것을 알아차렸다. 아직 아무것도 하지 않았는데 벌써 허기가 졌고, 그 사실이 갑자기 견딜 수 없을 만큼 싫어졌다. 이렇게 중요한 일을 앞두고서 왜 배도 고프고, 요의도 밀려오고, 심지어는 이 와중에 잠까지 오려 하는지…… 내 자신이 한심하게 느껴졌다.

전날 잠을 한숨도 못 자기는 했다. 쇼트트랙에 대해서는 아는 바가 없어 전날 검색하고 공부하느라 밤을 새웠고 늦지 않으려 새벽 첫차 시간에 맞춰 나왔기 때문이었다. 백현호, 그 이름 석자를 검색하자 최근 기사들이 쏟아졌다. 백현호 선수는 동계올림픽 남자 쇼트트랙 국가대표팀의 막내로, 이번이 올림픽 첫 출전이라고 했다. 몇해 전 중학생 신분으로 주니어 세계선수권대회 천 미터 금메달과 삼천 미터 계주 금메달을 동시에 목에 걸면서 국제무대에 화려하게 등장했고 현재는 대표팀에서 중장거리로 가장 주목받는 선수였다. 지난 세계선수권대회, 사대륙선수권대회에서 모두 천 미터 금메달을 차지한 데다 사대륙선수권 천오백 미터에서는 다른 나라 선수의 노골적인 진로 방해로 넘겨졌음에도 불구하고 끝까지 포기하지 않고 달려 동메달을 획득했다. 그리고 마침내 이번 시즌 쇼트트랙 스피드스케이팅 월드컵에서는 천 미터, 천오백 미터 금메달을 휩쓸며 개인종합우승을 차지하기까지 했으니 언론의 스포트라이트를 독차지할 수밖에 없었다. 첫 올림픽임에도 불구하고 동계올림픽의 기대주로 부상한 대한민국 쇼트트랙의 미래, 대한민국 빙상의 미래. 그것이 백현호 선수의 단골 수식어였다.

백현호 선수의 생년을 보지 않았다면 이런 생각까지는 하지 않았을지도 모른다. 그냥 뛰어난 운동선수구나, 쇼트트랙 세계 톱이구나, 하는 생각까지만 했을 것이다. 하지만 포털사이트 프로필에 적혀 있는 그의 나이가 너무 어리다보니 조금 이상한 기분이 드는 게 사실이었다. 나는 부러웠다. 일곱살에 우연히 집 근처 스케이트장에서 스케이트를 접하고, 특별한 적성을 발견하고, 온 가족의 응원을 받으며 이미 타고난 소질을 더 빛나고 귀하게 갈고닦고, 또래들이 이제 막 학교를 졸업해 진로를 고민하는 나이에 이미 자신의 분야에서 세계 정상의 자리에까지 오른 사람이. 상념에 잠겨 하염없이 걷다보니 저 멀리 주차되어 있는 은색 승용차 한대가 눈에 들어왔다. 얼핏 평범해 보이는 그 승용차를 무심코 시야에서 흘려보냈다가 눈에 뭔가가 띄어 곧바로 다시 뒤돌아봤다. 차 문짝에 낯익은 로고, KBS라고 쓰인 스티커가 붙어 있었다. 분명 이 근처겠구나. 반가운 마음에 순간 추위도 잊고 한달음에 그쪽으로 달려갔다. 골목을 꺾자 한 건물의 담벼락을 따라 주요 방송사 로고를 부착한 차들이 주차금지라는 팻말이 무색하게 빽빽이 주차되어 있었다. 그제야 안심이 되었다. 적갈색 벽돌로 된 사층짜리 낡은 다세대주택 건물 앞이었다. 때마침 열린 일층 출입구로 까만색 롱패딩 점퍼를 입은 사람이 삼각대를 들고 올라가는 뒷모습이 보였다. 저 사람만 따라가면 되겠다. 나는 놓칠세라 잽싸게 그 뒤를 쫓았다. 건물 입구에 발을 들여놓았을 뿐인데 일층에서부터 벌써 시끌벅적한 소리가 들려왔다. 한층, 한층, 계단을 올라갈수록 흘러나오는 소리가 점점 커졌다.

*

백현호 선수의 집은 건물의 맨 꼭대기 층인 사층에 자리하고 있었고, 호수는 따로 확인할 필요도 없었다. 대문이 활짝 열려 있었기 때문이다. 열린 문으로부터 왜인지 열기와, 어쩐지 구수하고 맛있는 냄새가 은은하게 퍼져 나왔다. 반폭 남짓밖에 되지 않는 현관에는 신발이 정신없이 늘어져 있었다. 아니, 그건 늘어져 있다기보다는 쌓여 있다고 표현해도 이상하지 않은 모습이었다. 신발이 너무 많아 바닥이 보이지 않을 정도였고 미처 자리를 잡지 못한 신발들이 다른 신발 위에 포개어져 있었다. 집 안 상황이 어떨지 자세히 들여다보지 않고도 대충 알 것만 같았다.

그때 한 아주머니가 현관 앞을 바삐 지나가다 다시 뒷걸음질 쳐 나를 바라보았다. 서로 눈이 마주쳤다. 밝은 갈색 눈동자, 갸름한 눈매에 살짝 돌출된 광대뼈, 그리고 눈가 주변에 자잘하게, 마치 별자리처럼 흩어져 있는 까맣고 잔 점들이 눈에 띄었다. 그 위로 아주 옅게 화장을 한 모습이었다. 다림질된 옷깃의 흰색 셔츠에 베이지색 면바지 그리고 밤색의 양말. 신경 써서 차려입은 듯한 옷 위에 어울리지 않는, 빨간색 꽃게 캐릭터가 어지러이 그려진 앞치마를 두른 채로.

"어머, 기자님이시죠?"

"아, 네. 안녕하세요."

저분이 선수의 어머니인가보다 생각하고 있던 찰나에 그가 갑자기 늘어져 있던 신발을 살짝 건너 밟고 밤색 양말만 신은 채로 성큼 문밖으로 나와 두 손으로 내 양 팔뚝을 턱, 잡았다.

"아이고, 어떡해. 너무 춥겠다. 어쩜 좋아."

갑작스러운 스킨십에 놀라 나도 모르게 어깨를 움츠렸다. 미처 놀랄 틈도 주지 않고 잡았던 내 팔뚝을 아래위로 연신 쓰다듬으며 말을 이었다.

"추운데 오시느라 너무 고생하셨어요. 어서 들어오세요."

이렇게 쉽게? 얼떨떨했다. 취재 요청을 거절하면 어쩌

나 싶었던 내 우려와는 달리, 어느 언론사인지 확인도 하지 않고 냅다 나를 환대해주었다.

"집이 너무 좁죠. 신발 두실 데도 없네. 가만있어보자."

백현호 선수의 어머니가 현관 한편의 신발장을 열어보며 황급히 두리번거렸고, 내가 곧바로 복도를 가리키며 말했다.

"아니에요, 제 거는 그냥 여기다 놓으면 될 것 같아요."

"그러실래요? 현관문은 계속 열어둘 거긴 해요. 아휴, 죄송해요."

이미 서로 포개져서 빽빽하게 늘어선 신발들의 뒤쪽에, 그러니까 문이 닫혀 있었으면 복도였을 곳에 운동화를 가지런히 벗어둔 채로, 쌓여 있는 신발들을 밟지 않기 위해 그 위로 풀쩍 건너뛰어서 마침내 집 안에 발을 디뎠다. 안쪽은 이미 취재진으로 바글바글했다. 새벽 여섯시라고는 믿기 어려운 광경이었다. 집은 현관에서부터 부엌과 거실과 화장실이 순서대로 폭 좁은 직사각형 모양으로 이어진 형태였고 부엌과 거실의 오른쪽에 방이 각각 하나씩 있었다. 현관에 더 가까운 방에서 촬영기자로 보이는 몇몇이 들어가 미리 스케치를 찍고 있는 것으로 보아 거기가 백현호 선수의 방인 것 같았다. 워낙에 많은 취재진이 이미 들어와 있었고 각자가 분주했기 때문에 내가 새로 들어왔다는 걸 알아차린 사람도 별로 없어 보였다. 주요 방송사의 취재기자, 촬영기자, 오디오맨이 셋씩 무리 지어 모여 있었고 그야말로 대포를 연상시키는 커다란 ENG 카메라를 삼각대 위에 고정하고 있거나 경기가 시작되면 촬영할 구도를 보는 등 각자 자리를 세팅하고 있었다. 그러나 몇몇은 뜬금없게도 노트북이나 카메라는 바닥에 내려둔 채 작은 밥공기를 손에 들고 숟가락으로 뭔가를 떠먹고 있었다. 거실 소파에는 백현호 선수의 아버지로 보이는 사람이 양손에 수첩과 볼펜을 각각 쥐고 미리 틀어둔 정면의 티브이 화면만 바라보고 앉아 있었다. 내내 말이 없었다. 다른 사람들과 시선도 마주치지 않았고 자세조차 바꾸지 않았다. 이따금씩 쓰고 있는 안경다리를 만지작거리거나 할 뿐이었다. 전체적으로 수선스러운 집안 분위기에 전혀 섞여들지 않았고, 섞이고 싶지 않아하는 의지가 분명하게 느껴졌다. 마치 홀로 투명한 벽에 둘러싸여 있는 것 같았다.

이리저리 눈만 굴리며 초대받지 못한 손님처럼 현관 앞에 뻘쭘하게 있으려니 백현호 선수의 어머니가 앞치마에 양손을 앞뒤로 비벼 닦으며 내게 물었다.

"기자님, 식사 못하셨죠? 떡국 좀 드세요."

그제야 복도에서부터 맡았던 익숙하면서도 구수한 냄새의 정체를 알 수 있었다. 그건 사골국물 냄새였다. 대답도 하기 전에 백현호 선수의 어머니는 어느새 가스레인지 위에서 끓고 있는 커다란 냄비를 국자로 휘휘 저어댔다. 나는 깜짝 놀라 손사래 치며 말했다.

"아뇨, 어머니. 전 괜찮습니다."

"어차피 많이는 못 드려요. 조금만, 조금만 들어요. 그래도 설날인데."

"아녜요. 마음만으로도 감사합니다."

"아주 조금만 담아 드릴게요. 새벽부터 나오시느라 아침도 못 드셨을 거 아니에요, 기자님."

배가 무척 고프긴 했지만 이 상황에서 떡국을 떠먹고 싶진 않았다. 게다가 엄밀히 말하면 나는 아직 기자도 아니었고. 취재를 하게 해주는 것만으로도 고마운데 염치 불고 떡국까지 얻어먹을 자격은 없다는 생각이 강하게 들었다. 왠지 먹고 왔다고 해야 그만 권할 것 같아 둘러댔다.

"정말 괜찮아요. 저 밥 많이 먹고 왔어요."

"그래요? 그래도 맛만 보지……"

어깨에 메고 있던 가방에서 캠코더를 꺼내면서 내가 말했다.

"저, 백현호 선수 방 좀 찍어 가도 될까요?"

냄비 속을 젓던 백현호 선수 어머니가 허리만 돌려 현관 옆방을 가리키며 말했다.

"네, 그럼요. 저쪽이 우리 현호 방이에요. 들어가서 찍으셔도 되는데, 지금 다른 기자님들이 찍고 계셔서요."

미간을 살짝 찌푸리며 눈썹을 팔자로 만든 백현호 선수 어머니가 어쩐지 자책하는 어조로 말을 이었다.

"아휴, 근데 방이 너무 좁아서요. 어쩌죠. 기다렸다 들어가셔야 될 거예요."

그때 촬영을 마친 듯 보이는 취재기자와 촬영기자 그리고 오디오맨이 연달아 나오더니 나를 쓱 내려다보면서 지나갔다. 나는 고개 숙여 묵례하고 방 안쪽으로 들어갔다. 어두운 나무색의 책장과 그로부터 이어진 책상이 나란히 정면 벽에 붙어 있었고 그 바로 옆에는 이불이 가지런히 정리된 침대가 세로로 놓여 있었다. 가구 구성만 보면 평범한 학생의 방처럼 보였지만, 그 위에 놓여 있는 것들과 함께 보면 결코 그렇지만은 않았다. 그 공간은 오히려 작은 전시장에 더 가까웠다. 몸을 왼쪽으로 틀어 책장 먼저 훑어봤다. 책장에 책보다는 상장과 상패, 트로피가 더 많았다. 트로피는 너무 많아 각기 화려한 모양새가 무색하게 여러개가 앞뒤로 겹쳐 세워져 있었고, 상장들은 잘 보이게 펼쳐진 채 서 있는 것도 몇개 있긴 했지만 대부분이 케이스에 끼워진 채로 책처럼 꽂혀 있었다. 뒤이어 시선이 자연스레 책상 위로 향했다. 이번 시즌 쇼트트랙 월드컵 종합우승 트로피가 이 방의 주인공처럼 위용을 뽐내고 있었다. 한 손으로는 들 수도 없을 만큼 크고 무거운 크리스털. 긴 트로피의 상단을 장식하고 있는 투명하고 반짝이는 구체의 존재감이 엄청났다. 책상 모서리에는 벨벳으로 덮인 케이스들이 탑처럼 잔뜩 쌓여 있었고, 책상 위쪽 벽으로는 아코디언 형태의 옷걸이가 붙어 있었는데 저러다 옷걸이가 떨어지면 어떡하나, 싶을 정도로 많은 메달이 걸려 있었다. 서로 겹겹이 겹쳐 있어도 가장 많은 색은 역시 금색이었다. 선물 포장의 마지막에 감싸 두르는 아름다운 리본 같은 목걸이. 그리고 그 끝에 매달린 완벽하게 동그랗고 눈부시게 반짝거리는 메달들. 알록달록 색색의 목걸이와 빛나는 메달들이 어쩐지 크리스마스트리 장식 같다는 생각이 들었다. 나는 어제 급히 사용법을 익힌 캠코더를 켜고 이어폰을 낀 채 뷰파인더 너머로 그것들을 하나씩 담았다.

책장을 아래에서 위로 틸트업.

가장 반짝이는 크리스털 트로피를 위에서부터 틸트다 운. 챔피언이라는 글자가 가운데 오도록 줌인.

다시, 옷걸이에 걸려 있는 다채로운 메달들을 한 뭉텅 이씩 클로즈업.

조금 더 뒤로 물러나 책장부터 책상 위 그리고 침대까 지 좌에서 우로 쭉 패닝.

카메라 렌즈가 멈춘 곳에서 무언가를 발견했다. 폭이 반뼘 정도 되는 침대 헤드 위에 작은 액자 서너개가 줄지 어 놓여 있었다. 나는 뷰파인더에서 눈을 떼고 실제의 그 것을, 그 안의 사진들을 자세히 들여다보았다. 아주 작은 꼬마아이가 아이스링크 위에서 역시나 아주 작은 스케이 트화를 신고 서 있었다. 그렇게나 작은 스케이트화가 존 재한다는 사실이, 그렇게 작은 스케이트에도 똑같이 레이 스와 날이 달려 있다는 사실이, 그리고 저렇게 작은 아이 가 얼음 위에 아주 얇은 날만 대고 꼿꼿하게 중심을 잡고 서 있다는 사실 그 모두가 다 신기하고 귀여웠다. 그 옆 액자 속에는 조금 더 큰 어린이가, 또 그 옆에는 내가 아 는 얼굴의 백현호 선수가 웃고 있었고 그다음엔 왼쪽 가 슴에 태극마크를 달고 있는 백현호 선수가 있었다. 나는 그 사진들도 먼 거리에서 패닝 후 최근 사진부터 하나씩 클로즈업해서 찍어두었다. 처음 발견했던 꼬마 사진을 찍고 있을 무렵 이어폰 속으로 밝은 목소리가 끼어들었다. 선수 어머니였다.

"저 때가 스케이트 처음 신었을 때예요."

나는 이어폰을 빼고 뒤돌아보면서 말했다.

"너무 귀여워요."

백현호 선수 어머니가 고개를 살짝 오른쪽으로 기울이면서 온 얼굴로 웃었다. 갑자기 방이 다 환해진 것 같은 느낌이 들 정도로 활짝 웃는 큰 미소였다.

"아이고, 진짜 귀여웠죠. 저게 일곱살 때예요. 근데 꼭 다섯살 같죠. 저 때만 해도 키가 동네에서 제일로 작았어요. 여기 목동아이스링크 한번 데려갔다가. 세상에 그 쬐끄만 게, 처음 타는 건데도 겁도 없이 막 미끄러지면서 타는 거예요. 그걸 보고 코치가 자꾸 소질이 있다는 거 있죠. 처음엔 안 믿었는데."

온 얼굴로 활짝 웃었던 얼굴이 알아채지 못할 정도의 속도로 점차 천천히 수축되면서 어느새 다시 원래의 표정으로 돌아가 있었다.

"사실 운동시킬 형편은 아니었어요. 애가 하도 하고 싶다고 하고, 밤낮없이 울고 그래서."

그리고 다시 액자 쪽으로 시선을 돌리며 말을 이었다.

"자식 이기는 부모가 어딨겠어요."

나는 백현호 선수의 다른 사진을 가리키며 말했다. 여럿이 아이스링크 위에서 어깨동무를 하고 있었다.

"옆에는 김경인 선수인가요?"

"네, 왼쪽이 경인이, 그리고 거기 오른쪽은 기준이에요. 아시죠? 이번 스피드 국대잖아요. 원래 기준이도 쇼트였거든요. 아마 저거 찍고 얼마 안 돼서 바꿨던 걸로 기억해요. 다들 잘 크고, 잘돼서, 너무 잘됐지 뭐예요."

나는 액자에 얼굴을 가까이 대며 감탄했다.

"이 한 장이 전설의 시작이네요."

백현호 선수 어머니가 잔 점이 많은 눈가와 콧등에 주름을 잔뜩 만들며 웃었다.

"다들 어릴 때부터 얼마나 열심히 했는지 몰라요. 현호랑 경인이랑은 옛날부터 엄청 라이벌이었어요. 주니어 때부터 맨날 붙어서 불려 다니면서 엎치락뒤치락했거든요. 경인이가 일등 하면 무조건 우리 현호가 이등이고, 현호가 일등 하면 볼 것도 없이 경인이가 이등이고요. 둘이 다 해먹었어요, 정말로. 선의의 경쟁을 하면서 서로 더 잘하려고 하니까 둘 다 결국은 잘된 것 같아요. 뉴스 보니까 이제는 현호랑 경인이가 대한민국 쇼트트랙의 미래라고 하더라고요. 아무래도 원래 주전이던 형들이 얘네랑 나이 차가 좀 있으니까."

쉴 새 없이 쏟아내듯 말하던 어머니가 돌연, 쑥스러워 하는 얼굴이 되었다. 그러더니 마치 앞서 자기가 뱉었던 말들을 주워 담듯 수습하며 말했다.

"아이고, 뭐, 전 그렇게까지는 생각 안 하지만요. 하여튼지 간에 그렇게 불러주시는 거 자체가 영예고, 영광이고, 그저 감사할 따름이죠."

그때 방문 밖에서 빈 그릇을 개수대에 포개서 놓는 듯한 달그락, 소리가 났다. 한 기자가 큰 목소리로 외쳤다.

"잘 먹었습니다!"

"어머, 벌써 다 드셨어요? 좀더 드릴까?"

부엌으로 나가는 백현호 선수 어머니를 따라 캠코더를 챙겨 밖으로 나갔다. 지상파 방송사 로고가 찍힌 점퍼를 입은 기자가 엄지를 치켜들며 너스레를 떨었다.

"어머님, 음식 솜씨가 정말 좋으신데요? 정신없으셨을 텐데 어떻게 이런 것까지 다 준비하셨어요."

"아유, 아녜요. 어차피 현호 큰 경기 있으면 제가 며칠 전부터 잠을 못 자요. 저도 초초해서 뭐라도 해야 되거든요. 그리고 제가 다른 건 몰라도 사골국 끓이는 것만큼은 진짜 자신있어요. 현호 뼈에 좋으라고, 엄청 끓여서 매일같이 먹였거든요. 아마 현호는 이제 사골국이라면 아주 그냥 질려버렸을 거예요."

기자가 수염이 나 있는 입가를 손등으로 한번 슥 닦은 뒤에 물었다.

"근데 왜, 캐나다 가서 보시지 그러셨어요?"

나도 궁금했던 바였다. 어머니가 고개를 강하게 저으면서 넌더리를 냈다.

"아휴, 절대 안 돼요. 우리 현호는 우리가 가서 보고 있으면 평소보다 기량 발휘를 못한대요. 신경 쓰여서."

"하긴, 그럴 수도 있겠어요."

"주니어 때부터 그랬어요. 일 때문에 못 보다가 어쩌다 한번 보러 가면 꼭 넘어지고. 가면 못하고요, 안 가면 항상 잘해요."

백현호 선수 어머니가 개수대에 쌓여 있는 밥공기와 숟가락을 맨손으로 빠르게 헹궈내면서 말을 이었다.

"그래서 저희는 아예 안 가요. 아무리 중요한 경기라도 항시 집에서만 봐요. 오늘도 그렇고, 집에서 보는 건 좋긴 한데……"

말끝을 흐리더니 난데없이 미간을 확 찌푸렸다.

"아휴, 집이 너무 좁아서! 우리 기자님들 이렇게 많이 와주셨는데. 너무 미안스럽고 속상해 죽겠네, 정말."

기자가 양 손을 내저으면서 말했다.

"아닙니다. 저희가 많이 와서 그런 거죠. 그래도 백현호 선수가 보통 기대주여야 말이죠. 누가 취재를 하지 않고 싶겠어요? 대한민국 쇼트트랙의 미래를 길러내신 분들을요."

백현호 선수의 어머니는 자길 향한 찬사를 들었는지 못 들었는지 하던 말만 이어서 계속했다.

"우리가 예전에는 저쪽에 5단지 아시죠? 거기 살았어요. 그때 그 집을 살 뻔했었어요. 그때 그 집을 샀으면 지금은 아휴, 뭐 말도 못하죠. 그랬으면 우리 기자님들도 오늘 같은 날 그래도 덜 불편하게 보시는 건데. 이렇게 크고 무거운 카메라 들고 여기까지 계단으로 올라오지 않으셔도 되고요."

"아뇨, 무슨 말씀을…… 이거 들고 다니는 게 저희 일인데……"

당황해하던 기자가 시선을 돌리며 딴청을 피우다 나와 눈이 마주치자 물었다.

"근데, 넌 뭐냐?"

"네?"

"어디 신입이지? 영상취재야? 펜 기자야?"

취재기자로 인턴 중이니 펜 기자라고 해야 할 것 같은데, 그러기에는 내가 캠코더를 들고 있었다. 나는 잠시 고민하다 캠코더를 살짝 들어 보이며 대답했다.

"지금은 둘 다 하고 있습니다."

기자가 고개를 갸우뚱거렸다.

"그런 게 어딨어? 너가 엠 신입이던가?"

"아뇨, 저 와이……"

"와이? 와이티엔?"

"아뇨…… 저 와이비씨 인턴입니다."

기자가 안 그래도 큰 눈을 더 크게 뜨면서 조금씩 언성을 높였다.

"와이비씨? 와이비씨가 왜 왔지? 빙상연맹 출입 매체에만 주소 공유된 걸로 알고 있는데?"

"저는, 저희 회사 통해서 따로 주소 받아서요……"

"와이비씨는 얘기된 게 없는데? 백현호 선수가 용인시청 소속인가?"

"아…… 아니지 않아요?"

"그러니까. 명분도 없이 와이비씨가 왜 여길 오냐고?"

내가 아무 말 못하고 시선을 내리깐 채 캠코더만 만지작거리고 있자 기자가 한숨을 내쉬더니 이어 말했다.

"선수 개인정보라 자택 취재는 주소 공유에 민감해. 게다가 너도 보면 알겠지만 지금 현장이 굉장히 좁아. 우리도 최소한으로만 모여서 여기서 서로 풀 하고 있는 거야. 회사별로 주요 각도 맡아서 다 배정해놨고 현장 풀단 내에서 공유할 예정인데."

그가 턱짓으로 내가 들고 있는 6mm 캠코더를 가리키며 말했다.

"어차피 그 육미리는 우리랑 포맷 다르니까 공유도 못하고."

그래서, 나가라는 건가? 말도 안 돼. 설마 팀장은 이런 상황까지 다 예상하고서 나를 여기로 보낸 건가? 그런 생각이 들자 내가 헛짓거리를 하고 있나 싶어 갑자기 무섭고, 혼란스럽고, 다 포기하고 싶어졌다. 그래도 하는 데까지는 해보자,라는 생각이 든 건 아까 백현호 선수 방에서 어머니와 나눈 대화 때문이었다. 그때 나는 내가 기자로서 분명 이곳에 받아들여졌다고 느꼈다. 나는 두근거리는 마음을 다잡고 떨리는 목소리를 진정시키려 노력하며 최

동계올림픽 253

대한 공손해 보이게 물었다.

"저, 죄송하지만…… 그러니까 더 제가 있어야 하는 거 아닌가요?"

"뭔 소리야?"

"말씀하신 것처럼 저는 육미리라 이엔지로 찍으시는 영상은 공유 못 받으니까…… 저는 제가 따로 찍어야 하는 거잖아요. 절대 방해는 안 되게 할 테니까 제가 알아서 찍게만 해주시면 안 될까요? 저, 이거 꼭 찍어가야 하는데……"

"얘 말하는 것 좀 봐라? 포맷이 같아도 너한테는 공유 안 해주지. 사전에 얘기된 것도 아닌데. 그리고, 혼자 육미리 한대로 뭐 어떻게 찍을 건데? 티브이 화면이랑 부모님들 얼굴 같이 찍을 수 있는 각도가 어차피 여기서는 안 나와. 뭐, 브이로그 찍게?"

그는 내가 명분 없이 왔다고 했지만, 그에게도 나를 쫓아낼 명분이 딱히 없기도 했다. 나는 그냥 막무가내로 버텨야겠다고 생각했다. 그가 고개를 돌려 다른 기자 하나를 향해 물었다.

"선배, 얘 어떡하죠? 이래도 돼요?"

그때 백현호 선수 어머니가 다가와 끼어들었다.

"저기요, 기자님. 제가 잘 몰라서 그렇긴 하지만요. 그게, 어떻게, 뭐가, 중요한 건가요?"

"아니, 그게…… 어머님 주소는 개인정보잖아요. 저희끼리만 공유한 건데 허락 없이 이렇게 오는 건……"

"제가 괜찮은걸요? 정말이에요. 저는 다 괜찮아요. 그게 누구시든지 말이에요."

백현호 선수 어머니가 두 손을 기도하듯 모은 다음 자기 얼굴 앞에 가져다 대면서 말했다.

"저는 이 누추한 저희 집에 와주신 거, 그 자체로 감사해요. 진심으로요. 현호 응원해주시러 이렇게 추운데 휴일에 쉬지도 못하시고 여기까지 와주신 것만으로도 환영이죠. 우리 집이 좁은 게 그게 미안할 뿐이지. 아휴……"

기자가 내 몸을 위아래로 훑으면서 혼잣말인 듯 아주 작게 말을 흐렸다.

"누구 때문에 더 좁아졌네……"

나는 못 들은 척 자연스럽게 딴청을 피웠다. 방금 저 말은 무대 위 주연배우의 방백 같은 거다. 모든 사람에게 저 말이 들렸더라도, 모든 사람이 저 말을 들었더라도, 내게는 저 말이 들리지 않은 거다. 그렇게 약속되어 있다. 나는 그냥 귀 닫고, 입 닫고, 알아서 내 것만 빨리 찍고 나가면 돼. 그렇게 애써 생각했다. 거실의 티브이에서 캐스터와 해설진의 목소리가 흘러나오고 있었다.

"안녕하십니까. 여기는 캘거리 맥마흔 올림픽아레나입니다. 잠시 후 일곱시. 쇼트트랙 스피드스케이팅 남자 천 미터 준준결승전이 시작됩니다."

거실에 꽉 들어차 있던 취재진이 모두 부엌 쪽을 쳐다 보면서 입을 모아 외쳤다.

"어머니, 이제 와서 앉으시죠."

개수대에서 그릇을 헹구거나 행주로 조리대 닦기를 반복하던 백현호 선수 어머니가 그 말에 시선을 깊게 떨구고, 그러니까 거의 자신의 발을 내려다보는 자세로, 고개를 작게 끄덕이며 중얼거렸다.

"그래요, 이제 앉아야지…… 이젠, 진짜…… 앉아서 봐야 하지…… 가서 앉자. 가서 앉아서 보자……"

그건 취재진의 요청에 대한 대답이라기보다는 자기 자신에게 거는 주문에 가까워 보였다. 어머니는 빨간 꽃게들이 어지러이 그려진 앞치마를 주섬주섬 벗고, 마른세수를 한번 한 뒤, 어두운 갈색 유리로 되어 있는 부엌 찬장에 자신의 얼굴을 한번 비추어 보았다. 뒤이어 옷매무새를 가다듬고 거실 소파의 오른쪽에 앉았다. 선수 어머니가 자리를 잡고 앉자 촬영기자들이 소리 없이 분주해지는 것이 느껴졌다. 아무래도 이번 취재의 초점은 선수 아버지보다는 어머니인 것 같았다. 앞서도 백현호 선수 아버지가 앉아 있던 자리를 기준으로 대강 세팅을 해두긴 했지만 어머니가 앉자 그제야 진짜 주인공이 왔다는 듯 카메라 앞에 서 있던 촬영기자들이 너도나도 삼각대의 방향과 높이를 조정하고 초점을 다시 잡았다.

오디오맨 한명이 각 방송사의 무선마이크를 하나하나 수거해 커다란 원통 형태로 모은 다음 청테이프로 옆면을 칭칭 감았다. 그저 손바닥만 한 무선마이크였을 뿐인데 여러개를 모아 붙이니 아주 크고 무거워졌고, 어쩐지 무서워 보이기까지 했다. 청테이프를 두른 거대한 마이크 더미가 소파와 텔레비전 사이의 낮은 탁자 위에 올려졌다. 무선마이크의 수신 안테나가 삐죽삐죽 튀어나와 있는 게 어쩐지 도화선처럼 보였고, 뒤이어 그 새까만 표면의 마이크 더미가 꼭 다이너마이트 다발 같다는 생각이 들어 기분이 조금 이상해졌다. 캐스터의 목소리가 점점 더 크고 까랑까랑해졌다.

"다시, 이곳은 캘거리 맥마흔 올림픽아레나입니다. 캘거리에서 열리는 동계올림픽은 이번이 두번째죠."

해설위원이 말을 이어받았다.

"네, 맞습니다. 88년 동계올림픽 당시에 쇼트트랙 스피드스케이팅이 시범 종목으로 처음 채택이 되었죠. 그후 92년 알베르빌 동계올림픽에서 정식 종목이 되었고, 그때 이후로 지금까지 대한민국 대표팀이 쇼트트랙에서 금메달을 놓친 적은 단 한번도 없었고요."

"그렇습니다. 우리 대한민국은 명실상부 쇼트트랙 강국이죠. 다시 돌아온 캘거리 올림픽에서 아직은, 예, 금메달 소식이 들려오지는 않고 있는데요. 하지만 오늘부터 이야기가 달라질 수 있습니다."

"맞습니다. 아직 남은 경기가 많습니다. 저는 우리 선수들을 그리고 우리 선수들이 그동안 흘려온 땀방울이 결실을 맺으리라 믿고 있습니다."

"네, 물론 부담을 주는 건 안 되겠지만요. 저 역시 우리 선수들의 저력을 보여줄 때가 바로 오늘이라고 보고 있습니다. 특히 남자 천 미터 종목은 쇼트트랙에서도 우리나라가 특히 강한 종목이거든요."

"맞습니다. 천 미터는 통상 중장거리라고 하는데요. 오백 미터 단거리 그리고 천오백 미터 장거리랑은 또 약간씩 다릅니다."

"네, 말씀하신 것처럼 스피드와 지구력을 모두 겸비해야 하는 종목이고요. 여기에 더해 경기 운영능력 또한 굉장히 중요합니다. 그만큼 우리 선수들만의 기술과 스피드 그리고 특유의 투지까지 더해진 조화로운 스케이팅을 가감 없이 보여줄 수 있는 종목이라고 할 수 있죠. 예선을 가볍게 통과한 우리나라 백현호 선수와 김경인 선수가 출전할 예정입니다."

경기 시간이 가까워져올수록 아무도, 아무 말도 하지 않았다. 집 안에 꽉 찬 사람들이 침묵하면 할수록 캐스터와 해설위원이 주고받는 중계 소리가 점점 더 또렷하게 귀에 파고들었다. 백현호 선수의 어머니는 맨손으로 연달아 마른세수를 했고 아버지는 무릎 위에 올려두었던 수첩과 펜을 다시 집어 들었다.

"자, 말씀드리는 순간, 선수들이 입장하고 있습니다."

캐스터의 말에 나를 포함해 카메라를 든 기자들이 모두 각자가 맡고 있던 각도로 피사체를 한번 더 조여 잡았다.

"백현호! 일위로 깔끔하게 도착합니다."

"역시 이번 시즌 월드컵 종합 일위, 세계선수권대회 금메달리스트답습니다."

"우리나라 김경인 선수, 백현호 선수가 준준결승과 준결승을 연이어 통과한 가운데 이제 대망의 파이널에이, 결승만 남겨두고 있습니다."

백현호 선수의 어머니가 가슴을 쓸어내리며 중얼거렸다.

"휴, 하나님 감사합니다."

그러더니 둘러싸고 있던 기자들 사이를 뚫고 나가 냉장고 문을 열고 유리병에 든 보리차를 꺼내 컵에 따르더니 벌컥벌컥 들이켰다. 잠시 쉬어가는 시간이라 나도 카메라를 끄고 내려두었는데, 내 뒤에서 집 전경을 맡아 찍고 있던 한 종편채널의 촬영기자가 나를 향해 소리쳤다.

"야, 육미리! 너 경기 중에 그렇게 앞에서 왔다 갔다 하면 여기 다 걸려. 결승 때도 이럴 거야?"

"저 안 걸리게 숙여서 하고 있었는데요?"

"걸리는지 안 걸리는지 니가 어떻게 알아요."

어느새 거실로 돌아온 백현호 선수 어머니가 우리 사

이로 달려들며 끼어들었다.

"아유, 그러지 마세요. 우리가 좀 멀리 앉을까? 여기 소
파 끝에? 이러면 다들 잘 찍혀요?"

"아, 아닙니다 어머님. 죄송해요. 저희끼리 원래 협의가
됐어야 하는 부분인데."

어머니가 또다시 안절부절못했다.

"아유, 어떡해. 다들 여기까지 와주셨는데. 공간이 여의
치 않아 죄송해요."

"아닙니다, 어머님. 죄송하실 거 전혀 없습니다."

"아휴, 우리 집이 너무 좁……"

말이 다 끝나기도 전에 날벼락 같은 외마디 소리가 날
아들었다.

"야!"

빽빽하게 들어차 있던 모두의 시선이 백현호 선수의
아버지에게로 향했다. 몇시간 동안 입을 굳게 다물고 단
한마디도 내지 않던, 거의 동상처럼 아무것도 하지 않고
앉아만 있던 아버지였다.

"니는 집 좁다는 얘길 몇번을 하나!"

집 안이 순식간에 얼어붙었다. 살벌한 분위기가 감돌았
다. 순간적으로 내지른 그 목소리가 얼마나 큰지 나도 모

르게 한 손이 귓가로 올라가 있었다. 백현호 선수 아버지를 향했던 모두의 시선이 이내 그 호통이 향한 곳으로 이동했다. 선수의 어머니가 눈을 질끈 감고 아랫입술을 깨물고 있었다. 어머니는 눈을 감고, 아버지는 눈을 부라리고. 이 모든 상황이 너무나 어색하고 너무나 민망해 숨이 턱 막힐 정도였다. 이 집에 오늘 처음 온 사람들은 숨죽인채 눈동자만 빠르게 굴렸다. 거북하고, 머쓱하고, 당황스러운 시선이 찰나에도 몇번씩 거미줄처럼 얽히고설켰다. 냉랭해진 집 안에 정적만이 감돌았다. 백현호 선수 어머니가 고개를 들고 다시 눈을 치켜떴다. 그리고 마치 우리 모두를 향해 호소하듯 말했다.

"아니, 우리 현호 응원해주시러 이렇게 귀한 손님들이 오셨는데 제대로 앉으시지도 못하……"

"시끄럽다!"

선수의 아버지가 아까보다 더 크게 소리쳤다.

"그 소리 한번만 더 해라, 어?"

다시 이어지는 차가운 침묵. 그야말로 살얼음판인 집 안 상황을 알 리 없는 캐스터와 해설위원의 목소리만 그 위로 미끄러지듯 활기차게 울려 퍼졌다.

"캘거리 동계올림픽 쇼트트랙 스피드스케이팅 파이널

에이. 잠시 후 만나보겠습니다."

일순간 고요해진 집 안. 뒤이어 올림픽 후원사인 스포 츠의류 브랜드 광고가 흘러나오기 시작했다. 티브이 화면 위로 떠다니는 새하얀 롱패딩. 새로운 기술력의 응집이라 는 카피와 쓸데없이 발랄한 광고 음악만이 어색하게 집 안을 부유하고 있었다. 백현호 선수 어머니가 갑자기 벌떡 일어서더니 부엌으로 가서 사과를 꺼내 자르기 시작했다. 탁, 탁. 도마 위에 칼 내려치는 소리가 크게 울려 퍼졌다.

"잠시 후 시작하는 쇼트트랙 스피드스케이팅 결승전 파 이널에이. 캘거리 동계올림픽 쇼트트랙 첫 금메달을 향해 우리 선수들이 도전하는 모습 지켜봐주시길 바랍니다."

백현호 선수 어머니가 깎은 사과를 들고 다시 거실로 돌아왔다. 테두리에 금사 장식이 된 동그란 사기 접시에 정갈하게 깎은 사과 조각들이 가지런히 펼쳐져 있었고 중 간중간 디저트용 작은 포크가 꽂혀 있었다. 사기 접시가 유리 테이블과 부딪치는 소리가 선득하게 느껴졌다. 캐스 터의 말이 이어졌다.

"네, 지금 카메라가 관중석을 비춰주고 있는데요. 교민 들이 정말 많이들 와주셨습니다. 양손에 태극기를 들고 힘차게 흔들고 있는 우리 교민들의 모습, 지금 보고 계십니다. 이 뜨거운 응원의 열기가 차가운 링크 위의 선수들에게도 가닿길 바라겠습니다."

"네, 이제 저도 긴장이 되기 시작하네요. 대한민국 쇼트트랙의 미래, 백현호 선수 그리고 김경인 선수가 진출한 결승전 경기가 남아 있습니다. 특히 백현호 선수는 이번 시즌 쇼트트랙 월드컵에서 천 미터 금메달을 휩쓸다시피 했고요, 시즌 종합우승까지 차지하면서 기대주다운 저력을 가감 없이 보여주었는데요, 오늘이야말로 반짝이는 금! 기대해볼 만합니다."

"자, 말씀드리는 순간, 선수들이 입장하고 있습니다. 먼저 네덜란드의 에릭 하르테 선수…… 이어서 대한민국의 백현호 선수가 손을 들어 인사를 하고 있습니다. 환한 미소로 관중들의 환호에 응답하고 있습니다."

"네, 인상도 너무 좋죠. 보기만 해도 흐뭇해지는 당당한 대한의 건아, 우리 대한민국의 미래, 대한민국의 자랑입니다. 이어서 대한민국의 김경인 선수……"

전에는 몰랐는데 경기와 경기 사이에, 경기 전 중계방송에서 흘러나오는 말들이 너무 많고, 불필요하게 길다는 생각이 들었다. 집 안에 있는 모두가 어서 경기가 시작되고, 선수들이 얼음 위를 질주하기만을 바라고 있었다.

마침내 선수들이 모두 출발선에 섰다.

몸을 낮췄다.

경기가 시작되었다.

"초반은 서두를 필요 없죠. 천천히 페이스를 유지해주면 됩니다."

한바퀴가 지나자 백현호 선수의 아버지가 수첩 위에 작대기 하나를 그었다. 바로 그때 캐스터의 당황한 목소리가 들려왔다.

"어? 네덜란드의 에릭 하르테 선수. 벌써 저렇게 치고 나가는 건가요."

"그러게 말입니다. 이제 막 첫바퀴 지났는데요."

"이 페이스는 마치 마지막 바퀴 같아요. 거의 화가 난 것처럼 보일 정도입니다. 어떻게 생각하시나요?"

해설위원이 이어받았다.

"음, 에릭 선수가 지난 오백 미터 경기 때 손가락에 경미하지만 부상이 있지 않았습니까? 제 생각에는 그래서 아예 후반 경합을 피해 가겠다, 이런 작전으로 보이는데요. 전략이 미리 상의된 것인지는 모르겠지만 다소 무모해 보이긴 합니다."

캐스터가 다시 질문했다.

"쇼트트랙 규정상 선두와 두바퀴 이상 차이가 나면 뒤 선수는 모두 실격이죠?"

"네, 맞습니다. 뒤 선수들도 물론 페이스를 잘 조절해야 겠지만 당연히 이 점은 염두에 두고 경기를 운영해야 할 것 같습니다."

쇼트트랙 천 미터 경기는 아홉바퀴나 돌아야 하기 때문에 초반에 속도를 내는 것이 아니라는 것쯤은 상식적인 감각으로 알고 있었다. 하지만 한 선수가 유독 눈에 띄게 먼저 치고 나가면서 다른 선수들을 따돌리는 모습이, 우리나라 선수들과의 격차가 점점 벌어지는 모습이 눈앞에 펼쳐지고 있으니 괜히 조바심이 나는 것도 사실이었다. 만약 저 선수가 계속 이 페이스로 달린다면? 저렇게 선두를 유지한 채로 끝까지 간다면? 이 격차가 끝까지 그대로 유지된다면? 우리 선수들이 너무 뒤에 있는 것처럼 느껴져 괜히 안달이 났고, 실격에 관한 룰까지 듣고 나니 더 불안해졌다. 이 예외적인 초반 상황이 빨리 지나가기를, 맨 앞 선수의 힘이 점점 달리고 태극기가 그려진 헬멧을 쓴 우리나라 선수, 특히 백현호 선수가 아껴둔 체력을 후반에 써서 앞으로 치고 나가기만을 간절히 기다렸다. 카메라를 쥔 손바닥에서 자꾸 땀이 났다. 내 생에 올림픽 경기를 이렇게까지 집중해서 열심히 본 건, 이렇게까지 진심을 다해 우리나라를 응원해본 건 정말이지 처음인 것 같았다.

"크흠."

백현호 선수의 아버지가 헛기침을 하며 노트에 세로로 한획을 더 그었다. 바퀴 수를 거듭할수록 바를 정 자가 완성될 것이다. 아이스링크의 오벌 트랙 한바퀴는 111.12미터. 바를 정 자 두개가 완성되기 직전에 승부가 결정 날 것이다. 노트의 바를 정 자 하나가 완성되었을 무렵 캐스터가 말했다.

"자, 이제 스퍼트를 내야 할 때가 되었죠! 네바퀴 남았습니다."

"네, 그렇습니다. 말씀드리는 순간! 백현호 선수, 아웃 코스로 치고 나가고 있습니다."

"아! 현호야!"

백현호 선수의 어머니가 소파에서 주르르 미끄러지다시피 내려와 바닥에 무릎을 꿇고 앉았다. 그리고 두 손을 서로 깍지 껴 모아 가슴께에 가져다 대고 숨을 가쁘게 몰아쉬었다.

"현호야, 현호야!"

또 한바퀴가 순식간에 지나갔다.

"아버지, 하나님 아버지!"

노트에 세로로 한획이 더 그어졌다.

"주특기인 아웃코스로 시원하고 깔끔하게 따라잡아 압도적인 선두로 달리고 있는 백현호 선수! 쇼트트랙 월드컵 때 보여주었던 기술을 이번에도 가감 없이 보여주고 있습니다. 국내 신기록이었던 지난 월드컵 때보다 랩타임이 더 빠르게 나오고 있어요. 정말 경이롭습니다. 이러다 월드레코드까지 넘보는 게 아닐까 싶습니다."

"네, 피지컬이면 피지컬, 스피드면 스피드, 게다가 지구력에 경기 운영능력까지 모두 갖춘 선수죠. 이 시대가 추구하는 올라운더형 스케이터라고 할 수 있습니다. 조화롭고 아름다운 스케이팅 보여주고 있습니다."

"아, 지금 눈물을 보이고 계시는데요."

"개인적으로 제가 아주 어릴 때부터 봐온 선수라서요. 이 선수가 결국 여기까지 왔습니다."

"말씀드리는 순간, 김경인 선수까지 에릭 하르테 선수를 제쳤습니다. 지금 1, 2위가 다 태극전사들이에요! 대한민국 쇼트트랙의 미래가 너무나도 밝습니다! 이제 단 두 바퀴를 남겨두고 있습니다!"

백현호 선수의 어머니는 이제 아예 눈을 감고 있었다. 선수들의 몸이 점점 더 앞으로 기울어지고 속도가 점점 더 빨라졌다. 아무리 얼음 위라지만 사람이 저렇게 빠를 수 있는 건가 싶었다. 순식간에 달리고, 꺾고, 달리고, 꺾고…… 티브이 화면 우측 상단의 초시계가 얼음 위의 선수들처럼 미친 듯이 빠른 속도로 미끄러지며 흘러갔다. 백현호 선수 어머니의 기도 소리도 점점 더 커져갔다.

　"하나님 아버지, 우리 현호를 호위하시며, 보호하시며…… 눈동자…… 눈동자같이 지키소서, 지켜주소서."

　백현호 선수 아버지가 중계진보다 먼저 바를 정 자의 한 획을 더 채웠다.

　"이제 한바퀴 남았는데요, 어?"

　"이게 무슨 일입니까!"

　"아, 두 선수가 엉켰어요!"

　그때였다.

　"어머니!"

　백현호 선수 어머니가 바로 옆에 앉아 있던 취재기자의 무릎 위로 맥없이 쓰러졌다. 수많은 렌즈가 반사적으로 따라붙었다. 커다란 ENG 카메라가 모두 백현호 선수 어머니를 잡고 있었다. 여러대의 총구가 백현호 선수 어머니를 향해 겨눠진 것만 같았다.

"일어나야 합니다!"

"백현호 선수, 김경인 선수! 누구라도 빨리 일어나주면 좋겠어요! 아……"

얼음 위에서의 한바퀴가 얼마나 순식간인지, 얼마나 찰나일 수 있는지. 그저 눈 깜짝할 시간이 지나갔을 뿐인 것 같은데,

어느새 경기가 모두 끝나 있었다.

클로즈업되어 거실 티브이 화면에 가득 찬 백현호 선수의 맨얼굴.

나는 카메라를 떨어트릴 뻔했다. 한 손이 나도 모르게 얼굴로 올라갔다. 고글을 벗은 백현호 선수의 한쪽 눈동자에서 붉은 피가 눈물처럼 뚝뚝 떨어지고 있었다. 얼굴 전체를 사선으로 가르는 칼에 베인 듯 길고 긴 상처. 그 날카로운 직선을 따라, 그 위로 얹은 새하얀 장갑의 손가락 사이로, 선명하게 붉은 피가 쉴 새 없이 흘러내렸다. 끔찍할 정도로 잔뜩 찌푸려진 얼굴이 더는 견딜 수 없다는 듯 고통을 호소하고 있었다. 밝은 갈색의 눈동자, 갸름한 눈매에 튀어나온 광대뼈, 그리고 잔 점이 많은, 내 앞에 의식을 잃고 쓰러져 있는 어머니를 꼭 빼다 박은 바로 그 얼

굴이.

*

요즘 자주 하는 종류의 생각이 있는데 또 그 생각을 하
게 된다. 죽고 싶다는 생각은 아니었다. 나는 그런 생각을
하는 사람은 아니다. 다만, 말하자면 이런 것들. 어떤 착한
사람이 나를 납치해줬으면 좋겠다는 생각. 부드러운 실크
스카프로 내 입에 재갈을 물리고 내 두 팔을 등 뒤에서 묶
고 극세사로 만든 보송보송한 안대로 내 눈을 가리고 하
얀 봉고차에 태운 다음 내가 모르는 곳, 나를 모르는 곳으
로 데려가줬으면. 그래서 딱 한달만 날 가뒀다가 풀어주
었으면 좋겠다는 생각 같은 것들. 혹은 큰길을 건널 때 작
고 귀여운 노란색 폭스바겐 비틀이 나를 경쾌하게 탁, 치
어줬으면 좋겠다는 생각. 그래서 살짝만 다쳤으면. 이를
테면 팔만 똑, 다리만 똑. 예쁘게 실금만 갔으면. 그래서
다시 예쁘게 붙을 때까지 딱 두달만 깁스하고 누워 있으
면서 누군가 날 먹여주고 재워주고 닦아주면 좋겠다는
생각. 아니면 누군가 침대 위에서 베개로 내 얼굴을 시원
하게 때려줬으면 좋겠다는 생각. 솜이 빵빵하게 들어차

있는 베개의 끝 모서리를 양손으로 잡고 어깨 뒤로 넘긴 상태에서 풀스윙으로 머리를 내리쳐주었으면. 폭신한 침대 위로 쓰러지면 머리 위로 베개를 꾹 대고 눌러서 꼴까닥, 기절만 시켜줬으면. 그래서 딱 석달만 혼수상태로 있다가 깨어났으면. 그렇게 포근하고 따뜻한 침대에서 겨울잠을 자고 싶다는 그런 생각. 의식이 아득하게 흐려지면서 그런 생각들에 또다시 사로잡힌 나 자신을 발견할 수 있었다.

왜 이렇게 모든 게 흐릿한 걸까? 왜 이렇게 몽롱한 걸까? 띄엄띄엄 몇개의 장면들만이 스치듯 지나간다. 펜스에 처박힌 채로 피범벅이 된 백현호 선수의 얼굴. 눈물처럼 흐르던 핏줄기. 뒤집어 깠는데 흰자위만 보이던 백현호 선수 어머니의 눈동자. 점점 다가오듯 커지던 구급차의 사이렌 소리. 들것에 실려 나갈 때, 왜인지 한쪽이 벗겨질 듯 발끝에 걸려 있던 밤색 양말. 팀장과의 통화도 떠오른다. "야, 지금 난리다. 알파인 최나현 금메달 딴 거 알지? 거기 지금 가족이 다 송파 래미안에 있어. 백현호네는 철수하고 빨리 최나현이네로 가." 혹시 동호수를 아냐고 묻자 돌아온 힐난. "이 멍청아, 거기 애들 다 그쪽으로 갈

거 아냐. 눈치껏 따라가. 최나현이가 용인시청 소속인데야 이씨, 금메달 딸 줄 아무도 몰랐어가지고 이거 큰일 났다. 지금 우리 대응이 하나도 안 돼 있어. 오늘 설이라 다들 지방 가 있고 연락도 안 되고 현장 대응할 사람이 너밖에 없어. 네가 책임지고 꼭 찍어 와야 돼. 알겠어?" 쏟아지던 인터넷뉴스의 헤드라인들. '동계올림픽 최대 이변. 스키 여제 최나현 해냈다' '아무도 예상하지 못했다. 알파인스키 여자 회전 금' '대한민국 설상 종목 사상 첫 메달, 사상 첫 금' '스키 여제 최나현 부모님 인터뷰 "나현이가 해낼 줄 알았어요"'. 송파 래미안이라고 검색하자 나오던, 서로 이름과 위치가 조금씩 다른 다섯개의 아파트 목록. 달리 뾰족한 수가 없어 목록의 첫번째 아파트부터 무작정 가서 이 집 저 집 기웃거리던 기억. 이 모든 기억의 중간중간 배경음처럼 끼어드는, 턱이 덜덜 떨리면서 어금니가 서로 부딪히던, 타닥타닥 소리. 아무도 없는 아파트단지를 걷고 또 걷고 돌고 또 돌고, 마지막으로 도착한 다섯번째 아파트 정문에 커다랗게 걸려 있던 플래카드 위 황금색 글자들. '경축, 캘거리 동계올림픽 알파인스키 회전 금메달! 대한민국 설상의 미래 최나현! 축하합니다. 송파래미안 더클래식파크 입주민협의회'. 다행이다, 여기가 맞나봐. 아마 난, 그 순간에 정신을 잃었던 것 같다.

이상하게 어떤 날의 어떤 장면이 반복적으로 떠오른다. 처음엔 그냥 상상 속 장면이라고만 생각했는데 돌아보니 내가 실제로 겪었지만 잊고 살던 일이다. 발끝에 위태롭게 걸려 있던 그 밤색 양말 때문에 기억이 되살아났다. 열 살 때 학예회 연극 무대에서 요리사 역할을 맡았던 기억. 나는 극 전체를 이끌어가는 핵심인물이자 원톱 주연이었다. 연극의 제목이 '외다리 왕과 요리사'인 만큼, 요리사가 나오지 않는 장면은 단 한 장면도 없었다. 소품도 손수 준비했다. 새하얀 도화지를 원통형으로 말아 길쭉한 요리사 모자를 만들었고, 극의 클라이맥스에 뜯어서 내던져야 하는 칠면조 다리는 밤색의 양말에 신문지를 가득 구겨 넣은 뒤 끝을 휴지로 감싸 그럴싸하게 만들었다. 학예회 당일, 양이 상당한 대사를 잊지 않으려, 동선을 잘 맞추려, 연기에 몰입하려, 한 학기 내내 연습한 것들을 잘해내려 무대 위에서 분투했다. 연극은 성공리에 끝났다. 하지만 쏟아지는 박수갈채를 받으면서도 커튼콜을 하면서도 나는 내가 받아야 하는 마지막 박수, 단 한명의 박수만을 기다리고 있었다. 모든 박수들은 들리지 않아도 상관없었다. 무대에서 내려오자마자 관객석에 있던 엄마에게 달려갔다. 하지만 엄마는 연극에 대해서는 별다른 말을 하지 않았다. 다만 이렇게 물었을 뿐이었다.

"선진아, 니는 와 공주를 안 했드나?"

대답할 수가 없었다. 공주는 대사 한줄 없는, 역할이라기보다는 배경이었다.

"공주를 했으면 좋았을 낀데. 저런 드레스 입었으면 을매나 이뻤겠노."

그러더니 갑자기 날 흘겨봤다.

"맞다, 니 던진 그 닭다리 말이다."

나도 모르게 몸이 움찔거렸다.

"혹시 느그 아빠 양말이가?"

나는 고개를 끄덕였다. 엄마의 입에서 쓰읍, 소리가 났다.

"니는 말을 하고 가 가야 될 거 아이가. 그거 한짝 없다 꼬 느그 아빠가 잡도리를 을매나 했는줄 아나?"

그러면서 검지와 중지를 모아 붙여 내 어깨와 가슴 사이 어딘가를 쿡 찍어 밀었다.

몸이 맥없이 휘청거리던 느낌이 기억난다.

난 자고 있는 걸까? 아니면 오래 바라왔던 대로 혼수상
태가 된 걸까. 자꾸만 의식이 흐려진다. 등과 가슴 앞쪽,
겨드랑이에 살짝 땀이 뱄다. 분명 한파라고 했었는데, 이
상하게 날이 푹하게 느껴졌다. 깊은 꿈을 꿨다. 눈앞에 굳
게 닫힌 문이 있다. 손잡이에 매끈한 도어락이 달린 문이
다. 나는 이 문을 알고 있다. 이 문을 열 수 있는 비밀번
호 또한 알고 있다. 비밀번호를 누르고 들어갈 수도 있지
만 그렇게 하지는 않는다. 그럴 필요가 없기 때문이다. 나
는 문의 오른쪽 벽면에 달린 초인종을 누른다. 전자음의
경쾌한 벨 소리가 복도에 울려 퍼진다. 안쪽에서 급한 발
소리가 점차로 가까워져 온다. 점점 빨라지고, 점점 커진
다. 철컥, 잠금장치가 열리는 소리가 들린다. 문이 서서히
열린다. 벌어진 문틈으로 환한 빛이 새어 나온다. 누군가
의 얼굴이 보이기 시작한다. 그리 크지도 작지도 않은 키
에, 풍채가 아주 넉넉해 보인다. 살굿빛이 도는 베이지색
원피스에 연노랑 카디건을 걸치고 있었다. 웃고 있는데도
눈과 입이 모두 아주 컸고 새까맣게 구불거리는 머리숱이
몹시 풍성했다. 그녀가 나를 부르는 상냥한 목소리가 들
린다.

"어서 와, 수고했어. 사랑하는 우리 강아지!"

꿈속에서 나는 그 집 딸이었다.

"엄마아!"

나는 어리광을 부리며 한달음에 안긴다. 그녀의 품이 믿을 수 없을 정도로 포근하고 따뜻하다. 얼굴을 폭 파묻은 그녀의 목덜미에서 옅은 화장품 향이 감돌았다. 기분 좋은 냄새. 밀키한 냄새. 달콤하면서도 싱그러운, 어쩐지 고급스러운 냄새. 바닐라향이 나는 것 같기도 하고 복숭아향이 나는 것 같기도 하고 장미향이 나는 것 같기도 하다. 나는 양팔에 힘을 줘 그녀를 더 꽉 끌어안고 두 발을 허공에 띄운다. 거의 매달리다시피 한다. 그래도 그녀는 끄떡없다. 오히려 내 등을 천천히 다독인다.

"우리 애기. 오늘 하루는 어땠어?"

그 말, 그 말은 정말로 부드러운 말이었지만 내 마음속 깊숙한 곳에 꽁꽁 봉인해두었던 말캉한 주머니를 날카롭게 폭 찌른다. 그 말, 바로 그 말에 나는 하염없이 눈물이 난다. 그 말, 꿈속의 나는 그 말을 듣는 것이 자연스럽고 당연해야 한다. 그래서 울어서는 안 되는 상황인데 꿈 밖의 내가 너무 놀란 바람에 어쩔 수 없이 눈물이 난다. 분명 우는데 꿈속에서는 눈물이 한방울도 흐르지 않는다. 그래서 다행히 그녀는 내가 운 줄 모르고 있다. 마치 방백

처럼. 방백 같은 눈물. 그녀는 내가 우는 걸 알아차릴 수 없다. 도리어 웃고 있다고 생각한다. 그것이 마땅하게 여겨진다. 나는 울며, 그러나 웃으며 대답한다.

"나 오늘 엄청 힘들었지."

"누가 우리 딸 이렇게 힘들게 했어?"

나는 고민하지 않고 대강 대답할 수 있다. 그냥 이렇게.

"몰라, 다 어려웠어. 다 피곤해."

"이리 와. 엄마가 안아줄게, 우리 딸. 우리 애기. 우리 강아지."

자꾸 강아지란 말을 들으니 내가 진짜로 강아지가 된 것만 같은 기분이 든다. 그래, 맞다. 강아지! 그러니까 나 말고 진짜 강아지가 이 집에 있다. 그렇게 생각하자 발밑에 정말로 작은 강아지가 한마리 나타난다. 하얗고 고슬고슬한 털로 뒤덮인 앞발을 내 허벅지 위에 얹고 짤막한 뒷발로만 서서 나를 올려다본다. 새까만 입꼬리를 잔뜩 올리고 분홍빛 혀를 날름 내민 채로. 강아지가 기분 좋게 헥헥 숨을 내쉰다. 나는 허리를 굽혀 강아지를 안아 위로 높이 치켜든 다음 냅다 떨어트리듯 품에 안는다. 너무나 좋은 냄새가 난다. 비릿하면서도 고소한 냄새. 나는 강아지의 코에, 배에, 발바닥에 차례로 뽀뽀한다. 촉촉하고 까만 발바닥에서 유달리 특별한, 꼬소름한 냄새가 난다. 강아지의 꼬리가 너무 빨리 움직여서 보이지 않을 정도다. 모두가 그 정신없이 흔들리는 꼬리를 보면서 웃는다. 웃는 사람 중엔 드문드문 난 흰머리를 가지런히 빗어 넘긴 남자도 있다. 잔잔한 체크무늬 셔츠 위에 크루넥의 니트를 덧입고 있고, 그 위에 귀여운 당근과 토마토가 그려진 앞치마를 두르고 있다.

"우리 공주 좋아하는 떡국 끓여놨어."

나는 아무런 스스럼도 없이 말한다.

"아빠, 나는 김 많이."

"당연하지, 얼른 와. 식기 전에 먹어야 맛있어."

그가 내 외투를 손수 거두어준다. 나는 그저 팔을 뒤로 쭉 뻗는 것만으로도 두껍고 무거운 겨울외투를 벗을 수 있다. 스르륵, 외투가 내 어깨에서 그의 손으로 흐르듯 넘어간다.

노란빛을 내는 펜던트 조명이 긴 타원형 식탁의 정중앙을 비추고 있다. 그 아래로 떡국이 담긴 그릇이 놓여 있다. 밝은 조명 때문인지 갓 끓여 나온 국의 표면에서 김이 올라가는 것이 너무나 선명하게 보인다. 아지랑이라는 것을 실제로 본 적은 없지만, 봄날의 아지랑이는 분명 이렇게 생겼을 거야. 나는 그런 생각을 한다. 노란 조명 아래 노랗게 빛나는 숟가락을 들어 떡국을 허겁지겁 떠먹다가 이내 들고 마시듯이 먹는다. 김을 아주 많이 넣어 국물이 걸쭉하다. 내가 좋아하는 맛이다.

"공주야, 맛있어?"

"응. 맛있어. 너무너무 맛있어."

그가 내 옆에 앉아 능숙한 젓가락질로 김치를 한입 거리로 손수 찢는다. 그리고 내 숟가락과 그녀의 숟가락에 번갈아 올려준다. 밥을 다 먹은 나는 아무렇게나 배를 두드리며 방으로 향한다. 그녀가 선물을 개봉하듯 짜잔, 하면서 방문을 연다.

"이불커버 새로 사놨어. 우리 딸이 좋아하는 연한 노란색, 버터색. 너무 예쁘지? 어제 이불 가게 다 뒤져서 제일 이쁜 걸로 골라놨는데, 아빠가 그새 빨아서 말리고 이불 솜까지 다 끼워놨더라. 전기장판도 이단계로 미리 켜놨어. 지금쯤 엄청 뜨끈뜨끈해져 있을 거야."

나는 연노랑과 화이트를 반반 섞은 것같이 부드러운 버터색 이불 속으로 쏙 들어간다.

"아무 생각 말고 자, 우리 딸."

갓 건조한 듯한 이불에서 깨끗한 비누 향기가 난다. 나는 누군가를 안듯이 덮고 있는 이불을 한번 껴안아본다. 겉 커버는 기분 좋게 사각거리는데 동시에 푹신한 속통도 말랑하게 느껴진다. 복슬복슬 하얀 강아지가 연노랑 버터 색의 이불 속으로 파고든다. 나는 따뜻하고 부드러운 강아지를 껴안고 이불 속에서 까무룩 잠이 든다. 뒤이어 강아지가 별안간 컹, 짖는다. 컹, 컹, 경계하듯 짖는 그 소리에 나는 비로소 정신을 차렸다.

"엄마."

"어머, 괜찮아요?"

"엄마…… 엄마……"

"아이고, 어떡해. 너무 추웠나보다."

"엄……"

나오는 말을 내뱉으려다 멈췄다. 윤기 나는 털로 뒤덮인 하얀 강아지가 날 노려보면서 다시 컹컹 짖어대기 시작했다.

"헛."

강아지는 그 말을 듣고 짖는 건 멈췄지만 화를 삭이듯 으르르, 몸통을 울려대면서 까만 눈망울을 사납게 굴렸다. 나는 허리를 세워 베고 있던 쿠션에 등을 기대고 앉았다.

"죄송합니다. 기억이 잘 안 나요."

"저희 집 문 앞에 쓰러져 있었어요."

처음 보는 아주머니와 아저씨 그리고 그의 품에 안긴 하얗고 작은 복슬강아지가 내 눈앞에 조화로운 삼각형을 이루며 나를 내려다보고 있었다. 나는 알 수 없는 낙차에 현기증을 느꼈다. 머리가 핑 돌아 이마를 짚은 채로 눈을 질끈 감고 고개를 떨어뜨렸다.

"아이고, 조금 더 누워 있어요."

아저씨가 말했고, 아주머니가 설명했다.

"혹시 오해할까봐 말하는데요. 우리가 구급차 불러줄까, 병원 데려가줄까, 몇번이고 물어봤었어요."

조금씩 생각이 나는 것 같았다.

"근데 그냥 몸만 조금 녹이고 싶다고 그러길래…… 오래는 안 됐어요."

맞아. 그랬었다. 이제야 기억나기 시작했고 이제야 내가 처한 상황이 자각되었다. 갑자기 너무 창피해져서 눈을 계속 감은 채로 어딘가로 숨고 싶었지만 원래 내가 있던 곳으로 가려면 눈을 떠야지 별수 없었다. 나는 다시 눈을 뜨고 주섬주섬 이불을 걷고 처음 보는 집 거실의 소파에서 일어났다. 나를 내려다보고 서 있던 부부와 강아지 뒤로 창이 크게 나 있었고, 창밖 저 멀리 올림픽공원을 상징하는 조형물이 보였다.

"죄송합니다. 신세를 졌어요."

"괜찮으시겠어요?"

괜찮았고, 괜찮아야 했다. 나는 고개를 꾸벅 숙여 인사하면서 현관문을 찾으려 두리번거렸다. 그러다 벽에 걸린 커다란 액자를 발견했다. 가족사진이었다. 네 식구 모두가 맨발에 청바지 차림이었고 상의는 새하얀 셔츠로 맞춰 입고 있었다. 측면으로 나란히 선 채 기차놀이 하듯 서로의 어깨에 손을 얹고서 얼굴만 정면으로 돌려 카메라를 향해 웃고 있었다. 그건, 정지된 미소가 아니라 끊임없이 달리듯 움직이며 큰 소리로 떠나가라 웃는 그런 종류의 웃음이었다. 연속되고 지속되는 생생한 화목의 한 단면을 솜씨 좋은 사진사가 날렵하게 포착한 것이었다. 나는 경이로울 정도로 근사한 사진 속 웃음들을 홀린 듯 응시하다 마침내 시선을 거두었다. 그리고 현관의 발매트 옆에 개어져 있던 내 겉옷을 다시 주워 입었고, 그 옆에 있던 캠코더 가방도 들었다. 아주머니가 내 한쪽 팔뚝을 살짝 쓰다듬으며 조금 망설이다 입을 열었다.

"이렇게나 추운데 청카바 한장만 입고 다니는 사람이 어딨어요, 세상에."

옷깃을 여며 쥐면서 변명하듯 내가 말했다.

"이거, 안에 털 있는 거예요. 괜찮아요."

아주머니가 걱정하듯 미간을 찌푸렸다.

"아이고, 그 뽀글이 털이요? 그게 카라랑 단추랑 소매 끝에만, 순 보이는 데만 달려 있던데요…… 안에는 하나도 없고요."

방으로 들어갔던 아저씨가 무언가를 팔에 걸쳐 들고 다시 나타났다. 나는 그게 방금 전까지 내가 덮고 있던 이불인 줄 알았다.

"이거 입고 가요. 우리 둘째 딸 건데 아마 잘 맞을 거예요."

"네?"

어리둥절해하던 내가 다시 물었다.

"저를…… 주시겠다고요?"

"네, 학생만 괜찮다면."

그건 아침에 티브이 광고에서 본 브랜드의 새하얀 롱패딩이었다. 나는 너무 놀라 팔을 격하게 내저었다.

"아닙니다. 진짜, 진짜로 괜찮아요."

"그렇게 나가시면 안 돼요. 지금 밖이 너무 추워요. 역대급 한파라고, 뉴스에서도 계속 난리예요."

아저씨가 다시 입을 열었다.

"우리도 딱 학생만 한 딸이 있어요. 딸만 둘인데 둘 다 외국에 살아요. 두고 간 거는 어차피 다 안 입는 옷들이니 하나 가져가셔도 돼요. 정말이고, 진심이에요."

아주머니가 롱패딩을 건네받아 지퍼를 아래로 끝까지 내린 다음 펼쳐서 안감이 보이게 들고 내게 내밀었다. 안 쪽의 브랜드 로고 아래에 작게 XL이라고 쓰여 있는 걸 보고 마음속에서 알 수 없는 무언가가 쿵, 하고 내려앉았다. 몇번의 소소한 실랑이 끝에 정신을 차려보니 나는 그 롱패딩의 소매에 팔을 끼우고 있었다. 양팔을 감싸던 패딩의 폭닥한 느낌. 어깨에 가볍게 닿는 느낌. 뒤이어 발목까지 온전히 따뜻하게 감싸주는 느낌이 너무나 편안해서 나는 개운한 충격을 받았다. 갓 내린 눈처럼 눈부시게 하얀 롱패딩으로 온몸을 감싼 채 어쩐지 부부의 배웅을 받으며 현관 밖으로 나왔다. 나오자마자 정면에 엘리베이터가 있었다. 엘리베이터가 위층에서부터 내려오는 동안, 아저씨와 아주머니는 현관문을 연 채로 붙잡고 서 있었다. 들어가셔요,라고 몇번이나 말했지만 두 사람은 거기 그렇게 계속 서 있었다. 엘리베이터가 도착했다. 문이 열리자마자 거울에 아주머니와 아저씨 그리고 나의 모습이 잠시 비쳤다. 거울 속 내 모습이 동계올림픽 마스코트인 새하얀 캐나다 북극곰 같아 나도 모르게 웃음이 조금 났다. 나는 얼른 엘리베이터에 타서 뒤돌았다. 그리고 일층 버튼을 누르면서 감사했습니다,라고 말했고 아저씨와 아주머니도 그제야 뒤돌아 현관문을 닫으려 했다. 나는 두 사람의 뒷모습과 닫히는 현관문을 바라보면서 엘리베이터의 닫힘 버튼 위로 손가락을 가져갔다. 버튼을 막 누르려던 바로 그때, 갑자기 현관문이 벌컥 열렸다.

"아 참!"

닫혀가던 현관문이 다시 활짝 열렸고, 돌아 나온 아주머니와 눈이 마주쳤다. 뒤따라 아주머니의 어깨너머 아저씨도 빼꼼 고개를 내밀었다. 두 사람이 입을 모아 말했다.

"새해 복 많이 받아요."

잊고 있었다. 오늘이 설날이라는 사실을. 맞아, 그렇지. 아직은 새해 첫날이다.

"감사합니다. 새해 복 많이 받으세요."

나는 일부러 닫힘 버튼을 빠르게 눌렀다. 누군가의 부모가, 엷게 웃으며 끄덕이는 다정한 중년 부부의 모습이, 양옆에서 동시에 밀려오는 철문에 가려지고 가려지다, 이내 사라졌다.

미라와 라라

국문과에서 미라 언니를 모르는 사람은 거의 없었다.

서른두살의 나이에 신입생으로 입학한, 그래서 같은 해에 들어온 동기들과 띠동갑인, 우리 과 역대 최고령 장수생이라는 박미라 언니.

그 유명세는 단순히 나이가 많기 때문에 생긴 것만은 아니었다.

언니가 학교에서 알려진 이유는 장수생이어서가 아니라 자기 소유의 자동차, 하얀색 SUV를 끌고 다니기 때문이었다. 내가 미라 언니와 처음 이야기해본 것도 바로 그 커다랗고 전체적으로 각진 모양새의 하얀색 자동차 안에서였다.

꽃샘추위가 대단하던 첫 학기 개강 날이었을 것이다. 경사가 심해 이른바 골고다 언덕으로 불리는 문과대 앞

언덕길을 허망하게 올려다보고만 있던 그때 빵, 하고 짧게 울리던 하얀 자동차의 경적은, 마치 구원 같았다. 뒤이어 운전석의 창문이 우아하게 내려갔고 신입생 오리엔테이션 때 안면을 텄던 미라 언니가 고개를 내밀었다.

"우리 과 맞지? 타고 가요."

잘 맞지 않는 새 운동화를 신고 오는 바람에 발뒤꿈치가 다 까졌던 나는 미라 언니의 호의가 반가워 주저하지도 않고 냉큼 올라탔다. 차 안에서는 딱 기분 좋을 정도의 엷은 향수 냄새가 났고, 시트에 열선이 깔려 있어서 엉덩이에 따뜻한 기운이 느껴졌다.

내가 그저 '하얗고 큰 차'라고만 생각했던 그 차는 랜드로버 디스커버리라고 했다. 사실 나는 랜드로버가 뭔지, 디스커버리가 뭔지도 몰랐고 그때까지만 해도 랜드로버는 구두 이름인 줄로만 알았다. 면허도 없는 주제에 자동차 잡지 같은 건 꼬박꼬박 챙겨 보는 윤수가 알려주기 전까지는. "너 그 차가 얼만지나 알아?"라고 했던가. 생각해보니 자기 차도 아니면서 왜 으스댔는지는 모르겠지만 아무튼 윤수 말로는 아주 비싼 차라고 했다. 이따금 교정에 주차되어 있는 미라 언니의 차를 마주칠 때면 윤수는 발걸음을 늦춰가며 예술작품 감상하듯 천천히 차체를 둘러보았고 시야에서 사라질 때까지 눈길을 떼지 못했다.

우리보다 열두살이나 많은 미라 언니는 소설을 쓰겠다
며 회사를 관두고 수능을 다시 봐서 우리 학교 국문과에
들어온 케이스였다. 사실 장수생이라기보다는…… 만학
도, 이쪽이 더 맞는 말이었다. 고향에서 시·도 단위 백일
장을 휩쓸고 문예특기자로 입학한 나 역시, 소설을 쓰고
싶어 창작 쪽으로 이름난 우리 학교 국문과를 선택했기
때문에 그 점에서 우리는 꽤 잘 통하는 편이었고, 새 학기
가 시작되자마자 나란히 유서 깊은 소설창작회에 들어간
건 자연스럽게 이어진 절차였다. 창작회 사람들은 언니의
나이를 듣고 당혹스러워했지만 언니가 워낙 붙임성 있게
굴어서 금세 창작회의 일원으로 받아들여졌고, 곧잘 어울
려 지낼 수 있었다.

늘 우리와 '진짜 친구'가 되고 싶다던 미라 언니는 틈
만 나면 우리한테 말을 놓으라고 했고, 말을 높이면 자기
가 늙은이가 된 것 같다며 우는소리를 해댔다. 그렇지만
아무리 동기라고 해도 무려 띠동갑인 어른한테 말을 놓자
니 좀 찝찝했고, 그건 다른 애들도 마찬가지인 것 같았다.
결국 아무도 언니에게 말을 놓지 못했고 어쩌다보니 언니

와 가장 가까운 사이가 되어버린 내가 "배 안 고파? 밥 먹을래요?" 같은 어중간한 반존대를 하는 정도에서 그쳤다.

사실 언니에게 끝까지 말을 놓지 못한 건 어느 정도 언니가 자초한 부분도 있었다. 우리에게 편히 말하라고 하면서 자기가 먼저 바로 반말을 해버린 것도 그렇고, 무슨 말만 하면 "너네는 젊어서 좋겠다"라든지 "너네도 내 나이 돼봐"라는 말을 자주 하는 것도 그랬다. 허리가 아프다는 말도 수시로 했다. 무엇보다, 우리는 언니가 말하는 오래전 드라마나 유행가의 노랫말을 알지 못했다. 그럴 때면 언니는 새삼 세대 차이를 느낀다며 혼자 시무룩해했고, 어느 날은 이렇게 덧붙였다.

"너네 소련은 아니?"

소련의 시대를 살아본 미라 언니는, 확실히 우리와는 다른 세계를 살고 있는 듯한 느낌이었다. 일단 돈 걱정이 없어 보였다. 처음에는 나이도 있고 회사에 다니다 왔으니 우리보다야 경제적으로 안정이 되어 있겠지,라고 막연하게만 생각했는데 알면 알수록 그런 정도가 아니라 상당한 재력가인 것 같았다. 학교에 자차를 끌고 다닌다는 것만 해도 그렇고, 몸에 걸치고 다니는 모든 것들이 왠지 고급스러웠다. 누구나 아는 명품이 아니라, 생전 처음 보는 상표인데 기억해뒀다가 나중에 백화점에서 우연히 보면 가격표에 0이 조르륵 달린 그런 것들.

언니는 유행하는 스마트기기도 자주 사들였다. 아이폰은 새 모델이 나올 때마다 교체했고 맥북, 아이패드, 이북 리더기도 항상 가지고 다녔다. 그 모든 것들을 동시에 사용하느라 언니는 수업 시간에 늘 바빴다. 유인물을 꺼내서 그 위에 필기하다가, 맥북을 두들기다가, 이북 리더기를 켰다가, 아이패드와 블루투스 키보드와 충전기를 꺼냈다가 넣었다가 하며 좁은 책상 위에서 늘 허둥지둥하곤 했는데 그 근처에 앉아 있으면 정신이 사나워서 수업에 집중이 안 될 정도였다. 소설창작회에서 우리 기수 회장을 맡고 있는 은지는, 언젠가 언니의 정신없는 모습을 뒷자리에서 바라보다가 내 옆구리를 쿡 찌르며 말했다.

"저게 더 안 스마트한 거 아니야?"

미라 언니의 모든 스마트기기에는 똑같은 스티커가 붙어 있었다. 직접 디자인해서 주문 제작한 것이라고 했다. 둥글둥글한 필체의 영문 폰트로 '라라'라는 글자가 쓰여 있고 그 옆에는 보라색 별이 그려져 있었다. 그러니까 'LaLa★'였다. 나중에 자기가 소설가로 등단하게 되면 쓸 필명이라고 했다. 아무래도 '박미라'는 소설가 이름으로는 안 어울린다는 거였다. 윤수가 물었다.

"박라라? 그것도 좀 이상한데요?"

언니가 눈을 흘기며 말했다.

"박은 빼야지. 그냥 라라로 할 거야."

나는 아무리 생각해도 그게 더 이상한 것 같았지만 그렇게까지 중요한 일이라고 생각되지는 않아서 그냥 아무 말도 하지 않았다.

미라 언니는 어쩌다 그렇게 부자가 된 걸까?

우리는 언니가 있을 때는 아무렇지 않은 척 넌지시 이것저것 물어보다가 언니가 없을 때 서로 얻어낸 정보를 교환하며 대체 언니는 얼마나 돈이 많은지, 왜 그렇게 많은지에 대해 추측해보곤 했다. 확실히 원래 집이 잘사는 건 아닌 듯했다. 윤수가 주워들은 건 어릴 때 미라 언니가 친척 집을 전전하며 학창 시절을 보냈다는 이야기였다. 새 책을 사달라고 하기가 눈치 보여서 똑같은 책만 열번 스무번씩 읽으며 자랐고, 빨리 독립을 해야 하는 상황이었던 탓에 국문과나 문예창작학과에 가고 싶었던 마음을 접고 당시 취업이 잘된다고 소문이 났던 컴퓨터공학과에 가게 됐다는 거였다. 이 대목에서 은지가 입을 열었다.

"그래도 수학을 잘했나보네."

은지가 알아 온 건 그후의 이야기였다. 언니는 대학교 이학년 때 휴학하고 같은 과 사람들과 스타트업을 차렸는데, 동아리처럼 시작했던 그 회사가 조금씩 정교해지고 가치가 점점 높아지다가, 나중에는 기술력을 인정받아 한 대기업의 자회사에 인수합병이 되었다는 것이다. 그래서 높은 가격으로 스톡옵션을 행사할 수 있게 되었다나 뭐라나? 아무튼 쉽게 말하면 언니는 창업할 때 받은 주식으로 대박이 나서 부자가 되었다는 거였다. 나는 윤수와 은지가 하는 말의 반 이상을 못 알아들어 중간에 말을 끊고 물었다.

"결론부터 말해봐. 그래서 대체 얼마를 받은 거야?"

은지가 핸드폰으로 뭔가를 검색하며 이리저리 계산하더니 눈을 동그랗게 뜨면서 말했다.

"세상에."

"왜?"

"못해도 한 사람당 이십억은 받은 셈인데?"

"설마."

은지는 보고 있던 핸드폰 화면을 내밀며 자기가 찾은 기사를 보여줬다. 기사 속 미라 언니는 자기가 만든 회사의 로고가 그려진 벽 앞에서 공동 창업자로 보이는 다섯 명의 사람과 나란히 서 있었다. 모두 똑같이 팔짱을 낀 채로 무표정하게 카메라를 응시하고 있는 모습이었다. 어쩐지 슈퍼히어로 영화 포스터 같은 포즈였는데 쓸데없이 비장해서 우스꽝스러웠다.

[창업이 답이다! 주목받는 스타트업 특집 — 제4회] 컴퓨터공학도 다섯명이 만든 음성인식 플랫폼 '블루 솔루션스' 개발팀. 사진 왼쪽부터 박미라 씨(23)……

스물셋. 언니가 딱 내 나이일 때였다. 면남방 위에 후줄근한 후드티를 겹쳐 입은 모습은 지금에 비해 어수룩했고, 통통한 볼살에 여드름까지 나 있는 얼굴은 그 나이보다 더 앳돼 보였다. 스물세살의 언니는 이름이 적혀 있지 않았다면 같은 사람이라고 믿을 수 없을 만큼, 지금과는 완전히 다른 모습이었다. 그런데…… 그게…… 좀 이상할 정도였다. 단순히 지금보다 어리거나, 차림새가 세련되지 못해서 달라 보이는 것만은 아닌 것 같았다. 십년가량의 세월을 고려하더라도…… 사진 속 인물이 지금의 언니와 같은 사람으로 여겨지지 않았다. 이 사람이 어쩐지 내가 아는 미라 언니라는 걸 확인하는 데 중요한 단서가 빠진 느낌. 이를테면 언니 얼굴에 마땅히 있어야 할 커다란 점 같은 게 사라진 느낌이었다. 잠깐만, 언니 얼굴에 점이 있었던가? 내가 핸드폰 속 사진에서 지금의 미라 언니를 떠올리느라 애쓰고 있을 때, 윤수가 고개를 갸웃하며 말했다.

"그냥 이쪽으로 계속 나가지, 대체 왜……"

그러고는 말끝을 흐렸다. 사실 그 뒤에 어떤 말이 나올지는 듣지 않아도 알 수 있었다. 그 순간 우리 모두는 분명 같은 생각을 하고 있었을 테니까.

미라 언니는 소설을 못 쓴다.

언니가 쓴 소설들은 정말이지 딱할 정도로 형편없었다. 원래 이과 쪽 머리라 그런지, 어릴 때 똑같은 책만 읽으며 자라서 그런지는 모르겠지만, 일단 문장이 엉망이었다. 기본적인 주술 호응도 안 되는 문장을 쓰는 경우가 잦아서 처음 언니의 소설을 합평할 때는 그런 비문들을 하나하나 짚어서 지적하느라 시간을 다 보내곤 했다. 그렇다고 아이디어가 좋은 것도 아니었다. 늘 어디서 본 듯한 이야기, 전형적이고 평면적인 인물, 유치하고 뻔한 대사…… 안타깝지만 한마디로 표현하면 소설은 물론이거

니와 글쓰기 자체에 재능이 아예 없었다.

소설창작회에서 미라 언니는 뭐랄까, 좀 깍두기 같은 존재였다. 언니의 소설을 합평하는 날이면 언니를 제외한 사람들은 모두 난감한 시선을 교환하느라 바빴다. 그래도 개중에 빛나는 부분을 칭찬해주어야 할지, 아니면 가차 없는 직언을 해야 할지, 두가지 길 사이에서 갈등하느라 쓸데없이 감정을 소모해야 했다. 솔직히 나는, 이제 언니의 소설이라면 아예 읽지도 않고 합평에 오는 사람도 몇 명 알고 있었다.

미라 언니를 대하는 태도에 따라 소설창작회는 두 그룹으로 나뉘었다.

나랑 윤수는 그래도 언니에게 우호적인 '친미라파'였다. 비록 미라 언니는 나랑 전혀 다른 세계에 사는 사람이었지만…… 그러니까 언니는, 내가 주중에는 중앙도서관에서 근로장학생으로 일하고 주말에는 새벽같이 빵집으로 출근해 빵을 열심히 포장해야 겨우 모을 수 있는 한달 월급을 멀쩡한 아이폰 바꾸는 데 쓰는 사람이었고, 원래의 나는 그런 사람에게 쉽게 호감을 가지지 못했지만, 이상하게 미라 언니는 그렇게 싫지 않았다. 금수저 물고 태어난 것도 아니고 자기가 성공해서 번 돈이라는데 뭐, 싶은 마음이었다. 그리고 더 결정적으로는…… 언니가 소설을 못 쓰기 때문이었다. 합평회 때 무시당하다 못해 은근히 없는 사람 취급당하는 언니를 보면 어쩐지 안쓰럽기도 했다. 언니의 천진하고 붙임성 많은 성정이, 사실은 우리로부터 배제되는 걸 두려워해서 비굴하게 꾸며낸 것이 아닐까 싶어 마음이 안 좋을 때도 있었다. 내가 이런 얘기를 할 때마다 윤수는 이렇게 말했다.

"세상에서 제일 쓸데없는 게 부자 걱정이래."

윤수는 좀 다른 이유에서 언니에게 우호적이었다. 미라 언니랑 술을 마시면 항상 언니가 계산한다는 사실을 알고 있기 때문이었다. 윤수는 술자리를 만들 때마다 미라 언니가 오는지 여부를 먼저 확인했다. 언니가 늦게라도 온다고 하면, 정문 근처 호프집이 아니라 버스 한 정거장 거리에 있는 탭하우스에 가서 자리를 잡았다. 언니는 한병 가격이 카스의 대여섯배 정도 되는 수제 맥주를 거리낌없이 시켜줬고, 도수가 높고 맛있는 다종다양한 수제 맥주를 마시면서 우리는 자주 취했다. 그리고 반쯤 기절한 상태로 대리운전 기사가 운전해주는 언니의 랜드로버 디스커버리를 타고 각자의 하숙집과 자취방에 안전하게 도착했다.

물론 '반미라파'도 있었다.

소설창작회 회장인 은지가 이쪽에 속했다. 언젠가 내가 "넌 미라 언니 어때"라고 넌지시 물었더니 은지가 솔직하게 답했다.

"난 별로."

그리고 뜸을 들이다가 말을 이었다.

"나쁜 사람은 아닌데, 보고 있으면 그냥 답답해. 언니가 소설을 왜 쓰려고 하는지 잘 모르겠어. 나이도 먹을 만큼 먹은 사람이. 자기 객관화가 안 되나 봐. 노력해서 나아질 그런 수준이 아니잖아."

은지는 미라 언니가 형편없는 소설을 들고 와서 봐달라고 할 때나 자기가 나중에 소설가가 되면 어떻게 하겠다는 종류의 이야기를 할 때면, 본의 아니게 언니가 문학을 모독하는 것처럼 느껴진다고도 했다. 나는 공식적으로는 미라 언니의 단짝이자 '친미라파'에 속했지만 은지의 마음도 이해 못하는 바는 아니었다. 솔직히 나도 가끔은, 아니 꽤 자주, 그런 생각을 하곤 했으니까.

*

학부생으로서의 마지막 여름방학을 앞둔 날이었다.

전공 시간에 미라 언니는 여느 때처럼 맥북과 아이패드와 이북 리더기와 보조배터리를 번갈아 꺼내며 바삐 움직였는데, 그날은 그 와중에 노트에 꼼꼼히 필기를 하고 있었다. 언니는 필기하다가 중간중간 펜에 달린 작은 버튼을 눌렀고, 그때마다 펜에서 미세한 전자음이 났다. 나는 그 소리가 거슬려 수업 내내 언니를 힐끔거렸다. 그게 미라 언니의 새로운 스마트 아이템이라는 걸 먼저 눈치챈 건 윤수였다. 쉬는 시간이 되자마자 언니의 책상에 얼굴을 들이밀고 물었다.

"누나, 이 펜은 뭐예요? 녹음하는 거예요?"

"아, 이게 뭐냐면 말이지……"

언니는 마치 그걸 물어봐주기만을 기다린 사람처럼 신이 나서 설명하기 시작했다. 은색 메탈 재질에 날렵하게 생긴 그 펜은 그냥 펜이 아니었다. 펜촉 근처에 움직임을 감지하는 센서가 달려 있어서 사람이 종이에 쓰는 필체를 다 인식한다는 거였다. 공책에 필기를 하고 나면 미리 연동해둔 계정의 노트 앱에 자동으로 저장된다고 했다. 언니는 아이패드를 켜고 방금 공책에 필기한 노트가 마치 스캔한 것처럼 이미지 파일로 올라가 있는 것을 보여줬다. 심지어 버튼을 누르자 손글씨가 텍스트파일로 변환되었다. 나도 모르게 입이 쩍 벌어졌다.

"말도 마. 내가 이거 사려고 일년 가까이 기다렸잖아."

미라 언니에 따르면, 이 펜은 아직 상용화된 제품은 아니고 크라우드펀딩 사이트에서 테스트 제품을 구매한 것이라고 했다. 아이디어 프로젝트에 돈을 투자할 수 있고 목표액이 다 차면 일정량을 생산해서 투자한 사람들한테 먼저 만들어주는 식이었다. 언니는 이 펜을 사기 위해 일년 전에 육십만원을 미리 지불했다는 거였다. 내가 놀라서 물었다.

"육십이요? 너무 비싼 거 아니에요?"

펜만 주는 것이 아니라 볼펜심 열개, 그리고 유에스비 충전기도 같이 주기 때문에 나름대로 합리적인 가격이라고, 언니가 말했다. 나는 쉬는 시간이 끝나고 이어진 수업 내내 볼펜 하나에 육십만원을 지불하는 삶에 대해 생각했다.

그날 수업이 끝나고서는 윤수랑 둘이 학생회관에서 이

른 저녁을 먹게 되었다. 윤수는 "재밌는 거 알려줄까" 하더니 내가 뭐라고 대꾸하기도 전에 자기가 먼저 "미라 누나 차 말이야," 하고 운을 띄웠다. 뒤이어 윤수의 입에서 나온 말은 뜻밖이었다.

"그게, 세컨드 카라는 사실."

지난 주말에 윤수가 우연히 강남에서 미라 언니를 봤는데, 학교에 타고 다니는 그 하얀색 차가 아니라 파란색 스포츠카에서 내리더라는 것이었다. 나는 그게 언니 차가 아닐 수도 있지 않겠느냐고 대꾸했다. 윤수가 고개를 저었다.

"확실해. 거기에도 그놈의 라라 스티커가 붙어 있었다고."

그 스티커가 붙어 있다면 분명 언니 차가 맞았다. 칫솔부터 텀블러까지, 노트북부터 자동차까지, 언니의 모든 물건에는 그 요란한 라라 스티커가 꼭 붙어 있었으니까. 윤수는 그렇게 좋은 차에 그렇게 구린 스티커를 왜 붙이고 다니는지 도무지 이해할 수가 없다며, 자기가 그 차의 오너드라이버라면 절대 그런 바보 같은 짓은 하지 않을 거라고 힘주어 말했다. 그 조잡한 라라 스티커는 슈퍼카에 대한 예의가 아니라면서. 나는 기분이 이상해져서 물었다.

"근데, 왜 차가 두대나 있는 거야?"

"알 게 뭐야, 부잔데." 그리고 덧붙였다. "몇대 더 있을 지도 모르지."

나는 젓가락으로 식판 위의 나물 반찬을 뒤적였다. 왜 인지 속이 복닥거렸다. 미라 언니 같은 사람이…… 그런 사람이…… 대체 왜…… 소설을 쓰려고 하는 걸까? 스스 로도 명확하게 설명할 수는 없지만 좀 이상하고, 안 어울 리고, 엉뚱스럽고, 어쩐지 터무니없는 일이라는 생각마저 들었다.

밥을 먹고 나오는 길에 은지와 다른 국문과 동기 몇명 을 더 마주쳤다. 그리고 곧 시작될 여름방학을 어떻게 보 낼지에 대해 이야기하기 시작했다. 다들 침울한 상황이었 다. 우리는 모두 사학년이었는데, 졸업 후의 진로가 정해 진 사람은 아무도 없었다. 그래도 그중 몇몇은 어느 정도 스펙을 쌓아둬 여기저기 입사 원서를 넣기 시작한 모양이 었다.

사년 내내 소설을 읽고 쓴 것 말고는 딱히 한 게 없는 우리 소설창작회 멤버들이 제일 답이 없어 보였다. 취직

할 준비가 되어 있는 사람은 아무도 없었고, 그렇다고 소설을 써서 뭘 이룬 것도 아니었다. 윤수는 대학원에 갈 거라고 했다. 은지는 몇달 전 한 출판사 신인 공모전 최종심에서 또 미끄러졌는데, '뒷심이 부족하다'는 평을 받았다. 그래도 그게 내 처지보다는 나아 보였다. 어느 정도는 인정을 받은 셈이니까. 나는 작년에 교내 문학상에서 우수상을 탔지만 그건 교문 밖을 나가면 아무짝에도 쓸모없는 종이 쪼가리일 뿐이었다. 신춘문예며 공모전이며 매년 몇번이고 응모했지만 은지처럼 최종심에라도 오른 적은 단한번도 없었다. 투고를 하도 자주 해서 우체국 직원이 내 얼굴을 알아보기 시작하는 바람에 이제는 옆 동네 우체국에 가야 하는 신세가 되었다.

이야기 중에 누군가가 미라 언니의 방학 계획을 궁금해했다. 내가 알기로 우리의 미라 언니는 방학 계획도 남달랐다. 언니는 '창작 여행'을 떠난다고 했다. 그리스로, 한달간. 문제는 그 얘기를 그 자리에서 윤수가 꺼내버린 것이었다.

"그리스에 무슨 크레타섬인가? 아무튼 아파트를 통째로 빌려서 한달 정도 머문대."

"대단하다, 진짜."

"야, 하루키가 따로 없네."

"부럽다."

다들 박탈감과 자괴감에 휩싸여 한마디씩 보탰다. 나도 직접 들어서 알고는 있었지만, 언니가 다른 애들한테 절대 말하지 말라고 해서 모른 척하고 있었는데 윤수는 눈치도 없이 그걸 나불거리고 있었다. 나는 팔꿈치로 윤수를 슬쩍 쳐서 그 가벼운 주둥이를 멈추게 하려다 말았다. 에이, 모르겠다. 거짓말한 것도 아닌데 뭐. 언니의 계획이 유난스러운 것도 사실이었다. 창작 여행이라는 말이 너무 생경해서 도리어 우습게 느껴질 지경이었다. 창작 여행? 웃기고 있네. 창작 여행은 무슨 창작 여행이야, 문장도 안 되면서. 나는 그렇게라도 냉소해야 우울한 기분이 나아질 것 같아 속으로 언니를 마음껏 비웃었다. 그 '창작 여행' 이후 언니의 소설이 무언가 달라져 있을 줄은 꿈에도 모른 채.

*

여름방학이 끝나고 언니가 그리스 크레타섬에서 완성해 온 건 「모두에게 별 하나」라는 제목의 중편소설이었다. 언니는 그 작품을 '단편소설 쓰기' 수업 시간에 발표했는데, 모두의 입에서 '깜짝 놀랐다'는 평이 나왔다. 작년에도 우리를 가르쳤던 소설가 선생님은 만면에 퍼지는 미소를 감추지 못하고 미라 언니가 앉아 있는 쪽을 바라보며 말했다.

"미라씨에게 그동안 무슨 일이 있었던 거죠?"

소설은 미래를 배경으로 하고 있었다. 지구의 모든 인간이 태어나면서부터 자신과 운명을 같이하는 아주 작은 행성 하나를 가진다는 설정이었다. 소설 속에서 사람들은 죽음과 동시에 자신의 행성으로 돌아가게 되고, 그 사실이 밝혀지자 인생을 고통으로 여기던 사람들이 너도나도 스스로 목숨을 끊어서 자신의 별로 돌아가려 한다. 하지만 그 행성의 운명 역시 자신의 운명과 궤를 같이한다는 치명적인 사실을 간과하게 되는데…… 영화 같기도 하고, 어쩐지 동화 같기도 한 이 소설은 첫 페이지부터 읽는 사람을 홀딱 빠져들게 만드는 이상한 마력이 있었다. 여태껏 어디에서도 이런 식의 소설을 본 적이 없었다. 인물들은 우주를 날아다니는데도 마치 실제 존재하는 것처럼 생생했고 대사도 전에 없이 자연스러웠다. 곳곳에 집중적으로 쓰인 별에 대한 묘사는 너무 아름다워서 그 문단이 끝나가는 게 아쉽게 느껴질 정도였다. 아직 어긋난 문장들이 많이 남아 있긴 했지만 전체적인 완성도 때문에 아무도 그것까지는 문제 삼지 않는 분위기였다.

수업이 끝나고 학생들이 강의실을 빠져나갈 때 소설가 선생님이 언니를 따로 불렀다. 나는 문 앞에서 언니를 기다리는 척하면서 둘의 대화를 엿들었다. 선생님은 미라 언니가 언니만의 스타일을 찾은 것 같다면서 이 이야기를 연작으로 구성해보는 게 어떠냐고 조언했다. 삼부작 정도로 완성해서 곧 다가올 장편소설 공모전에 투고해보라고 했다. 이 작품은 충분히 가능성이 있다는 말과 함께. 언니는 처음 듣는 칭찬에 어쩔 줄 몰랐는지 애처럼 손톱을 물어뜯고 있었다.

나도 선생님으로부터 저런 말을 듣고 싶었다.

언니의 재능 없음을 연민했던 시간들이 부끄러웠다. 내가 언니의 창작 여행을 비웃으며 아무것도 하지 않고 있을 때, 언니는 그래도 꾸준히 썼고, 내놓을 만한 작품을 만들어 왔다.

나 역시, 더도 말고 덜도 말고 딱 이만큼 잘 쓰고 싶었다. 언젠가 미래를 배경으로 한 이야기를 쓰고 싶다는 생각은 나도 하고 있었는데, 무언가 뺏겼다는 기분마저 들었다. 그 순간, 내가 수업 시간에 언니의 소설에 대해 한마디도 하지 않았다는 사실을 깨달았다. 다른 학생들이 하도 좋은 이야기를 앞다투어 해서 내게 말할 기회가 없기도 했지만…… 나도 모르게 질투심 비슷한 게 생겨서 '소설 잘 읽었다'는 흔한 이야기조차 하지 못한 거라는 생각이 들자 그제야 미라 언니에게 미안한 마음이 들기 시작했다. 나중에 언니를 따로 만나 내 감상을 전해야겠다고 마음먹었다. 그리고…… 어떻게 갑자기 그렇게 잘 쓰게 되었는지, 그 비결이라도 알 수만 있다면 붙잡고 묻고 싶어졌다. 나는 슬럼프에 빠져서 여름방학 내내 단 한 페이지의 소설도 쓰지 못했다.

중간고사가 끝나고 술자리가 있던 어느 밤, 우리 테이블에는 미라 언니와 나만 남아 있었다. 언니랑 나는 소파에 나란히 앉았고 테이블 맞은편 의자는 비어 있었다. 윤수는 멀찍이 떨어진 소파에 기대어 곯아떨어졌다. 언니의 눈마저 반쯤 풀려갈 때, 내가 고백하듯 내뱉었다.

"언니 저번에 그 소설, 좋더라."

"그래? 괜찮았어?"

미라 언니는 내 옆에서 다 마신 맥주잔만 만지작거리

며 혀 꼬인 소리로 물었다. 나는 말없이 고개만 끄덕이다 입을 열었다.

"그거 읽고 솔직히 부러웠어요."

언니는 대답이 없었다.

"난 요즘 소설 쓰기가 싫다? 그냥, 이유 없이 무작정 싫어지는 애인처럼."

나도 모르게 계속 주절거리게 됐다.

"언니, 나는 기억도 안 나는 어릴 때부터 이야기 만드는 게 좋았던 것 같아. 엄마가 저녁에 일 끝나고 집에 오면 신발도 벗지 않은 채로 오늘은 친구들이랑 뭐 하고 놀았어? 그렇게 물어봤거든요. 처음에는 겪은 것만 이야기했는데, 나중에는 하나둘씩 거짓말을 보탰어요. 실제로는 그냥 그런 하루였지만, 더 신나고 재밌고 극적이었던 것처럼 내 하루를 꾸며낸 거지. 나중에는 실제로 있지도 않은 가상의 친구들을 이름이며 외모며 성격까지 구체적으로 지어내서 떠들었는데 어느샌가부터 그런 것들을 공책에 글로 적기 시작했어요. 그래, 그게 시작이었어…… 그러다 누군가 내 이야기를 읽어주고, 좋아해주고, 나중에는 상까지 주니까 재능이 없진 않다고 생각했던 거야. 나는 당연히 글 쓰고 이야기 만드는 사람이 될 거라고 확신했어요. 이렇게 쓰고 싶어하는 내 마음이 바로 그걸 증명한다고 생각했고, 하고 싶은 일은 오직 이것밖에 없었고, 소설 쓰는 게 나한테는 세상에서 제일 귀중한 일이었어요. 그런데…… 웃기는 게 뭔 줄 알아요? 아직 시작도 못했는데 벌써 쓰고 싶은 게 없어졌다는 거예요. 너무 뜨거워서 죄다 활활 타버리는 바람에 남은 게 없는 것 같고…… 이제는 어떤 생각이 드냐면요…… 내가 소설을 썼던 지금의 시간들이 결국은 그냥 내 인생의 수많은 해프닝 중에 하나로 남을 것 같다는, 그런 생각이 들어요."

나도 모르게 눈을 감고 숨을 몰아쉬었다. 취기가 올라오는지 주책맞게 눈물이 날 것 같은 걸 애써 참았다. 한동안 서로 아무 말도 하지 않았고 술집의 음악 소리만이 들려왔다. 아무나 무슨 말이라도 해췄으면 좋겠다는 생각이 들 무렵, 미라 언니가 입을 열었다. 언니의 대답은 예상 밖이었다.

"어떡하지. 그 소설, 내가 쓴 거 아닌데……"

"네?"

언니는 믿기 힘든 이야기를 하기 시작했다.

*

　그리스에 도착하던 날, 언니는 노트 앱 계정에 '모두에
게 별 하나'라는 일곱 글자가 적힌 이미지 파일이 업로드
된 걸 발견했다고 했다.

　단정한 필체였고 그 옆에는 별, 꽃, 나비 등의 조잡한
낙서가 있었다고. 언니는 그제야 자기가 오는 동안 스마
트 펜을 잃어버렸다는 사실을 깨달았다고 했다. 언니의
펜이 누군가의 손에 들어가 있었고, 그 누군가가 작성한
메모와 낙서가 연동된 언니의 노트 앱 계정으로 전송된
거였다. 언니는 아끼던 펜을 잃어버렸다는 사실에 화가
났고 글자와 낙서가 있던 그 파일을 곧바로 지워버렸다.
그런데 그다음 날, 언니는 새로운 알림 메시지를 받았다.

　라라 님이 작성하신 노트 1페이지가 등록되었습니다.

　대체 어떤 놈이야, 하는 마음으로 들어가서 본 노트 앱
에는 어제와 똑같은 그 단정한 글씨로, 정체를 알 수 없는
어떤 글의 도입부가 쓰여 있었다. 언니는 첫 문장부터 그
이야기에 빠져들었다. 모르는 사람이 쓴 글을 타국의 섬

에서 읽고 있는 상황이 어쩐지 무섭게 느껴지기도 했지만 멈출 수가 없었다고 했다. 그 글이 너무 재미있었기 때문에. 이어질 내용이 너무 궁금해서 계정 연동도 끊지 않고 그대로 두었다. 언니의 기다림을 눈치라도 챈 듯, 매일 아침 규칙적으로 한 페이지 분량의 노트가 등록되었고 언니는 매일 그 한 페이지의 이야기를 읽는 시간만을 기다리게 되었다. 그리고 한달 내내 아무것도 쓰지 못한 언니는 그 소설을 그대로 텍스트로 변환하고 자기 이름을 적어넣었다. 그게 바로 내가 읽은 「모두에게 별 하나」였다. 기가 막혀 술이 다 깨는 것 같았다.

"언니, 미쳤어요? 그건 도둑질이잖아."

"나도 알아."

"나한테 이 얘기를 왜 하는 거예요?"

"모르겠어. 아무래도 너는 내 진짜 친구니까⋯⋯"

그게 무슨 소리야. 언니는 많이 취해 있었다. 나는 듣지 말아야 할 이야기를 들은 것 같아 너무나도 혼란스러웠다. 병을 들어 방금 마신 맥주의 도수를 확인해보니 11도가 넘었다. 머리가 깨질 듯이 아파왔다. 언니가 입을 열었다.

"근데, 어느 순간부터 그게 진짜로 내가 쓴 것처럼 느껴지는 거야⋯⋯ '라라 님이 작성하신 노트가 등록되었습니다'라니까……"

그 말을 하고 언니는 빈 맥주잔을 두 손에 꼭 쥔 채 아무 말도 하지 않았다. 우는 건가 싶어 그제야 옆을 봤더니 고개가 오른쪽으로 꺾였다. 나한테는 폭탄 같은 비밀을 투척해놓고 정작 본인은 속 편하게 잠들어버린 것이었다.

나 역시 슬럼프에 빠진 입장으로서 얼마나 안 써졌으면 그랬을까, 오죽했으면 이런 짓까지 하게 된 걸까 불쌍하기도 했지만 아무리 그래도 그걸 자기 이름으로 수업시간에 제출할 생각을 했다는 건 정말이지 이해할 수 없었다.

그런데 솔직히 말하면…… 미라 언니 혼자만 실력이 느는 게 아니라는 걸 인지하고 나니 치사하지만 안도감이 드는 것도 사실이었다. 나는 이제 「모두에게 별 하나」라는 소설을 실제로 누가 썼는지가 궁금해졌고…… 그 순간…… 갑자기 은지가 작정하고 언니를 놀리고 있는 게 아닐까 하는 생각이 번뜩 들었다. 나는 언니의 어깨를 마구 흔들어 깨웠다.

"언니! 일어나봐요! 이건 아니야. 이건 정말 아니지."

언니는 여전히 눈을 감은 채로 말했다.

"알아, 미안해."

"나한테 사과하면 뭐 해요. 누구한테 미안한 거예요."

"그냥. 모두에게, 미안. 모두에게, 별 하나……"

"정신 차려요. 펜 가지고 있는 사람이 아는 사람이면 어떡해. 우리 창작회 사람일 수도 있잖아. 합평하면서 언니를 비웃고 있었으면 어떡하냐고요."

눈을 끔뻑이던 언니가 내 얼굴을 잠자코 바라보다 피식 웃었다. 뒤이어 다시 소파에 몸을 파묻으며 말했다.

"창작회 사람은 절대 아니야."

"왜요?"

"우리 중에는 그렇게 잘 쓰는 사람 없잖아."

나는 합평 때마다 깍두기처럼 앉아 있던 언니가 우리의 소설을 평가하고 있었다는 사실에 갑자기 목덜미가 차가워지는 것 같은 기분을 느꼈다.

그 술자리가 있고 나서는 심한 몸살감기에 걸렸다.

처음에는 단순한 술병이라고 생각했는데 전날 먹은 것을 다 게워내고도 두통이 멈추지 않았고, 뒤이어 오한이 들기 시작하더니 열이 39도까지 올라갔다. 방에서 한발짝도 나갈 힘이 없어 배달시킨 죽과 감기약만 번갈아 먹으며 하루 종일 누워 있어야 했다.

누워서 할 수 있는 일은 많지 않았다. 독한 감기약에 취해 자다 깨다 하다가 더이상 잠이 오지 않으면 핸드폰을 쥐고 모로 누워 포털사이트 연예 면에 떠 있는 모든 기사를 다 눌러 봤다. 대부분 전날 방영된 예능프로그램의 내용을 요약한 것들이었다. 아무 생각 없이 눌러서 아무 생각 없이 읽고 아무 생각 없이 잊고 지나가면 되는. 그 와중에 눈길을 끄는 기사가 하나 있었다. 제목은 '팔방미인 한지수, 이제는 작가로 불러주세요'였다. 나는 '또 시작이네' 하는 심정으로 링크를 눌러 들어갔다.

기사는 한지수가 곧 책을 출간할 예정이라는 내용이었다. 한지수는 아이돌가수 출신 영화배우였는데 가수일 때는 그저 적당한 유명세를 지녔을 뿐이었지만 연기자로 전향하고 나서 톱클래스 배우로 뜬 케이스였다. 얼마 전에는 그녀가 출연한 영화가 해외 영화제에 진출했다는 소식도 들렸다.

때로 그녀는 넘치는 끼를 주체하지 못하는 것처럼 보이기도 했는데, 그것 때문에 많은 욕을 먹곤 했다. 본업인 배우 외에도 화가, 작사가, 요리 연구가 등 다양한 타이틀을 달고 있었다. 몇년 전에는 유화를 그린다고 하더니 이듬해 예술의전당에서 전시회를 열었다. 직접 쓴 가사를 유명 가수에게 주었다는 기사도 잊을 만하면 나왔고, 자

신의 이름을 딴 레스토랑을 내더니 요리책을 펴내기도
했다.

사실 나는 그녀가 만들어낸 그림이나 음악이나 요리에
관심이 없었다. 그냥 기사로만 접했을 뿐이었다. 하지만
그녀가 실력도 없으면서 그저 배우 명성으로 다른 분야의
전문가 타이틀을 손쉽게 얻는다고 비난받는 것은 잘 알고
있었다. 그런데 이번에는 소설을 하나 펴냈으니 '작가' 타
이틀도 얻겠다는 내용이었다. 나는 기사의 마지막 문장을
눈으로 읽어 내려갔다.

한지수의 첫 소설『모두에게 별 하나』는 다가올 미래에
인간들이 자신과 운명을 함께하는 별을 찾아 떠난다는 내
용의 연작소설로, 출판사 웹진에 오늘부터 십주 동안 선
연재 후 올해 말에 출간될 예정이다.

나는 내 눈을 의심했다. 잠깐. 모두에게, 별, 하나,라고?
벌떡 일어나서 벽에 등을 기대고 앉았다. 그리고 기사에
나온 출판사 웹진에 들어갔다. 한지수가 썼다는 연작소설
『모두에게 별 하나』 1화가 업로드되어 있었다. 내가 읽었
던 바로 그 소설이었다. 첫 문장부터 사람을 흡인하는 도

입부, 맛깔스러운 대사, 어딘가 영화 같기도 하고 어쩌면 동화 같기도 한, 처음 보는 종류의 소설. 내가 좋아해서 몇 번이나 읽었던 그 소설 그대로였다. 웹진에는 도입부만 올라와 있었지만 나는 그 소설이 어떻게 끝날지 알고 있어서 더 읽어볼 필요가 없었다. 스크롤을 내려 댓글창을 봤다. 보통 때에는 열개 정도면 많은 편이었던 출판사 웹진에 '한지수 효과'로 무려 팔십개가 넘는 댓글이 달려 있었다. 응원도 있었지만 대부분이 악성 댓글이었다.

제발 이럴 시간에 연기 연습이나 해라.
이런 것도 소설이라고 할 수 있나요?
출판사에서 엄청 밀어주네.
전형적인 과대 포장.
유치해서 못 봐주겠다.
애는 자기가 아티스트인 줄 아는 듯.
관심병 말기. 관심 종자.

이 사람들 뭐지? 읽기는 하고 댓글을 다는 건가? 나는 내가, 그리고 너무나도 좋아하는 소설가 선생님과 친구들이 칭찬해 마지않았던 소설을 비난하는 말들을 참을 수 없었다. 반박하는 댓글을 남기려고 몇자 썼다가 이내 지워버렸고, 다시 포털사이트의 첫 화면으로 돌아와 검색창에 '한지수'와 '소설'을 써넣고 엔터키를 눌렀다. 수많은 기사가 쏟아져 나왔다. 한 잡지의 인터뷰기사를 골라 들어갔다. '소설이 잘 안 써질 때는 어떻게 극복했나요?'라는 기자의 질문에 한지수는 이렇게 답하고 있었다.

이 이야기는 처음 하는 건데요. 제가 여름에 화보 촬영차 유럽에 갈 일이 있었는데, 그때 공항라운지에서 펜을 하나 주웠어요. 처음엔 그냥 볼펜일 뿐이라고 생각하고 잊고 있었어요. 기내에서 출입국카드를 작성할 때 쓰려고 재킷 주머니에 넣어뒀었죠. 당시 저는 출판사랑 계약이 되어 있는 상황이라 마음이 초조했어요. 아시다시피 제가 예전에 요리책을 소설 형식으로 써냈다가 욕을 엄청 먹었잖아요(웃음). 이번에는 진짜 소설을 써야 했는데 마음처럼 진도가 잘 안 나갔죠. 그러다가 밤에 그 펜이 생각나서 꺼내 봤는데 일반 펜이랑은 조금 다른 거예요. 작은 버튼이 있고 그걸 누르면 불이 들어오더라고요. 충전 단자도 있고요. 그런데 그냥 잉크가 나오는 펜이라는 것 외에는 아무 기능이 없었어요. 처음에는 이게 대체 뭘까, 싶었는데 그때 얼마 전에 읽었던 「안녕, 인공존재!」라는 단편소설이 떠올랐어요. 그 소설 속에선 돌멩이를 닮은 모양의 전자제품이 나오는데, 전원코드가 달려 있을 뿐 아무런 입출력장치가 없는 제품이거든요. 사용 설명서에는 그냥 존재할 뿐인 '존재성 제품'이라고 적혀 있어요. 전 이 펜이 그 소설 속 '존재' 같은 것이라고 생각했어요. 버튼을 한번 누르면 전원이 들어왔고 또 누르면 꺼졌죠. 아무런 기능이 없었지만 이상하게 이 펜의 전원이 들어와 있을 때면 제가 말하고 싶었지만 표현하지 못했던 것들을 용기 내서 글로 쓸 수 있게 됐어요. 바쁜 스케줄 속에서도 하루에 한두시간 정도는 펜의 전원을 켜고 글을 썼죠. 충전도 꼬박꼬박 했고요. 그렇게 손으로 써서 완성했어요, 이 소설은.

인터뷰의 말미에는 한지수가 평소 여러 출판사의 문예지를 구독해서 볼 정도로 문학에 관심이 많다는 기자의 코멘터리가 덧붙어 있었다. 가장 추천 수를 많이 받은 댓글을 봤다. 허언증 환자는 병원으로,라고 적혀 있었다.

다음 날부터 미라 언니는 학교에 나오지 않았다. 그후

로도 계속.

내가 몇번이나 연락을 시도했지만 그때마다 언니의 핸드폰은 꺼져 있었다. 아무도 미라 언니 이야기를 꺼내지는 않았지만 우리는 언니가 왜 학교에 오지 않는지, 왜 연락이 두절되었는지 알고 있었다. 언니가 빠진 '단편소설 쓰기' 수업이나 소설창작회의 합평회는 어쩐지 어둡고 가라앉은 분위기가 되어버렸다.

그 사건 이후, 우리 모두가 어느 정도 상처를 받은 상태였다. 원인은 확실하지 않았다.

미라 언니가 우리에게 거짓말을 해서인지,

언니가 아무런 해명도 없이 도망가버려서인지,

우리가 좋아했던 그 소설이 수많은 사람에게 욕을 먹고 있어서인지.

아니면 전부 다인지.

*

뜻밖에 미라 언니를 다시 떠올리게 된 건, 은지 때문이었다.

아니, 정확히 말하면 은지의 연애 때문이었다. 이학기

기말고사가 모두 끝나던 날, 요즘 만나는 남자가 있는데 다가올 크리스마스를 같이 보낼 만한 사람인지 어떤지 면면을 봐달라면서 은지가 나를 둘이 있다는 카페로 불러냈다. 매장에서는 캐럴이 흘러나오고 있었다. 내가 어색한 눈인사를 나누며 맞은편에 앉자마자 은지는 뭐가 그렇게 급한지 나를 그 남자한테 소개해줄 생각도 하지 않고 호들갑을 떨며 입을 열었다.

"세상에, 미라 언니 있잖아. 예전에 오빠네 회사에서 같이 일했었대."

은지가 데려온 '오빠'라는 남자는 우리보다 일곱살이나 많은 회사원이었는데, 그가 신입사원이던 시절에 미라 언니와 같은 팀에서 근무했다는 거였다. 놀랍게도 그의 입에서 묘사되는 '박미라 차장'은 우리가 알고 있는 '미라 언니'와 전혀 달랐다. 늘 기운 없고, 의욕 없고, 뚱해 있고, 가끔 농담처럼 말을 걸어도 잘 웃어주지 않는 사람이었다고 했다. 점심시간에도 팀 사람들과 함께 나가지 않고 항상 자리에 앉아서 직접 싸 온 샌드위치만 먹었다는 거였다.

게다가 어딘가 의뭉스러운 면도 있었다고 했다.

한번은 그가 사무실 공용 프린터에서 나온 인쇄물을

집어 든 순간, 미라 언니가 정신없이 달려와서 그걸 낚아채 가는 바람에 하마터면 다른 한 손에 들고 있던 커피를 옷에 쏟을 뻔한 적이 있었다고. 그런데 언니는 미안하다는 말도 하지 않고 오히려 그를 힐난했다는 거였다.

"제 건데 막 보시면 어떡해요."

"아니, 차장님 건지 제 건지 봐야 알죠."

그런 대화들이 오간 끝에, 미라 언니는 자기가 뺏어 든 인쇄물을 한번 쓱 보더니 이렇게 말했다고.

"제 것 맞네요. 지금 나오고 있는 게 그쪽 거."

그러고는 사과도 없이 자리로 돌아갔다고 했다. 황당해서 이 일을 회사 사람들 몇몇에게 말했더니 똑같은 일을 겪은 사람이 한둘이 아니더라는 거였다.

그가 박미라 차장을 싫어했던 이유는 이게 끝이 아니었다.

그 회사는 한달에 삼만원 이내의 한도에서 업무 관련 도서를 살 수 있었는데, 미라 언니가 도서 구매비 결재를 유독 자주 올리는 것 같았다고. 뭔가 미심쩍었던 그는 언니의 법인카드 정산 명세를 뒤져봤고, 역시나 문제가 많더라는 거였다.

"업무에 관련된 책은 한권도 없고 웬 소설책 나부랭이

만 잔뜩 사 봤더라고요. 회삿돈으로요."

남자의 입에서 '소설책 나부랭이'라는 단어가 튀어나온 순간, 은지와 나는 누가 먼저랄 것도 없이 서로를 바라봤다. 우리의 시선이 아주 잠깐 마주쳤다가 다시 허공으로 흩어졌다. 은지의 귓바퀴가 새빨개져 있었다.

다음 날, 은지에게 물었다.

"너, 그 사람 계속 만날 거야?"

"아니, 자꾸 만나보니까 밥맛인 듯."

"그래."

그후로 나는 '미라 언니'가 아닌 '박미라 차장'으로서의 언니를 문득문득 떠올리게 되었다.

회사에서 매일같이 점심을 샌드위치로 때우면서 대체 무엇을 했을지.

언니가 법인카드로 샀다는 소설책은 어떤 작가의 소설이었을지.

자기 자리의 컴퓨터에서 인쇄 버튼을 누르고 공용 프린터가 있는 곳까지 정신없이 달려갔을 언니의 정장 입은 뒷모습.

그리고 그동안 프린터에서는 어떤 문장들이 인쇄되고 있었을지에 대해서.

크리스마스가 지나가고 새해가 되었다. 은지는 소설을 나부랭이라고 생각하던 그 직장인 오빠와 크리스마스를 함께 보내지 않았다고 했다. 새로운 신춘문예 당선작 발표가 났고, 은지, 윤수, 나 어느 누구의 이름도 최종심에서 언급되지 않았다. 크리스마스 이후로 계속 미라 언니 생각에 사로잡혀 있었던 터라 나는 혹시나 하는 심정으로 언니에게 문자메시지를 남겼지만 답장이 오지는 않았다.

*

이젠 학교를 떠나야 한다는 것 외에는 아무것도 정해지지 않은 졸업식이 다가왔을 무렵, 미라 언니에게 답장이 왔다.

언니는 나와 단둘이서만 만나고 싶다고 했고, 나는 그렇게 하자고 했다. 이튿날 저녁, 우리가 자주 가던 탭하우스에서 언니를 만났다. 거의 반년 만이었다.

오랜만에 마주한 미라 언니의 낯빛은 파리하게 시들어 있었다. 팔자 주름이 깊게 패어 있었고, 눈 밑과 양 볼이 퀭하게 들어가 있었다. 언니는 그 푸석한 얼굴을 하고

서는 나를 보고 빙긋이 웃어 보였다. 뒤이어 묻지도 않았는데 언니가 먼저 그동안 있었던 일을 담담히 이야기하기 시작했다.

미라 언니는 『모두에게 별 하나』를 장편소설 공모전에 투고했었다. 어떤 심정으로 그랬는지는 자기도 지금은 기억나지 않는다고 했다. 그리고 몇주 뒤 출판사로부터 전화를 받았다. "박미라 씨가 투고한 소설이 우리가 준비하고 있던 한지수 배우의 초고와 거의 똑같다는 사실을 알게 되었다"는 것이었다. 그 말을 듣는 순간, 미라 언니는 과장 없이 문자 그대로 죽고 싶었다고 했다. 언니는 당황해서 횡설수설하다가 스마트 펜에 대한 이야기를 더듬더듬하기 시작했고 마지막에는 울면서 담당자에게 사죄를 구했다. 얼떨결에 한지수하고도 통화하게 되었다고.

"걔는 목소리도 예쁘더라. 마음씨도 그렇고."

그렇게 고가의 물건인지 모르고 그냥 주워 간 자신에게도 엄연히 잘못이 있다면서 한지수도 언니에게 사과했다는 거였다. 다행히 공모전 심사가 진행되기 전에 발견된 일이라 출판사 쪽에서도 더는 문제 삼지 않기로 했다. 하지만 살기 싫은 언니의 마음은 달라지지 않았다. 언니는 쪽팔려서 죽고 싶었고, 이제 어떻게 다시 소설을 쓸 수 있을까 하는 마음에 죽고 싶었다고 했다.

정말이지 언니의 얼굴을 똑바로 바라보기 힘들었다. 이런 이야기를 들을 자격이 내게 있는 걸까 싶었다. 이런 이야기는 나보다 언니와 친밀한 사람이 보다 은밀한 곳에서 들어야 하는 게 아닌가 하고. 언니가 분명 무리해서 나와 대화하고 있다는 생각이 들었다. 나라면 다른 사람에게 이런 모습, 이런 얼굴 못 보여줄 것 같아…… 내가 이걸 보고 있어도 되는 걸까…… 그런 생각이 끊임없이 들었고 더 나아가 보고 있는 나까지 괴로울 정도였다. 시선을 피해 테이블 위, 안주로 나온 땅콩의 껍질을 벗겨 만지작거리고 있는 언니의 야윈 손을 내려다봤다. 그때였다. 언니의 아이보리색 스웨터 안쪽으로 무언가가 드러났다. 왼쪽 손목에 하얀색 테이프 같은 게 덕지덕지 붙어 있었다. 나는 반사적으로 물었다.

"언니, 그거 뭐예요?"

팔을 언니의 왼손이 놓여 있는 곳으로 뻗었다. 언니는 땅콩만 바라보고 있었다. 나는 언니의 손을 잡고 들어 올렸다. 텅 빈 우유갑을 집어 든 것처럼, 가볍게 들렸다. 뒤이어 언니의 스웨터가 팔꿈치 쪽으로 주르르, 미끄러졌다. 손목에 얇은 붕대를 감아둔 가느다란 팔이 힘없이 내 손에 들려 있었다.

"내가 생각하는 게 맞아요?"

언니는 아무 말도 하지 않았다.

"언니!"

내가 이어 말했다.

"설마 진짜로 죽으려고 했어요? 그런 거예요?"

알 수 없는 분노가 치밀어 목소리가 점점 커졌다. 겨우, 이런 거 때문에 죽으려고 했다고? 고작 이딴 일 때문에? 이따위 게 대체 뭐라고? 세상이 그렇게 우스워?

이건, 아무 일도 아니었다.

정말 아무 일도. 그냥 시간이 지나면 잊힐 해프닝일 뿐이었다. 이 일이 일어나지 않았어도, 미안하지만 어차피 미라 언니가 소설가가 될 가능성은 거의 없었다. 그것도 이렇게 유명한 출판사에서 등단한다는 건, 정말 미안하지만 불가능에 가까운 일이었다. 그런데 대체 왜 이렇게까지 하는 거지? 언니, 소설이 왜 그렇게 쓰고 싶어요? 그냥 언니 인생이 소설이잖아요. 동화 속 백만장자도 아니고 억만장자잖아요. 나는 참지 못하고 소리쳤다.

"웃기지 좀 말아요, 언니!"

왜 이렇게까지 화가 나는지 알 수 없었다.

"언니 이러는 거, 솔직히 같잖아요."

언니는 한 손을 나한테 붙들린 채로 눈을 내리깔고 있었다. 나는 언니의 손목을 붙잡고 흔들며 말했다.

"언니, 잘 들어요."

손끝으로 팔딱거리는 미라 언니의 맥이 전해져 왔다.

"소설 같은 거, 아무도 안 봐요."

손끝 발끝에 힘주어 간신히 머금고 있던 무언가가 몸 밖으로 다 빠져나가는 것만 같은 감각이 일었다. 저릿했다. 나는 붙잡고 있던 언니의 팔을 맥없이 놓아버리면서 이어 말했다.

"어차피 우리밖에 안 봐요. 여기서 한발짝만 나가면, 아무도 소설 따위 관심 없다고요."

나는 한쪽 손을 들어 지하철역이 있는 쪽을 허공에 가리켰다.

"저기, 육번 출구 지나가는 사람 아무나 붙잡고 한번 물어봐요. 소설을 읽느냐고 말이에요. 그런 걸 묻는다니, 도를 아십니까도 아니고, 정신 나간 사람인 줄 알 거라고요."

"그렇게는 뭘 물어봐도 정신 나간 사람인 줄 알지 않을까."

"어쨌든,"

내가 말을 이었다.

"전부 다…… 아무것도 아니란 말이에요."

언니가 고개를 들었다. 나도 언니를 바라봤다.

"나도 알아."

조금 뜸을 들인 언니가 다시 입을 열었다.

"그래도 나한테는 이게 제일 귀하고 중요해. 너처럼."

언니는 그때 더 멋진 말을 하고 싶었을 거라고, 지금의 나는 생각한다. 하지만 미라 언니의 입에서 나온 문장은 마치 언니의 소설 속 대사처럼 인상 깊지 못했다. 그래도 그 말을 듣고 나니 어쩐지, 더이상 아무 말도 할 수 없게 되어버렸다. 언니는 술을 한모금도 마시지 않았고, 내 술 값을 계산해주었고, 비치적거리며 하얀색 랜드로버 쪽으로 걸어갔다. 어쩐지 끝듯이 걷고 있는 언니의 뒷모습을 보고 있자니 불현듯, 언니가 썼던 소설 속 몇개의 장면들이 머릿속을 스쳐 지나갔다.

자기 몸통만 한 악기를 메고 교복 치마를 펄럭이며 버스의 뒤를 쫓아 달리는 소녀.

독자 엽서가 당첨되었기를 바라며 잡지를 후루룩 넘겨

맨 뒤 페이지부터 펼쳐보는 소년.

빨강과 초록이 교차된, 크리스마스 패턴의 브래지어를 집어 드는 속옷 가게의 중년 여성.

그 소설들은 전부 실패했다.

어떻게 고쳐도 회생의 가능성이 없는, 구제가 불가능한, 망작이었다.

나는 언니가 힘없이 운전석에 올라탈 때 팔을 붙잡고 부축해주었고, 차 문도 닫아주었다. 문손잡이 바로 아래붙어 있던 조그마한 스티커의 가장자리가 조금 떨어져 덜렁거렸다. 나는 손바닥으로 스티커를 꾹 눌러 다시 붙였다.

라라. 그러고 보니 언니에게는 필명이 있었다. 핸드폰번호 바꾸고 필명을 쓰면 다시 소설 써내는 데 별문제 없지 않겠느냐고, 시간이 지나고 상처가 아물면 다시 쓸 수 있지 않겠느냐고, 내일 언니한테 그렇게 말해줘야지,라고 생각하면서 멀어지는 하얀 차를 바라봤다.

작가의 말

여기 실린 이야기들을 쓰는 동안 나는 어떤 모습이었는지 되돌아본다. 왜인지 '어깨'가 중요했다는 생각이 든다. 선 채로 활기찬 노래를 크게 틀어놓고 어깨를 신나게 흔들면서 쓰기도 했고, 어깨가 들썩일 정도로 서럽게 울면서 쓰기도 했다. 이대로 있다가는 어깨가 굳어 아플 거란 걸 알면서도 그 고통을 고스란히 감내하면서 미동도 없이 손가락만을 놀려 쓰기도 했고, 소설 속 인물들의 대사를 입으로 내뱉거나 어깨를 으쓱거리는 등 몸짓과 표정을 직접 연기해보며 쓰기도 했다. 회한과 실의에 잠겨 허우적거리기도 했지만 다 쓰고 나서는 언제나 환히 달뜬 기분이 되었다. 그런 마음은 그 순간만 잠시 반짝일 뿐, 곧 잘 잊어버리곤 하기 때문에 이렇게 적어두고 때때로 꺼내어보려고 한다.

추천사를 보내주신 박준 시인님께 감사드린다. 마디마디 섬세한 문장들이 오래도록 잊지 못할 격려가 되었다. 윤나님, 민재님, 병혁님, 인님, 여름님, 은순님께서 소설의 일부를 먼저 읽고 각자의 분야에서 조언을 더해주신 덕에 기운 내서 퇴고할 수 있었다. 나의 사랑하는 친구들과, 연인이며 가족인 유석. 내 소설을 단 한편이라도 읽어봐주신 독자님들과, 다음 소설을 기다려주시기까지 한 독자님들. 저를 믿고 여섯번의 지면을 기꺼이 제안해주신 분들과, 사려 깊은 시각으로 이 책을 함께 엮고 만들어주신 이진혁 편집자님. 이 모든 분들이 보내주신 "잘하고 있어"라는 응원이 없었다면 이 이야기들은 결코 쓰이지 못했을 것이다.

소설을 쓰게 된 후로 소설을 '어떻게' 쓰냐는 질문을 자주 받는다. 친구들은 "머릿속에 이런 게 다 있었던 거야?" 간솔히 묻기도 한다. 그럴 때마다 나름대로 최선을 다해 설명해보려 하지만 사실 나는 아직도 소설이 '어떻게' 쓰이는지 잘 모르겠다. 어떤 장면이나 인물, 혹은 그들이 내뱉는 말들이 오랜 시간에 걸쳐 지속적으로 떠오른다. 왜 이렇게 자주 나타날까? 자꾸 생각나는 데는 분명 이유가 있지 않을까? 다소 무모한 생각으로 큰 틀을 잡고 쓰기 시작한다. 뭔가가 있긴 있겠지, 없지는 않겠지. 흐릿하고 두루뭉술한 마음으로 써나간다. 정말 신기하게도 다 쓰고 나면 매번, 처음에는 생각지 못했던 무언가가 고여 있고 덧대어져 있다.

나는 나를 그저 조그맣고 단순한 기계라고 생각해보기로 한다. 메커니즘은 잘 모르지만, 그 성능만큼은 믿어보기로 한다. 무언가를 넣고 작동시켰더니 어쨌든 이런 것들이 출력되었다고. 돌아가는 원리를 모르니까 고장 나지 않게 하려면 꾸준히 기름칠해주면서 멈추지 않고 작동시키는 수밖에 없을 것 같다. 그래서 앞으로도 그게 무엇이든 계속 써보려고 한다.

2023년 초여름에
장류진

| 수록작품 발표지면 |

연수 ······『창작과비평』 2019년 겨울호

펀펀 페스티벌 ······『문학동네』 2019년 겨울호

공모 ······『문학과사회』 2021년 여름호

라이딩 크루 ······『자음과모음』 2022년 겨울호

동계올림픽 ······『창작과비평』 2023년 여름호

미라와 라라 ······『에픽』 3호(2021년 4~6월호)

연수

초판 1쇄 발행 • 2023년 6월 23일
초판 2쇄 발행 • 2023년 7월 13일

지은이 / 장류진
펴낸이 / 강일우
책임편집 / 이진혁
조판 / 황숙화
펴낸곳 / (주)창비
등록 / 1986년 8월 5일 제85호
주소 / 10881 경기도 파주시 회동길 184
전화 / 031-955-3333
팩시밀리 / 영업 031-955-3399 · 편집 031-955-3400
홈페이지 / www.changbi.com
전자우편 / lit@changbi.com

ⓒ 장류진 2023
ISBN 978-89-364-3917-0 03810